응답하라!
사랑아! 결혼아!

Short Story 100인선 001
이은집
응답하라! 사랑아! 결혼아!

인쇄 2014년 06월 25일
발행 2014년 06월 30일

지은이 이은집
발행인 서정환
펴낸곳 인간과문학사
주소 서울시 종로구 삼일대로 32길 36(익선동 30-6 운현신화타워 빌딩) 301호
전화 (02) 3675-3885, (063) 275-4000
팩스 (063) 274-3131
이메일 human3885@naver.com   inmun2013@hanmail.net
출판등록 제300-2013-10호
인쇄·제본 신아출판사

이 책의 저작권은 도서출판 인간과 문학, 저자에게 있습니다.
양측의 서면 동의 없는 무단 전재 및 복제를 금합니다.
저자와 협의하여 인지는 생략합니다.
잘못된 책은 바꿔 드립니다.

ISBN 979-11-85512-11-2   04810
ISBN 979-11-85512-10-5   (전100권)
값 12,000원

> 이 도서의 국립중앙도서관 출판시도서목록(CIP)은 서지정보유통지원시스템 홈페이지
> (http://seoji.nl.go.kr)와 국가자료공동목록시스템(http://www.nl.go.kr/kolisnet)
> 에서 이용하실 수 있습니다.(CIP제어번호: CIP2014016020)

Printed in KOREA

Short Story 100인선 001

응답하라! 사랑아! 결혼아!

이은집 러브스마트소설

인간과 문학사

◆ 작가의 말

21세기 신세대의 연인들과
부부들을 위한 러브 스마트소설!

 2014년의 초여름을 맞이하여, 오늘의 신세대 연인들과 부부들을 위하여 이 새로운 스마트소설(앱세대가 스마트폰을 통하여 읽을 수 있는 짧고도 새로운 형식의 이야기)책 ≪응답하라! 사랑아! 결혼아!≫를 설레이는 마음으로 독자 여러분 앞에 선보입니다.
 지금부터 20여 년 전 8090시절에 ≪학창보고서≫ ≪하이틴 낙서첩≫으로 처음 베스트셀러에 올랐을 때처럼, 이 책은 좀 특별한 형식과 내용의 스마트소설로 엮어보았습니다.
 즉 요즘 신세대 젊은이들의 사랑을 위해, 첫째 꼭지는 남녀사랑을 주제로 쓴 스마트소설! 둘째 꼭지는 부부 애정을 주제로 쓴 스마트소설! 그리고 셋째 꼭지는 한국 최초의 드라마 스마트소설로 꾸몄습니다. 그리하여 요즘 신세대 남녀와 부부가 펼치는 사랑만들기! 사랑지우기! 사랑기쁨! 사랑슬픔! 사랑그리움! 사랑외로움! 그리고 가슴 찡한 사랑감동과 사랑충격의 이야기들을 스마트소설이란 뉴웨이브 형식으로 다채롭게 선보이고 싶었습니다.

따라서 이 새로운 스마트소설 ≪응답하라! 사랑아! 결혼아!≫가 여러분의 청소년 학생시절에 읽은 저의 ≪학창보고서≫처럼, 충격적 파격과 즐거운 재미와 뜨거운 감동을 선사하여 사랑받는 책이 되었으면 합니다.

끝으로 이처럼 멋진 책으로 출간해 주신 도서출판 인간과 문학의 서정환 발행인님을 비롯한 직원 여러분에게 진심으로 감사드리며 고마운 인사를 띄웁니다.

2014년 초여름에
저자 이 은 집

축하의 글

크게 웃으라! 박수를 쳐라! 즐거운 인생!
– 이은집 작가를 말한다!

언제 어디서 누구를 만나도 웃음과 즐거움을 선사하는 소설가 이은집! 이 각박한 세상에 절대로 화를 내는 일도 없고 남의 허물을 보는 일도 없는 작가 이은집! 아마 그는 태어나는 순간에도 웃음을 터뜨리며 태어났을 것이다. 그렇게 그는 자신의 인생도 이웃의 인생도 즐거움으로 삶의 무늬를 수놓아가며 살아가는 소설가다.

그는 소설도 그렇게 쓴다. 소재素材는 웃음이고 재미고 해피엔딩이다. 이번에 출간하는 ≪응답하라! 사랑아! 결혼아!≫는 한국 최초의 스마트소설로 한 편 한 편이 그렇게 재미와 웃음이 가득 담겨 있다. 이은집의 스마트소설은 그런 뜻에서 디지털 속도를 제치고, 독자에게 웃음을 선사하겠다는 의지의 이야기로 짜여져 있다.

그 동안 28권의 책을 써낸 작가 이은집은 인터넷의 가공할 변화를 정복해보겠다는 가상한 용기를 내었으니, 이번에 시도하는 〈앱세대〉를 과감하게 파헤친 스마트소설 ≪응답하라! 사랑아! 결혼아!≫ 역시 새로운 소설의 지평을 열어나갈 것이라 기대해본다.

2014년 6월
소설가 정연희(한국소설가협회 전 이사장)

차례

작가의 말
축하의 글 – 정연희(한국소설가협회 전 이사장)

첫째 꼭지 남녀 연애를 위한 러브 스마트소설

제 1화 〈SL방〉에 가보셨습니까?	12
제 2화 21세기로 가는 여자	17
제 3화 예쁜 남자	22
제 4화 보디 아르바이트	27
제 5화 끌려다니는 여자	31
제 6화 사랑 실습	38
제 7화 자살 연습	48
제 8화 펜팔 러브	63
제 9화 강아지 사랑	68
제10화 사랑이란 사건	75
제11화 동창생 궁합	82
제12화 도시 총각과 농촌 처녀	87
제13화 톡 쏘는 여자	93
제14화 탁월한 선택	97
제15화 신세대 혼수품목 제11호	101
제16화 특급결혼작전	105

둘째 꼭지: 부부 애정을 위한 스마트소설

제 1화 신세대 부부 10계명	110
제 2화 22세기 부부 행복지수	115
제 3화 문학의 즐거움을 부부와 함께	120
제 4화 헤어진 여자	123
제 5화 헤어진 남자	129
제 6화 행복한 아내	136
제 7화 아내와 애인	140
제 8화 남편과 연인	147
제 9화 사랑한 남자 결혼한 남자	154
제10화 사랑한 여자 결혼한 여자	162
제11화 0점 남편	169
제12화 100점 신랑과 100점 남편	173
제13화 아내가 이혼할 수 없는 3가지 이유	177
제14화 아내는 왜 세월 따라 변하는가?	181
제15화 화목가정 만들기	186
제16화 이기고도 지는 싸움, 지고도 이기는 싸움	195
제17화 부부 싸움은 약이다?!	200

셋째 꼭지 한국 최초의 드라마 스마트소설

제 1화 삼계탕과 멍멍탕이 만났을 때	206
제 2화 여행은 에스이엑스(SEX)다	210
제 3화 기가 쎈 마누라와 기가 약한 남편	215
제 4화 호랑이를 부탁해	220
제 5화 지공선생! 돈도 벌고 웃음꽃도 피우다	227
제 6화 혼자 사는 부부	234
제 7화 세 남자와 사는 여자	240
제 8화 추석과 청양고추	246
제 9화 아내는 예쁘다! 무섭다! 사납다!	251
제10화 벚꽃부인! 꽃바람났네	257
제11화 아내와 〈장미빛 인생〉	261
제12화 송년의 종점에서 만난 송구영신 부부	267

첫째 꼭지

남녀 연애를 위한 러브 스마트소설

제1화
〈SL방〉에 가보셨습니까?

"미스 민은 믿어지지 않겠지만, 그래도 내 얘기 한 번 들어 보시겠습니까?"

혜진이 퇴근을 하려고 지하철로 향하고 있었을 때, 마치 기다리고 있었던 듯 앞을 가로 막으며 미스터 천이 건네오는 말이었다.

"어머! 미스터 천은 추남인가 보죠? 가을을 타는 남자! 바쁜 사람 붙잡고 길에서 괜히 쓸데없는 말을 늘어놓으니 말이예요!"

일단 이렇게 대꾸를 했지만, 혜진은 그리 싫은 눈치가 아니었다. 하기사 이 깊어가는 가을에 퇴근길이 곧장 집이 되어야 하는 처녀총각이라면 얼마나 쓸쓸하겠는가?

"하하! 미스 민! 어때요? 잠깐 나와 함께 SL방에 가보지 않으렵니까?"

그러자 미스터 천은 마치 혜진의 연인이라도 되는 듯이 선뜻 팔을 잡아끌었다.

"뭐예요? SL방이라뇨?"

의아해 하는 미스 민에게 미스터 천이 옆에 오가는 사람들을 의식한 듯 작은 목소리로 설명했다.

"저… 노래방! 전화방! 뭐 그런 건 아시죠? 바로 SL방도 그런 종류랄 수 있겠는데요, 다만 서기 2천 년대에나 가 볼 수 있는 아주 특별한 장소랍니다."

"아니! 근데 미스터 천은 방금 그곳에 가보자고 하지 않았어요?"

혜진이 더욱 이해할 수 없다는 표정을 짓자, 미스터 천은

"네! 제가 그 비밀의 SL방을 답사해봤다 이겁니다. 그러니까 안심하시고 절 따라오세요!"

이리하여 혜진은 그가 이끄는 대로 멀지 않은 곳에 위치한 한 호프집으로 들어갔던 것이다.

"자! 우선 500cc 하나 쫙 비우세요! 저도 그날 그랬거든요!"

이윽고 두 사람은 서로의 잔을 부딪친 후 입도 떼지 않고 마셔버렸다.

"바로 지난 주 오늘과 같은 주말이었어요! 요즘과 같은 가을날에 총각 샐러리맨의 비애는 하소연하지 않아도 짐작이 가시겠죠? 결국 전 이 자리에서 혼자 술을 마셨습니다. 비참한 생각 속에 화장실엘 갔는데, 누군가 이렇게 속삭여 왔어요! 〈저… 사랑할 사람이 필요하십니까? 제가 'SL방'엘 안내해 드리죠! 전 그 업소에서 파견된 삐끼! 아니! 아르바이트생이지요! 자! 그럼 따라 오시죠!"

미스터 천의 자초지종에 혜진은 반신반의하는 투로 말했다.

"설마 한 직장에서 누구한테 사기 치려는 건 아니겠죠? 만약에 그렇담 고발해 버리겠어요! 호호!"

"아하! 글쎄 더 들어 보시고 그런 협박을 하세요! 에, 그래서 따라갔더

니 아주 특별한 장치를 해놓은 방이었습니다. 그 크기는 노래방이나 비디오방 비슷했지만, 마치 헐리우드의 SF 영화 속에 나오는 가상 세계 같다고나 할까요?"

여기까지 설명하고 나서 미스터 천은 호프잔을 연속 두 개나 비워댔고, 그 바람에 혜진도 덩달아 홀짝거렸다.

"그래, 좀 더 구체적으로 어떤 곳이었나요?"

어느새 술기운이 오른 혜진이 미스터 천을 똑바로 바라보며 묻자, 그는 꿈꾸는 듯한 눈동자를 허공에 던지면서 말을 이었다.

"네! 컴퓨터 비슷한 기계 앞에 앉아 스위치를 넣고 작동하자, 갑자기 가상 현실 속으로 빠져드는 것 있죠? 즉 어느 TV에 나오는 〈체험! 삶의 현장!〉이 아니라, 〈체험! 사랑의 현장!〉이랄까요? 그래서 〈SL방〉이란 〈사이버 러브방〉이란 뜻인데, 정말 신기하고도 충격적이었습니다."

미스터 천은 말을 끊고 나서 다시 호프잔을 부딪힐 것을 요구해왔으므로, 혜진 역시 또 한잔을 마시지 않을 수 없었다.

"그래, 그 신기하고 충격적인 내용이란 뭔가요? 솔직히 저도 좀 궁금해지네요! 호호!"

이젠 혜진 쪽에서 먼저 재촉을 하게 되었다. 그러자 미스터 천은 약간 부끄럽고도 창피한 듯이 얼굴을 붉히며, 이미 술이 올라 이젠 짬뽕으로 더욱 벌겋게 달구어진 얼굴을 들어 혜진을 건너다보면서 말을 이었다.

"그 SL방 기계에 내가 원하는 여성의 키! 몸무게! 나이! 학력! 미모! 성격 등! 모든 조건을 입력시키자, 잠시 후에 화면이 뜨면서 내 몸이 그 가상 현실 속으로 빠져 들어가는 것 있죠? 그리고 그 속에 나타난 이상형의 그녀와 SL! 즉 사랑 체험을 하게 되었는데요, 이건 뭐랄까? 실제 상황과 너무나 똑같아서, 아직도 그 사실이 꿈인지 생시인지 구분이 안 간다는 겁니다!"

미스터 천은 아직도 그때의 추억! 아니 환상에 빠져서 헤어나지 못하는 듯 눈동자가 완전히 풀린 채 초점을 잃고 있었다.

"세상에! 어쩜 그럴 수가 있죠? 정말로 그런 체험을 했다는 건가요? 미스터 천!"

순간 혜진은 갑자기 화가 난 사람처럼 뾰죽한 목소리로 미스터 천에게 물었다.

"물론이죠! 그러니까 오늘 제가 미스 민을 이곳에 모신 거죠! …잠깐! 어쩌면 오늘도 그 아르바이트생이 화장실에 숨어 있는지 모르겠어요! 내가 한번 가보고 올테니, 잠깐 기다리세요!"

이윽고 미스터 천이 일어나 화장실로 가버리자, 혜진은 가까스로 참았던 취기를 이기지 못해, 그만 탁자에 고개를 떨구고 말았다.

"저… 미스터 천이란 분이 혜진씨를 SL방으로 모시라고 해서 왔습니다!"

얼마나 시간이 흘렀을까? 누군가 깨우는 바람에 혜진이 눈을 뜨자, 웬 아르바이트생이 앞에 서 있었다. 그리하여 혜진은 그가 안내하는 대로 따라나섰다.

"지금 엘리베이터를 타신 게 아닙니다. SL방의 가상현실로 들어가는 중이죠!"

네온이 깜박이는 빌딩 속으로 빨려드는 착각에 빠진 혜진의 귓가로 아르바이트생이 안내해오는 말이었다.

"자! 그럼 지금부터 원하시는 상대를 이 화면에 입력시키십시오!"

그러나 혜진은 가까스로 침대에 걸터앉아 팔을 뻗쳤다. 그때 혜진의 팔목을 잡은 손길이 커다란 거울 화면에, 그녀의 핸드백에서 꺼낸 루즈로 샛빨간 글자를 입력시켰다.

〈이 가을에 나의 외로움을 함께 해 줄 남자가 필요하다! 이병헌이나 장동건이 아니라도 좋아! 다만 이 순간 옷을 벗어라!〉

그 순간 혜진의 등 뒤에 검은 안경을 쓴 한 남자가 나타났다. 그리고 그는 멋진 미소와 함께 하나씩 옷을 벗어던졌다.

"어머나! 정말! 미스터 천의 말마따나 SL방은 신기하고도 충격적이네! 내가 원하는 남자가 진짜로 나타나다니…!"

혜진이 놀라 뒤돌아보자, 가상현실 속의 남자가 검은 안경을 벗으며 속삭여왔다.

"혜진씨! 우리 SL방뿐 아니라, 이 가을이 가기 전에 예식장에도 함께 갑시다! 으응? 후후훗!"

그제야 엉망인 술기운으로부터 뛰쳐나오며 혜진이 소리쳤다.

"어쩜! 어쩌면! 이제 보니깐 미스터 천이잖아? 몰라! 난 몰라!"

혜진이 울상이 되어 앙탈을 부렸지만, 이미 엉켜진 두 사람의 몸은 쉽사리 풀릴 기미가 보이지 않았다. 바로 그곳은 〈SL방〉이었기 때문일까?*

제2화
21세기로 가는 여자

"미스 강은 결정했습니까?"

하고 미스터 한이 호프잔을 비우고 나서 건네왔다.

"아직요! 5각 구도로 끝날지 앞으로 좀 더 지켜봐야잖아요?"

미스 강이 미소를 띠우며 대꾸하자, 미스터 한은 한 손을 내저으며

"아! 내 얘기는 대통령 선거가 아니구요, 미스 강의 결혼 문제 말입니다. 올해를 또 넘기면 서른 고개인데…! 같은 노老짜 처지라선지 좀 걱정이 돼서요! 하하하!"

미스터 한은 이렇게 웃음으로 얼버무리고 나서, 빈 호프잔을 흔들어 다시 주문을 했다.

"흥! 남이야 서른 고개를 넘든 말든 웬 참견이에요?"

순간 미스 강은 얼굴색이 변하며 뾰족한 목소리로 미스터 한을 향해 쏘아붙였다.

"그야 물론 미스 강 입장에서야 그렇겠죠! 하지만 난 벌써 5년 동안…!"

"5년 동안 어쨌다는 거죠?"

미스터 한을 똑바로 쳐다보며 미스 강이 묻자, 그는 써빙하는 아르바이트 학생이 날라온 호프잔을 단숨에 들이키고 다시 말을 이었다.

"그러니까 5년 전 미스 강이 입사해서 우리 사무실에 첫 출근을 하던 날 난 이미 결정했으니까, 5년 동안이나 기다렸단 말입니다. 미스 강을…!"

"뭐예요? 누구 맘대로…! 흥!"

미스 강은 이제 화가 잔뜩 치밀어 올라서 반쯤 마신 호프잔을 입안에 쏟아 부었다.

"그야 내 맘대로죠! 바로 지금처럼 그때도 대통령 선거가 있었으니까!"

"어머머? 미스터 한! 나와 대통령 선거가 무슨 상관이죠?"

의아해서 묻는 미스 강을 향해 이번엔 미스터 한이 정색을 한 얼굴로 대답했다.

"미스 강! 후보자 중에 누굴 골라 표를 찍는 건 유권자 마음 아닙니까? 마찬가지로 나 역시 미스 강을 찍었던 거죠."

"어쩜! 내가 언제 미스터 한에게 후보 되겠다고 한 적 있어요?"

점점 기가 막힌 미스 강이 감자튀김 안주를 포크로 찍으며 항의를 하자, 미스터 한은 다음 순간 웃음기를 흘리면서 느물스럽게 말했다.

"하하! 하지만 미스 강은 분명히 그때 나에게 후보감이었어요. 난 대통령 뿐 아니라 소통령도 뽑아야 할 처지였거든요."

"네에! 뚱딴지같이 소통령은 또 뭐예요?"

어처구니없다는 듯이 미스 강이 또다시 묻자, 미스터 한은 빈 호프잔을 흔들며 대꾸했다.

"에, 난 결혼할 상대자! 즉 아내를 소통령이라 생각하거든요. 한 가정의 살림을 도맡아 꾸려갈 사람이니까, 대통령은 못 된다 할지라도 소통령은 되지 않습니까? 하하!"

"흥! 듣고 보니까 말은 되네요. 하지만 미스터 한과 저는 번지수가 다른 것 같으니까, 후보를 다른 데서 찾아보는 게 어때요?"

"아하! 글쎄, 그만 좀 고집 부리시지! 그때처럼 또다시 대통령 선거철이 돌아왔는데, 뽑는 김에 함께 결판내는 것도 좋잖으냔 말입니다."

이제 미스터 한은 미스 강을 향하여 사정하는 투로 말했다. 그러나 미스 강은 여전히 어림없다는 듯이 그녀의 주장을 굽히지 않았다.

"미스터 한! 미안하지만요, 난 21세기까지는 결혼 같은 것에 흥미 없으니깐, 그토록 급하시다면 다른 데 가서 찾아보는 게 좋을 것 같네요."

"허참! 미스 강, 21세기가 되면 미스 강은 몇 살이나 되는지 알아요? 서른 셋! …하기사 요즘 여성들 가운데엔 화려한 싱글로 사는 게 낫다는 독신주의자가 더러 있긴 하지만…!"

하면서 미스터 한은 담배에 불을 붙여 물고 거칠게 빨아댔다. 그 모양을 잠시 바라보던 미스 강이 더욱 목소리를 높여 지껄였다.

"서른 셋이라! 그러니까 민족을 생각할 나이네요! 3·1운동 때 민족 대표가 33명이었잖아요? 호호!"

"뭐요, 미스 강? 누굴 놀리는 겁니까?"

드디어 미스터 한이 탁자를 탁 치며 덤벼들 듯한 자세로 소리쳤다.

"아, 그보다는 21세기가 되면, 아마 여자들에겐 결혼천국이 될 걸요?"

"그건 또 무슨 소리요?"

미스터 한이 여전히 씨근거리며 물었다.

"남아선호에 따라 성감별로 딸은 낙태 수술을 해서, 21세기에 가면 여자들의 수가 줄어, 결혼 못하는 남자들도 생겨날 거라잖아요?"

"그러니까 미스 강도 그때까지 버티면…?"

"호호! 누가 알아요? 그땐 나한테도 멋진 연하의 신랑감이 나타날지요? 안 그래요?"

이윽고 미스 강은 약 올리듯이 미스터 한을 향해 입술을 빼죽이 내밀어 보였다.

"아유, 참! 미스 강! 그것도 말이라고 하는 겁니까?"

"흥! 내말이 어때서요? 우리나라도 옛날엔, 저희 증조할머니께서도 다섯 살 아래 증조할아버지와 결혼하셨대요. 그러니깐 21세기에 그런 현상이 되살아나는 건 하등 이상할 것이 없는 거죠. 안 그래요? 호호."

하면서 미스 강은 웃음을 터뜨렸다.

"좋아요! 그럼 미스 강은 21세기까지 그냥 혼자 살아가세요!"

하면서 미스터 한은 다시 맥주잔을 입안에 부어댔다.

"네! 그나저나 나의 미래의 신랑감은 지금쯤 뭘 할까 궁금하네! 대학생일까? 고등학생일까? 설마 중학생은 아니겠죠? 호호!"

이제 미스 강은 제법 취기가 오르는 듯 약간 혀가 꼬부라진 목소리가 되었다. 그러자 눈까지 충혈된 미스터 한이 벌떡 일어나 미스 강을 잡아끌며 소리쳤다.

"그래? 지금 시간이 몇 시야? 21세기 몇 시냔 말야? …어이, 누나! 나랑 결혼하자! 응? 다섯 살 정도의 나이 차이는 극복할 수 있을 거야! 안 그래요? 누나, 그러니까 우리 결혼해요! 응? 누나앙!"

그러자 미스 강이 비틀비틀 따라 나서며 대꾸했다.

"으응! 좋아! 미스터 박아! 저기 21세기 간판이 보이잖아? 그리로 가자구! 어서! 빨리! …근데 21세기 다음 글자가 뭐야? …모텔? …호텔? 뭐라고 쓰였냐구? 으응? 호호!"*

제3화
예쁜 남자

"*이봐요! 미스터 남!* 여기가 방송국 분장실이야? 지금 뭘 하고 있어?"

점심식사를 하고 들어와서 자판기의 커피를 뽑아 마시던 장실장이 미소를 머금은 채 미스터 남을 향해 말을 건넸다. 그 바람에 직원들의 눈이 모두 며칠 전에 입사한 미스터 남에게로 쏠렸다. 그 순간 입이 딱 벌어질밖에 없었던 것은, 글쎄 미스터 남이 손거울을 들여다보며, 입술에 루즈를 바르고 있었던 것이다.

"세상에! 아무리 요즘 X세대라지만, 미스터 남은 좀 심하다! 차라리 수술을 하지 그래? 성전환 수술! 호호!"

왕노처녀 미스 황이 끼어들어 사무실 안엔 웃음이 터져 나왔다.

"황누나! 어쩜 그렇게 심한 말을…! 이래봬도 제 주민증의 뒷자리 번호는 일공으로 시작된다구요!"

그제야 미스터 남이 자리에서 일어서며, 이렇게 항의하는 바람에 웃음은 폭소로 변했다.

"호호호! 하지만 남자가 로션 같은 화장품을 쓰는 건 몰라도 입술에 루즈까지 바르다니…! 그건 좀 지나치잖아?"

이제 장실장은 농담이 아닌 상사로서의 입장에서 주의를 준다는 표정으로 말을 했다.

"어머머! 장실장님! 그건 시대에 뒤떨어진 고루한 생각이세요! 제가 입술에 바른 건 천박한 색깔의 루즈가 아니라, 남성의 매력적인 입술을 돋보이게 할 품위 있는 색조를 쓴거라구요?!"

"호호! 미스터 남! 아니! 그렇게 깊은 뜻이…!"

다시 왕노처녀 미스 황이 한물간 유행어지만, 이렇게 대꾸하는 바람에 사무실 안은 계속 웃음꽃이 피었다. 아닌 게 아니라 이곳 디자인실에 신입사원으로 발령받아 온 미스터 남은 입사 첫날부터 사무실 직원들을 경악케 했던 것이다. 실장부터 모조리 여성 직원들뿐이라서 사무실의 꽃 아닌 호랑나비를 기다렸는데, 글쎄 첫 출근 날부터 강남의 로데오 거리에서나 마주칠법한 오렌지족풍의 야한 옷차림을 하고 나타났다. 게다가 예쁘장한 얼굴과 염색머리에 귀고리까지 매달았으니, 마치 호스트바에서 써빙하는 사내년(?)들 같았다고나 할까?

"야아! 우리 디자인실에 연예인 나타났네! 미스터 남은 탤런트야? 가수야?"

오죽했으면 첫날부터 장실장이 이렇게 놀렸으랴! 그러나 미스터 남은 생긴 것처럼, 애교 넘치는 몸짓으로 이렇게 대답했던 것이다.

"저 장실장님! 남녀 성차별의 장벽을 허물어야 한다고 생각지 않으세요? 그렇다면 예쁘게 화장하는 건 여자들만의 특권은 아니라고 생각해요!

이젠 남자들도 예뻐질 권리가 있는 것 아닙니까? 원래는 조물주가 그렇게 창조했었다구요!"

"그건 또 무슨 소리야? 미스터 남?"

어리둥절해진 장실장이 묻자, 그는 여자보다 늘씬한 S라인 몸매와 예쁜 얼굴에 더욱 교태를 담아 대답했다.

"네! 꿩이나 공작 같은 새들을 보라구요! 암컷보다는 수컷이 훨씬 아름답잖아요? 인간도 사실은 가꾸지 않아서 그렇지, 여성보다 남성이 더 예쁜 사람들이 많다구요! 단지 여성들은 화장발 덕택에…!"

"호호호! 듣고 보니 그것 참 말 되네! 아닌 게 아니라 어느 TV에서 남자 탤런트들이 여장을 하고 나왔는데, 미스 코리아 뺨칠 정도더라구!"

그제야 장실장도 미스터 남의 주장에 동의를 표했다.

"암튼 그래서 미스터 남은 앞으로 여자들처럼 화장을 하면서 살겠다, 이거지? 그럼 나한테 시집올래? 호호호!"

그러자 왕노처녀 미스 황이 이렇게 놀려대서, 사무실에는 또다시 폭소가 터져 나왔다.

"시집을요? 아뇨! 전 장가도 안 갈래요!"

미스터 남의 느닷없는 대꾸에 사무실 직원들은 깜짝 놀랐다. 공고의 디자인과 졸업반 학생으로 실습을 나왔다가 채용되어 입사한 열아홉 살 어린 총각이 벌써부터 독신주의자라니…!

"아니! 왜? 혹시 미스터 남은 이제 보니깐, 언젠가 〈그것이 알고 싶다〉에서 본 게이 아냐? 호호! 내 말이 좀 심했나?"

오죽 했으면 장실장이 이렇게 묻기까지 했겠는가? 하지만 미스터 남의 결심은 완강한 듯 이렇게 대꾸하는 것이었다.

"여자들은 결혼만 하면 금방 아줌마가 돼서 전 싫어요!"
"뭐! 아줌마가 어때서? 시집 안 간 나도 가끔 아줌마 소릴 듣는데…!"
왕노처녀 미스 황이 의아하다는 투로 물었다.
"네! 미스 황 누나가요? 그렇담 제가 실망인데요! 전 아직 젊은 언니로 봤는데…!"
"호호! …언니? 하지만 남자가 언니라니까 소름 돋는다, 얘!"
이야기가 점점 엉뚱한 방향으로 나가자, 사무실 직원들은 새로운 호기심으로 눈과 귀가 모아졌다.
"그럼 제가 아줌마를 싫어하는 이유를 말씀드릴까요? 첫째로 아줌마가 되면, 지저분하고 냄새가 나요!"
"어떻게 지저분하고 무슨 냄새…?"
누군가 묻는 소리가 날아왔다.
"네에! 결혼해서 몇 년쯤 된 아줌마 보세요! 집에선 옷을 아무렇게나 입어 지저분하고, 화장도 귀찮다고 잘 안 해 반찬 냄새까지 팡팡 풍기죠!"
"호호호! 어린 총각이 잘도 봤네! 하긴 그래!"
누군가 맞장구치는 소리가 날아왔다.
"둘째로 바가지와 잔소리만 늘죠! 젊어선 남편에게 바가지! 나이 들면 아이들에게 잔소리! 도대체 자신의 교양을 위한 독서 같은 건 한 줄도 안 하면서 말예요!"
"흐응! 그건 날더러 하는 소리 같구만?"
이번엔 장실장이 고개를 끄덕이며 말했다. 그 순간 미스터 남은 창문으로 밀려드는 여름햇살을 받아 더욱 눈부시게 예쁜 모습으로 이렇게 말했다.

"아유! 그만 오후일과 시작됐어요! 제 얘긴 이쯤하고요, 이제야 제가 예쁜 남자로 살고픈 이유를 아시겠습니까? 호호호!"*

제4화
보디 아르바이트

목화송이처럼 소담스런 함박눈이, 명멸하는 네온 사인의 불빛 속에 갇혀, 흡사 불나방떼 모양 파닥이다가는 맥없이 추락한다. 쇼윈도의 마네킹 자세로 이를 응시하는 아가씨…! 야성미 넘치는 생머리를 말갈기처럼 늘어뜨리고, 상의는 새하얀 밍크의 반코트에, 하의는 팬티스타킹 같은 맘보바지, 그리고 무릎까지 기어오르는 통부츠를 신고 있어, 아무리 유행에 둔감한 사람이라도 말띠인 새해 유행의 최첨단을 걷는 아가씨란 것쯤은 절로 알겠는데…!

세희의 모습을 소개하면 대강 이러한 것이었다. 그러니까 이 여자가, 이 도심의 거리에 더구나 이 시간을 선택하여 서 있는 이유를 눈치채기란…! 하지만 까짓것 부끄럽거나 죄스러울 건 없는 일이었다. 이미 수많은 선배언니들이 공공연하게 후배들에게 전수해 준 비밀이니까…!

자! 어떤 짐승이 걸려 줄까? 강남의 부동산 사장? 아냐! 그쪽은 한물갔으니까, 중동 붐을 탄 야마니 스타일의 신흥재벌 2세라면 좋겠는데…!

아차! 그도 안 돼! 순진한 농민만 상대하여 순진했기 때문이라곤 해도 농협을 가지고 논, 저 희대의 아랍인 가장 사기꾼 같은 놈한테 걸리면 어쩌게…? 옆구리에 구겨진 사무봉투를 끼고 미끄러질세라 장님걸음으로 엉금거리며 가는, 삼십대에 접어든 사내는 왕년의 KS학창시절의 꿈이나 안주삼아 씹으러 대폿집에, 어깨에 눈이 녹아 흐르는 중늙은이는 그 나이 먹도록 자가용은커녕 택시 합승도 못해, 버스정류장으로 뛰어가는 게, 과장쯤에서 명퇴하고 그 알량한 퇴직금으로 섣불리 사업에 손댔다가 몽땅 들어 잡수신 행색이고…!

세희는 옆을 스쳐가는 후보 짐승들이 모두 이 모양들이자 약간 초조해진다. 미옥언니처럼 아예 아프리카 밀림으로 쳐들어가? 아프리카 밀림이란 온갖 맹수들이 득시글거리는 장소. 예컨대 해피타운, 닐바나, 유토피아, 로열, 프레지던트… 어쩌구 하는 이름을 가진 곳들을 말한다.

"아가씨! 어느 쪽입니까? 쉘브루? 빠삐용? 여왕봉? 양지?"

이때 한 젊은이가 마치 TV 탤런트 같은 연기로 속삭이며 다가왔다. 세희는 이 불의의 습격에 재빨리 무장을 갖추며 시선을 똑바로 겨냥했다. 장발에 함박눈이 쌓여 흡사 흰 털실로 짠 모자를 쓴 빙상선수처럼 날렵한 몸매의 청년은, 원색의 체크무늬가 수놓아진 T-셔츠에 니스를 칠한 듯 번쩍거리는 인조가죽 점퍼를 걸치고 있었다. 그러나 바지는 파자마 같은 얇은 천에다가 삼각팬티만 겨우 꿰어질 빽바지라선지 섹스의 음영까지 뚜렷이 부각되고 있어, 이건 야한 정도를 지나쳐 숫제 선정적이기까지 하다.

"그럼 해피타운? 닐바나? 유토피아? 로열? 프레지던트?"

세희가 똑바로 쳐다보기만 하자, 장발의 젊은이는 한 걸음 더 다가서며, 용케도 그녀의 행선지를 예언해냈다. 순간 세희는 기가 막히기보다는 다행스럽게 여겨졌다. 말하는 폼과 행동거지가 적어도 칠공자의 회원지는 몰라도 그 분야의 재수생쯤의 실력 보유자는 될 듯 싶었던 것이다. 그렇다면…? 그녀는 시계를 보고 나서, 역시 그 청년처럼 탤런트가 연기하는 듯한 말투로 속삭였다.

"하지만 난 오늘밤 안으로 귀가해야 해요."

"오케이! 이제 겨우 아홉시 좀 지났으니까, 서두르면 충분해요."

그러자 청년은 당당한 걸음걸이로 앞장을 서며 대답해오는 말이었다. 그녀는 정말로 밀림에 잠입해 들어가는 사냥꾼처럼 두근거리는 가슴을 달래며 조심스럽게 그의 뒤를 밟았다. 오늘밤 이 젊은이는 그녀에게 있어서 사냥해야 할 짐승이었던 것이다. 짐승은 자신의 동굴이나 되는 듯이 프런트에 이르자, 재빨리 수속을 마친 후 엘리베이터로 들어갔다. 이윽고 삼십층에 가까운 한 동굴에서 짐승과 사냥꾼은 드디어 맞닥뜨리고 말았다.

"저 목욕하지 않으시겠습니까?"

그런데 웬일로 그녀는 청년의 이 달콤한 유혹적인 음성이 사냥꾼한테 한방 총을 맞은 짐승의 신음처럼 들려와서 아연할 수밖에 없었다.

"그럼 저 먼저 하겠습니다."

세희가 대꾸를 못하자 장발의 청년은 객실 옆에 딸린 목욕탕으로 사라졌다. 그녀는 순간 무너지듯 침대에 주저앉으며 두 손으로 얼굴을 감쌌다.

무얼 망설이지? 바보같이…? 그녀는 입술을 깨물었다. 교통사고로 한꺼번에 부모를 잃고, 하나뿐인 남동생과 고아처럼 살아온 지난 십여 년의 세월…! 날마다 빌딩은 죽순처럼 솟아오르고, 거리를 헤엄치는 인파는 계절 따라 더욱 사치스런 지느러미로 바꾸건만, 세희 남매의 고학은 갈수록 역경에 부딪쳤다. 더구나 이번엔 세훈까지 대학에 합격했으니 더욱 절망적일 수밖에…! 이때 선배언니가 남몰래 귀뜸해준 비결…!

"…그러니까 아르바이트하는 셈치고 나가면 되는 거야! 흥! 하지만 머지않아 미래엔 그것이 최고의 인기 있는 아르바이트가 될 걸! 내 말이 믿기지 않으면 시내에 나가서 둘러봐! 사방천지에 그 장소뿐일 테니까…!"

선배언니는 마술사처럼 몸속의 여기저기에서 1만 원짜리 지폐를 끄집어내며 깔깔거려댔다. 그래! 여기까지 와서 포기해서는 안 돼! 그녀는 이를 악물고 일어서서 옷을 벗기 시작했다. 이때 장발의 청년이 완전히 알몸인 채로 목욕탕에서 나왔다. 그리고 짐승은 한 걸음 한 걸음 그녀 앞으로 다가왔다. 하지만 세희는 두려울 것이 없었다. 이미 모든 것을 각오한 터였으니까…!

그러자 장발의 청년은 뜻밖에도 이렇게 말했다.

"아가씨! 보아하니 아가씬 나 같은 놈과 많이 놀아본 것 같은데…! 더이상 요구하지는 않겠어! …등록금이면 돼!"*

제5화
끌려다니는 여자

"*아니! 얘가 시간이 다돼가는데* 여태껏 뭘 하고 있는 게야?"

방문이 반쯤 열리면서 엄마가 상반신만 들이밀고 채근을 해왔다. 혜미는 화장대의 거울을 통하여 엄마를 쳐다보면서 짜증스럽게 대꾸했다.

"알았어! 엄마!"

"쯧쯧! 제 주제는 파악 못하고 신경질을 내긴…! 이것아! 오늘로 벌써 열 번째 맞선이야! 이 에미도 아주 지겹다. 요즘 같은 삼복염천에 너를 끌고 다니자니…! 남의 집 딸들은 툭하면 연애를 해서 골치라는데, 이건 온갖 조건 따져서 사주궁합까지 맞춰 줘도 혼사가 깨지기만 하니, 원!"

드디어 엄마의 그 올림픽 메달감인 잔소리 겸 푸념이 쏟아져 나오기 시작했다.

"알았다니깐!"

혜미는 사뭇 고함치듯 소리 질렀다.

"아따! 알았으면 얼른 화장도 하고, 옷도 갈아입고 서둘러야 할 게 아냐?"

그제야 엄마가 방문을 쾅 닫고 물러갔다.

〈흐유! 내가 어쩌다 이 꼴이 됐지?〉

혜미는 거울 앞으로 다가앉으며 자신을 향하여 중얼거렸다. 눈앞에 안개가 서리며 양쪽 뺨을 타고 눈물줄기가 하염없이 흘러내렸다.

〈그 남자 때문이야!〉

이윽고 혜미는 망각의 늪 속에 잠긴 경수와의 추억을 찾아 열심히 헤엄치고 있는 자신을 발견하고 화들짝 놀랐다. 벌써 5년이란 세월 저쪽으로 흘러가버린 과거를 아직도 잊지를 못하다니….

난생 처음 여행을 위하여 혜미는 서울역에 들어섰다. 피서객을 위한 대천행 특급열차에 몸을 실을 때까지, 그녀의 가슴은 무척이나 설레었다. 카랑카랑한 아나운서의 안내방송과 날카로운 기적소리에 놀란 듯 전봇대가 성큼성큼 뒤로 물러갔다. 그리고 차츰 기차의 속도가 빨라짐을 느낄 수 있었다. 혜미는 그제야 들떴던 기분을 약간 가라앉히고 시선을 차창 안으로 거두어 들였다. 순간 바로 앞좌석의 승객과 정면으로 눈이 마주쳤다. 그녀는 그만 얼굴을 붉히고 말았다. 스물 두셋 정도의 너무나 잘 생긴 남자가 아닌가! 무성한 장발 위에 눌러 쓴 모자의 배지로 봐서 어느 서클에 속해 있는 대학생 같아 보였다. 그의 얼굴은 첫눈에도 강렬한 호감을 불러일으킬 만큼 매력적이었으며, 특히 맑고 서늘한 느낌을 주는 두 눈동자는 상대방을 담박에 끌어들이는 묘한 흡인력을 가지고 있었다. 혜미는 의식적으로 고개를 돌려 차창 밖을 바라보았다. 어느새 끝없이 이어지던 시가지가 끝나고, 짙은 초록색 융단을 깔아놓은 듯한 들판으로 바뀌었다.

그녀는 순간 훌쩍 몸을 날려 마구 내달리고 싶은 충동을 느꼈다.

"도망쳐야 소용없습니다."

이때 그가 역시 고개를 혜미쪽으로 돌리며, 이런 엉뚱한 말을 건네오는 게 아닌가!

"뭐라구요?"

그녀는 의아하여, 아니 어처구니가 없어 물었다.

"난 자기를 끌고 갈 자신이 있걸랑!"

그러자 남자는 당장 반말투가 되어 혜미를 똑바로 쏘아보며 지껄였다.

"끌고 가다뇨? 누굴 범인 취급하는 거예요? 뭐예요?"

"아! 그렇게 처음부터 화낼 것 없잖아? 우린 어차피 일행이 될 텐데…!"

"여보세요! 아무리 착각은 자유라지만…!"

혜미는 더이상 말을 못하고 가쁜 숨만 내쉬었다. 미지의 남자에게 이렇게 자신도 모르게 큰소리를 쳐대다니! 그녀는 스스로 놀라왔고, 한편 부끄러웠던 것이다.

"이것 봐! 우리 공중도덕을 좀 지키자구! 차 안에서 자꾸만 싸우면 옆자리의 승객들에게 안면방해가 되잖아?"

"…!"

그녀가 입을 앙다물어 버리자, 남자가 약간 머쓱해져서 말했다.

"피서여행을 가는데 젊은 남녀가 서로 혼자였다면, 이건 보통 인연이 아니잖아?"

"흥! 많이 해본 솜씨네요?"

비웃는 혜미를 향하여, 그도 역시 비꼬아댔다.

"야, 한경수가 오늘 완전히 쫑코 먹는데…! 하지만 대꾸를 마다않으시는 자기도 유경험자 같으셔!"

이처럼 두 사람은 끝내 빗나간 채, 종착역인 대천에 도착하고 말았다. 경수가 먼저 일어서 혜미의 짐을 들어주며 투덜거렸다.

"쳇! 모처럼 즐거운 피서여행에 싸우기만 하다니! 하지만 미워도 해수욕장 가는 버스를 탈 때까지는 일행이 되는 게 자기를 위해 좋을 거야!"

"고맙군요? 하지만 아직도 늦진 않았어요! 우린 같은 피서지로 가잖아요?"

"으응? 바다에서 또 만나자는 거야? 그렇담 얘기가 달라지는데…!"

그녀는 경수가 계속 쫓아올까봐 미리 예방책으로 그런 반어법을 써 떠보았던 터라, 더이상 대꾸를 하지 않고 침묵을 지켰다.

"…난 아직까지 좋은 사람이 생겼다고 해서, 한 번도 뒤쫓아 다닌 적은 없걸랑!"

그러면서 그는 대천역을 빠져나오자, 앞장서 해수욕장행 버스정류장으로 걸어갔다. 그 바람에 그녀는 경수한테 끌려다니는 꼴이 돼버리고 말았다.

"그런데 이제… 참! 자기 이름을 모르니까 불편한데…!"

이윽고 버스에 오르자 경수가 의문의 눈길을 보내왔다.

"혜미라고 해요"

"혜미? 꽤 괜찮은 이름인데…! 자기랑 잘 어울려!"

"하지만 경수씬 좀 애매해요! 약간 촌스럽기도 하고 반대로 무척 세련되게 들리기도 하걸랑요."

혜미가 솔직하게 그녀의 느낌을 말하자, 경수는 의외로 밝은 표정을 지으며

"그래! 잘 말했어! 내 이름은 구슬과 같아 흙속에 묻히면 모래알같이 됐다가도 갈고 닦으면 보석처럼 빛나는…! 하핫!"

아까 세 시간이 넘는 기차여행에선 서로 티격태격 줄다리기만 해온 그들이었으나, 겨우 30분 정도의 해수욕장행 버스 안에선 뜻밖에도 대화가 잘 풀려나갔다. 해서 푸른 파도가 넘실거리는 해수욕장의 종점에 도착한 것도 잊을 지경이었다.

"자! 혜미! 그만 내리자구!"

"어머! 어느새…! 저 바다 좀 봐!"

혜미는 손에 잡힐 듯 하얗게 달려오는 파도를 보자, 그만 넋을 잃어버렸다.

"얘! 혜미야! 여기야, 여기!"

이때 차창 밖에서 숙경이 패거리들이 소리쳐왔다.

"으응? 그래! 고맙다! 마중 나왔구나?"

그녀는 들뜬 목소리로 외쳤다.

"누구야? 아는 친구들…?"

경수가 재빠르게 물어왔다.

"응! 먼저 온 일행들이예요."

"알았어! 난 3박4일 예정이야. 서로 해변가를 거닐다 보면 꼭 만날 수 있을 거야."

이윽고 혜미는 숙경이 패거리들에게 개선장군처럼 둘러싸였다.

"어머! 얘! 난 네가 끝내 못 오는 줄만 알았다."

"어떻게 호랑이 엄마에게 허락을 받았니?"

"근데… 아까 그 남잔 누구야?"

"주고받는 눈길이 보통 수상하지 않더라!"

"이 깍쟁아! 사실대로 고백해!"

드디어 낌새를 눈치챈 듯, 여기저기서 그녀와 경수에 대한 심문의 화살이 날아들었다.

"아냐! 아무것두…! 단지 그냥 함께 차를 탔던 옆자리의 승객일 뿐이야!"

혜미는 완강히 시침을 떼었지만, 바로 그날부터 해변가를 헤매는 자신을 발견하고 아연실색해지고 말았다. 아니, 헤맨다기보다는 흡사 누구한테 끌려 다니는 꼴이었던 것이다.

그렇게 사흘째나 해변을 뒤지던 황혼 무렵이었다. 이제 그녀는 지치고 약이 올라서 모래사장에 아무렇게나 주저앉았다. 조금만 기운이 남았어도 아예 저 빨갛게 끓어 넘치는 바닷물 속에 그녀의 몸뚱이를 내던졌을지도 몰랐다. 바로 이때였다.

"이봐! 혜미! 우리의 운명의 끈은 너무나 길군. 사흘만에야 겨우 만나다니…!"

경수가 해수욕복 차림으로 활짝 웃고 있었다. 그 순간 그녀는 심장이 딱 멎을 것 같은 기쁨에 빠졌다. 그가 내미는 손길을 잡고, 혜미는 다시 해변가를 걷기 시작했다. 이윽고 경수가 방향을 바꾸어 소나무숲이 우거진 언덕 너머로 그녀를 이끌고 갔다. 숲속은 아직 식지 않은 낮의 열기로 후덥지근했다. 두 사람의 숨결은 자연히 높아지고 있었다.

"혜미는 좋아하는 사람과 단 둘이 있어 본 적 있어?"

경수가 물어왔지만 그녀의 귀엔 잘 들리지 않았다. 그러나 자신도 모르게 중얼거렸다.

"없어요!"

"그래? 그럼 경수가 원하는 걸 가르쳐 주지!"

가까스로 몸을 가누며 앉아 있는 혜미를 향하여 그가 두 팔을 뻗쳐왔다. 그녀는 마치 모래성처럼 그의 가슴 안에 허물어지고 말았다.

〈그후 난 얼마나 오랫동안 경수한테 끌려다녔던가! 다방이랑, 극장, 그리고 고궁 혹은 교외로! 심지어 산부인과 병원에까지…! 그런데 왜 끝내 헤어지고 말았을까?〉

오늘에 와서 돌이켜볼 때 그녀는 도무지 그 이유가 생각나지 않는 것이었다.

〈그때 그와 결혼을 했더라면, 오늘날 열 번씩이나 맞선자리에 끌려다니는 수모는 당하지 않을 텐데…!〉

혜미는 이제 화장 정도로는 도저히 숨길 수 없는, 거울 속에 비친 자신의 나이든 얼굴을 원망스러운 듯 노려볼 뿐이었다.*

제6화
사랑 실습

 "*자기랑 처음 만난 것이* 신입생 미팅 때였으니까, 벌써 4년이나 지났군! 그 동안 즐거웠어."
 안개꽃 같은 하얀 거품이 솟구치는 사이다를 마시고 나더니, 혜리는 마치 그 거품이라도 뿜어내듯 가볍게 용건을 끄집어냈다.
 "즐거웠다니…?"
 효준은 얼른 감을 잡지 못하고 이렇게 애매한 질문을 했다.
 "아이! 자긴 내 말을 영 못 알아듣는 것 같애! 지난 날 우리의 사랑은 하나의 아름다운 추억으로 간직하잔 말이야!"
 "뭐라구?"
 그의 음성이 높아갈수록, 그러나 그녀는 오히려 잔잔한 미소까지 흘리며 속삭여 왔다.
 "그래야 먼 훗날 〈창문 너머 어렴풋이 옛 생각이 나겠지요〉가 될 게 아냐?"

"혜리! 갑자기 그 따위 생각을 하게 된 동기가 뭐지?"
"갑자기라니…?"
"그렇잖아? 지난 주 토요일만 해도, 캠핑까지 함께 갔었는데 그럴 수가 있어? 도대체 무슨 이야기가 하고 싶은 거야?"

 효준은 끓어오르는 분노를 참기 위하여 이를 악물고, 탁자 위에 놓인, 그의 사이다 잔만 노려보고 있었다. 아직도 그 안개꽃 같은 거품은 계속해서 표면까지 떠올랐다가는 공기층에 부딪치는 순간 흔적도 없이 사라지곤 했다. 그러나 그의 가슴 속의 분노는 점점 크게 부풀어 갈 뿐이었다.

"어쩜, 그리 사람이 촌스러워?"
"뭐? 촌스러워…?"
"그렇잖구! 학창시절엔 누구에게나 있는 한때의 불장난을 가지고 그렇게 심각하게 생각하니 말이야."
"불장난?"
"좀 신파조 같은 얘기지만 첫사랑은 불장난이라고들 하잖아? 그렇다면 자기와 나도 그런 관계지 뭐! 안 그래?"

 혜리는 미리 준비라도 해온 듯 요리조리 말을 잘도 꾸며댔다. 효준은 더이상 참을 수가 없었다.

"좋아! 우린 이제 끝장이야. 그러나 이대로 헤어질 순 없어."
"흥! 자기답지 않게 누굴 겁주는 거야? 뭐야?"

 하지만 그녀는 오히려 코웃음을 쳤다.

"혜리가 갑자기 변심한 이유를 알기 전에는 절대 물러설 수가 없단 말이야!"

 효준이 버럭 화를 내자, 그제야 그녀가 고백을 했다.

"나 이번 방학에 약혼해."

"그래서…?"

그는 의외로 침착하게 물었다.

"뭐가 그래서야…?"

혜리가 오히려 당황했다.

"축하의 전보를 띄울 거니까 안심해!"

효준은 정말로 자신이 그럴 각오가 되어 있는 것 같았다.

"작년에 법대를 졸업하고 고시에 합격해서, 지금은 연수원에 들어가 있대. 실은 나보다도 우리 아빠한테 점수를 딴 친구야. 하지만 나 역시 좋아지고 있어. 연애를 할 땐 사랑이 필요하지만, 결혼엔 조건이 더 중요하다는 어른들의 말씀이 차츰 그럴싸하게 여겨지거든!"

"…!"

"자! 그럼, 이만 안녕! 효준!"

드디어 혜리는 작별의 악수를 청해왔다. 그러면서 그녀는 최후의 다짐을 잊지 않았다.

"그러나, 자기와 나랑 친구로서의 우정은 변함없는 거야."

"물론!"

효준도 자신 있는 목소리로 맞장구쳤다. 하지만 그녀가 사라진 뒤에, 그에게 남은 일이란 절망뿐이었다. 효준은 다방을 나섰다.

"저…!"

이때 등 뒤에서 웬 여자의 목소리가 쫓아왔다. 그러나 효준은 걸음을 빨리 했다. 혜리를 제외하고 그를 불러 줄 여자는 아무도 없었기 때문이었다.

"비겁하시군요!"

"뭐요?"

영문을 몰라 어리둥절하는 그에게 여자가 다가와 말했다.

"그렇잖아요? 금방 절망에 빠지구요! 아니, 그 절망으로부터 무조건 회피하려고만 하니, 그게 비겁한 일이 아니고 뭐예요?"

"아니! 당신이 나를 언제 봤다고…?"

효준은 하도 기가 막혀 다음 말을 잇지 못했다.

"방금 저 다방 뒷좌석에 앉았었죠. 그 바람에 두 분의 이야기를 다 엿듣게 된 거죠."

"기가 막혀서…!"

"더구나 전 작가 지망생이거든요."

"흥! 그래서 나를 소재로 무슨 소설이라도 쓰고 싶은 겁니까?"

"그건 그럴 수도 있고, 아닐 수도 있어요. 좌우간 시간 좀 빌리고 싶은데요."

"지금 내 기분으론 사절합니다!"

"이렇게 시시한 남자니까 실연을 당했지!"

그 여자는 당돌하게도 이런 야유를 눈 하나 깜짝하지 않고 퍼부어댔다.

"뭐야? 초면에 누구한테 반말이야?"

"반말은 자기도 했어!"

"아가씨가 먼저 했잖아?"

"서로 말 좀 트면 어때? 나도 알고 보면 그다지 질 나쁜 인간은 아니니까, 너무 그렇게 한심한 눈으로 쳐다보지 말라구!"

이쯤 되면 싸움이 벌어진 거나 다름없었다. 그런데 이상하게도 그럴수록 효준의 기분은 가벼워졌다.

"이봐! 아가씨! 길에서 이렇게 아니라 어디 가서 아예 본격적으로 타이틀 매치를 벌이도록 하지?"

하여 거꾸로 효준 쪽에서 그녀를 회유했다.

"좋아! 저기 생맥주 호프집이 어때?"

그녀 역시 당장 찬성했다.

"역시 작가 지망생이라 다르시군!"

두 사람은 바로 근처에 위치한 호프집으로 향했다. 아직 술판을 벌이기엔 이른 시간인 탓인지, 홀 안은 거의 텅텅 비어 있었다. 두 사람이 대화를 나누기엔 안성맞춤이었다.

"참! 인사가 늦었는데, 난 상미야! 이상미! 그러나 친구들 사이엔 〈미〉자를 뗀 〈이상〉으로 통하지! 〈날개〉를 쓴 이상 같은 작가가 되라나! 호호!"

생맥주 한 컵을 다 비우고 나서야, 그녀가 자신을 소개했다.

"원효준이야! 전공은 상미가 실망할 것 같아서 생략하겠어!"

"실망? 그거 좋지! 실망은 희망의 아버지가 될 테니까…! 호호!"

"그렇담 좋았어! 체력은 국력! 내 전공은 체육과야!"

상미가 처음으로 폭소를 터뜨리며 즐거워했다. 그 바람에 효준도 덩달아 기분이 좋아져서 맥주컵을 연달아 기울였다.

"이제 그만 장소를 옮길까?"

이윽고 상미가 마지막 남은 땅콩안주를 입 안에 던져 넣고 나서 제의해 왔다.

"어디로…?"

"디스코가 추고 싶어졌어!"

"디스코? 잘못 추다가는 디스크에 걸린다던데…!"

"걱정 말아! 체육과인 자기만큼은 못 추겠지만, 그래도 F학점 수준은 되니까…!"

"알았어! 그 말뜻…! 디스코의 천재라 이거지?"

두 사람은 어느새 다정한 연인들처럼 팔짱을 낀 채 디스코 클럽을 찾아갔다. 이제 겨우 초저녁인데도, 벌써 홀 안은 젊은이들로 초만원을 이루었다.

칼날 같은 불줄기가 서로 부딪쳤다가는 순식간에 튕겨버리는가 하면, 동시에 고막을 찢는 강렬한 리듬이 우박처럼 쏟아져 내렸다. 그 수라장 속을 효준과 상미는 용감하게 쳐들어갔다. 남녀의 성 구별이 곤란한 장발, 젖가슴이 다 내보이도록 실크 남방의 윗 단추를 서너 개씩이나 열어놓은 모습, 삼각팬티 자국이 선명하게 드러날 정도로 꽉 죄는 **빽바지**를 입은, 얼핏 불량스러워 보이는 젊은이들, 짧은 커트 머리에 야한 그림이 찍힌 T-셔츠를 걸치고 청바지 차림을 한 여자애들이 서로 파트너를 바꾸며 어지럽게 돌아갔다. 마치 술래잡기라도 하듯 이리저리 헤매며 다녔다.

이윽고 휴식을 위한 느린 템포의 음악이 흘러나왔다. 그제야 효준과 상미는 테이블로 돌아왔다.

"이번엔 내가 사지!"

"아냐! 오늘은 상미한테 맡겨줘."

그녀는 맥주 3병과 안주를 청했다. 그리고 두 사람은 무슨 시합이라도 하듯이 다투어 맥주를 마셔댔다.

"야! 이제 그만 사랑 실습을 하러 갈까?"

이윽고 상미가 반쯤 남은 그녀의 맥주컵을 단숨에 비워 버리고 나서 건네왔다. 이제 홀 안은 마치 TV의 쇼프로 조명처럼 현란한 색깔로 바뀌고, 요즘 한창 유행인 요란한 음악이 소용돌이치고 있었다.

"뭐라구?"

효준은 두 눈을 크게 뜨며 소리쳐 물었다. 하지만 그것은 그녀의 말에 놀라서가 아니었다. 무슨 소린지 얼른 알아듣지를 못했던 때문이었다.

"자기랑 내가 만난 지, 벌써 네 시간이 다 됐잖아?"

"그래서…?"

"아유! 형광등!"

"…!"

그제야 상미의 말뜻을 깨닫고, 그가 대꾸를 못하자

"얼른 일어서라구! 내가 앞장을 서 줄 테니까…"

그녀는 팔목에 감긴 시계를 확인하고 나서 출입구 쪽으로 걸어갔다. 효준은 자신도 모르게 줄에 매인 인형처럼 상미의 뒤를 따랐다. 그러나 그녀는 뒤도 돌아보지 않고 걸음만 재촉할 뿐이었다.

이윽고 여관의 간판들이 밀집한 골목길에 접어들어서야

입을 열었다.

"설마 자기, 무궁화파는 아니겠지?"

"무궁화파라니…?"

의아하여 묻는 그에게 상미가 한심하다는 투로 힐난해 왔다.

"어쩜! 무궁화도 몰라? 관광호텔에 붙은 무궁화 말야!"

"아! 그것…?"

그제야 깨닫고 효준이 고개를 끄덕이자, 그녀는 조금 미안한 얼굴이 되어 속삭여 왔다.
 "이해해 줘! 오늘은 자금 사정이 이 뿐이야…."
 "…!"
 효준이 침묵을 지키자, 상미 역시 말없이 걸음만 내디뎠다. 막다른 골목에 위치한 〈모텔〉이란 간판 앞에 이르러서야 다시 입을 열었다.
 "이런 데에 출입한 전과가 있다면, 먼저 앞장을 서도 좋아!"
 효준의 얼굴을 똑바로 쳐다보며 그녀가 말을 계속했다.
 "…하지만 오늘만큼은 내게 맡겨 주었음 좋겠어."
 그리고 상미는 곧장 여관으로 들어가 마치 단골손님처럼 굴었다.
 "아줌마! 조용한, 아늑한 방 있죠?"
 "아유! 그럼요!"
 주인여자가 효준의 아래위를 훑어보며 의아한 표정을 지었다.
 "역시 보통 사람들의 사랑 실습에선 남자가 리드를 하는가 봐! 이 집 주인아줌마의 놀라는 얼굴 보았지?"
 2층의 구석방으로 안내되자, 상미가 폭소를 터뜨렸다.
 "웃어야 할 사람은 나라구!"
 그제야 효준도 함께 따라 웃었다.
 "어째서…?"
 "생각해 봐! 아무리 요즘 여성상위시대라지만, 이건 좀 지나치잖아?"
 "흥! 그렇지만 여자라고 남자의 지배만 받으란 법이 어디 있어?"
 "지배라구?"
 "그래! 특히 남녀가 이런 곳에 오면 으레…!"
 "으레…?"

"남자가 일방적으로 주도권을 행사하는데, 난 그게 불만이란 말야! 아니, 불공평하다고 생각해!"

"흥! 무슨 소릴 하는 거야?"

"그보다 먼저 남자들은 깨달아야 할 일이 있다구!"

"그건 또 무슨 소리지?"

점점 어처구니가 없어 효준이 되묻자

"여자에게 사랑을 행사할 줄만 알고, 그 반대는 모르니까 하는 소리야."

"…!"

"아직도 못 알아 듣겠어?"

그러면서 그녀가 팔을 뻗쳐 그의 얼굴을 감싸 안았다.

효준은 순간 자신도 모르게 눈을 감았다.

"아! 귀여워! 요즘 남자애들은 여자보다도 더 이쁘게 생겼더라!"

상미가 그의 뺨에 입술을 비비며 조그맣게 웃었다. 효준이 눈을 뜨자, 그녀가 엉뚱한 명령을 해왔다.

"자기, 누드 좀 보여 줄 수 없어? 소설에선 언제나 남자가 여자를 벗기는데, 난 그 반대로 하고 싶어!"

"흥! 작가 지망생이 아니랄까봐? 상미는 지금 소설을 쓰는 거야? 아니면 아까 말한 대로 사랑 실습을 하려는 거야?"

기가 막힌 효준이 그녀를 올려다보며 묻자

"그건 아무렇게 생각해도 좋아!"

그리고 상미는 그를 알몸으로 만들었다.

"…근데 모든 작가들은 소설에서 여자의 육체를 그릴 때 항상 유방을 찬미하더군! 그것도 온갖 미사여구를 동원해서 말이야! 그렇다면 남자의 육체 가운데 가장 아름다운 곳은 어디일까?"

"…?"

"이제 보니, 그건 바로 페니스야!"

"…!"

"아! 이 생명감 넘치는 싱싱한 페니스…!"

그녀는 더 이상 말을 잇지 못하고, 다음 순간 흐느꼈다. 효준은 이 돌연한 사태 앞에 역시 할 말을 잃고 말았다. 그러나 언제까지나 상미를 내버려 둘 수만도 없는 일이었다. 그는 상미에게 다가앉았다. 그러자 상미가 갑자기 뜻밖의 넋두리를 늘어놓는 것이었다.

"난 가짜 여대생이야! 가짜 국문과에, 가짜 작가 지망생이란 말이! 민이란 법대생 자식을 만나서 이 꼴이 됐지! 하지만 난 행복했다구! 우린 서로 사랑했으니까…! 다방에서 만나 차도 마시고, 영화 구경도 다니고, 산에 캠핑을 가기도 하고, 해수욕장에선 함께 밤바다를 바라보며 그토록 사랑했었는데…! 저 파도처럼 영원하자고 했었는데…! 그런데 끝장이 나버리고 말았단 말이야! 우린 사랑 실습까지 다 마쳤는데 어째서 실패했을까? 왜 깨어져 버리고 말았을까…?"*

제7화
자살 연습

자살식

붉은 카페트가 깔려진 층계 중간에 혜리는 멈추어서고 말았다. 금세 떨어질듯 위태롭게 매달린 머리 위의 명도 낮은 형광등 탓은 아니었다. 그렇다고 몸속에서 제멋대로 행패를 부려대는 알콜의 영향 때문은 더구나 아니었다.

단지 그녀에게는 너무나 생소한 세계였으므로 잠시 주저했을 뿐이었다고나 할까?

"이제부터 우린 하늘나라로 가는 거야!"

이때 경빈이 프런트의 수속을 끝낸 듯 다가오며 속삭여 왔다. 그리고는 아까 길에서처럼 팔짱을 끼워왔다. 그제야 혜리는 다시 걸음을 옮겼다. 안내자가 있는 이상 조금도 두려워할 이유는 없었던 것이다.

"맨 위층 구석방이야! 그러니까 자살식을 거행할 장소로는 안성맞춤인 셈이지! 훗훗!"

경빈이 다시 귓가에 건네오며 가볍게 웃어댔다. 혜리는 그의 얼굴을 똑바로 올려다보았다. 그러나 희미한 조명 탓인지 경빈의 모습은 물속에서처럼 불분명했다. 그 순간 그녀 역시 물속에서처럼 몸의 중심을 잃고 흔들렸다.

"혜리야! 설마 지금에 와서 두려운 건 아니겠지?"

그러자 경빈이 그녀의 상체를 부추기며 우울하게 물어왔다.

"어쩜! 그런 말을…!"

까지 말하고 혜리는 입을 다물었다. 갑자기 울음이 터져 나올 것만 같았던 것이다.

"알았어! 그런 질문해서 미안해!"

이윽고 그는 혜리의 눈물을 발견하자, 당황스레 시선을 돌리며 혼잣말처럼 중얼거렸다.

층계는 아직도 끝나지 않았다. 정말 하늘나라로 올라가는 길인 듯 멀게만 느껴졌다. 혜리와 경빈은 이제 사막을 걷는 나그네처럼 잔뜩 지쳐버리고 말았다. 그리하여 맨 위층 구석방을 찾았을 때에는 둘이 함께 가쁜 숨을 몰아쉬며 주저앉아 버리고 말았다. 혜리의 이마와 경빈의 무성한 장발이 덮인 이마에도 송글송글 땀방울이 맺혔다.

이윽고 경빈이 일어나서 창가로 갔다. 그리곤 굳게 드리워진 커튼을 헤쳤다.

"야! 저 별을 좀 봐! 혜리야!"

그가 소리치는 바람에 그녀도 창가로 다가갔다. 이 건물이 약간 고지대에 위치한 탓일까? 아니면 아직도 알콜의 영향 때문일까? 그것은 도시의 밤을 밝히는 전기불인데도 영락없는 별들로 착각되어지는 것이었다.
"역시 우린 잘 찾아왔지? 이제 식만 거행하면 되는 거야!"
경빈이 그녀의 얼굴을 응시하며 다짐하듯 건네왔다. 혜리는 말없이 고개만 끄떡였다.
"자! 그럼 보다 엄숙한 식을 위해 목욕재계를 해야지! 누가 먼저 할래?"
"…"
그녀가 대답을 못하자, 머쓱한 듯 얼굴을 붉히며 중얼거렸다.
"여필종부라는데 내가 먼저 하지! 그 동안에 혜리는 준비를 갖추라구!"
"으응! 여기 탁자에 차려 놓을께요."
혜리의 대답이 끝나기도 전에, 경빈은 방에 딸린 목욕탕으로 사라져 버렸다.
그녀는 자신과 경빈의 오버코우트 호주머니에서 제물들을 꺼냈다. 먼저 4절지 크기의 켄트지를 탁자 위에 펼쳐놓은 다음에, 약봉지와 콜라병과 종이컵들을 늘어놓았다.
그것으로 행사의 준비는 완료된 셈이었다. 혜리는 잠시 방안을 둘러보았다. 난생 처음 와보는 곳이건만, 처음과는 달리 조금도 서먹하지가 않았다. 방의 절반을 차지하는 커다란 침대와 윗목에 캐비넷 옷장이 하나 덩그러니 놓여 있을 뿐, 삭막하기 그지없는 풍경임에도 불구하고 그것은 이상한 일이었다.
"자! 이젠 혜리 차례야."
경빈이 머리에 맺힌 물방울을 떨구며 욕실로부터 걸어 나왔다.
"…!"
혜리는 말없이 그가 열어주는 욕실의 도어 안으로 들어섰다. 안개 같은 수증기가 꽉 차 당장에 숨이 막혀왔다. 아니 그것은 수증기 탓만은 아니었다. 하지만 그녀는 이렇게 다짐하면서 옷을 벗기 시작했다.

〈하늘나라에 가기 위해서라면, 이쯤 절차에 주저해선 안 돼!〉

이윽고 적당히 온냉수가 배합된 샤워 물줄기가 그녀의 알몸을 적시기 시작했다. 혜리는 눈을 감고 무방비 상태로 자신을 세워두었다. 그러자 물줄기는 짓궂게도 그녀의 전신을 속속들이 간지럼 태우기 시작했다. 혜리는 참을 수 없어 혼자 미소를 깨물었다. 이제 하늘나라에 이르는 길은 생각보다 즐거운 셈이었다.

이윽고 샤워를 마친 그녀가 방으로 돌아왔을 때, 경빈은 제물이 차려진 탁자 앞의 소파에 두 손과 고개를 모은 채 꼼짝 않고 앉아 있었다. 그 모습은 흡사 기도하는 자세였으므로 혜리는 감히 먼저 입을 열 수가 없었다.

"준비가 끝났으면 혜리도 이리 와서 앉아!"

경빈이 여전히 같은 자세를 취한 채 건네왔다. 그녀는 줄에 이끌리는 인형처럼 그가 지시하는 대로 따랐다

"지금부터 다섯 알씩 열 번만 삼키면 되는 거야."

"…!"

혜리는 떨리는 손으로 약봉지를 손바닥에 기울였다. 똑같은 크기와 색깔과 모양을 가진 수면제가 마치 살아 있는 벌레처럼 고물고물 기어 나왔다. 그녀는 그것들이 도망칠까봐 서두르듯 한 입에 털어 넣었다. 그리고 싱싱한 거품을 내뿜는 콜라를 컵에 따라 단숨에 들이마셨다. 경빈도 마치 그녀와 경쟁이라도 하듯이 같은 행동을 되풀이했다. 순식간에 약봉지는 비워져버리고 말았다.

"이것으로 일단 우리들의 자살식은 끝난 거야. 이젠 하늘나라로 떠나는 일만이 남았지!"

경빈이 연극배우가 대사라도 외우듯 또박또박 말을 이어나갔다. 그러나 혜리는 거꾸로 점점 정신이 맑아져서 그의 말이 비현실적으로 들렸다.

"난 아직 아무렇지도 않는데…!"

"처음엔 누구나 그래!"

"…?"

"난 이 행사가 벌써 세 번째거든! 하지만 이번만큼은 절대로 미수에 그치지 않을 거야!"

"…?"

순간 그녀는 가슴이 섬뜩했다. 만일 이 자살하는 일마저 실패를 해버린다면…? 그것은 상상만 해도 아찔한 일이었다.

"경빈씨! 우린 꼭 하늘나라에 가야 돼요!"

혜리는 두려움에 떨며 경빈에게 졸라댔다.

"걱정 말라니까! 이렇게 함께 가고 있잖아?"

그가 천천히 일어서며 혜리의 두 손을 잡아왔다. 그녀는 자석에 끌리듯 따라 일어섰다. 그러자 예기치 않은 현기증이 그녀에게 파도처럼 밀려왔다. 그 바람에 혜리는 하마터면 쓰러질 뻔했다. 기울어지는 그녀를 경빈이 가까스로 붙잡아 침대 위에 앉혔다. 둘이는 이제 서로가 의지하지 않으면 자신들을 지탱할 수가 없게 되었다.

"혜리야! 너무 어두운 길이었어. 내가 혼자 가기에는…! 그래서 널 끌어들인 거야! 미안해!"

경빈의 입이 혜리의 귓가로 파고들며 속삭여왔다.

"아녜요. 나 역시 두려웠어요!"

혜리는 차츰 허물어지는 기억의 실마리를 찾아 달려가며 그에게 외쳤다. 하지만 그녀의 목소리는 겨우 입 안을 맴돌 뿐이었다. 눈을 감고 떨고 있는 혜리의 귀에 경빈의 옷 벗는 소리가 들렸다. 그녀는 갑자기 가슴이 두근거리기 시작했다.

"혜리야!"

이윽고 경빈의 뜨거운 목소리가 물줄기처럼 혜리의 귓속으로 흘러들었다. 그 바람에 그녀는 자신도 모르게 눈을 떴다. 순간 그의 알몸이 조각처럼 시야를 가로막았다. 혜리는 얼핏 어느 한곳에 시선이 걸리고 말았다. 마치 살아 있는 듯이 맥박 치며, 헐떡이며, 숨을 쉬는 그의 섹스가 튼튼한 두 다리 사이에서 그녀를 쏘아보고 있었다.

"혜리야!"

차마 더이상 견디지 못하고 혜리가 눈을 감자, 무너져 내리듯 경빈이 그녀를 덮어오며 속삭였다. 이어서 간질이듯 그의 혀가 목을 더듬기 시작했다. 그녀는 놀라움과 부끄러움에 고개를 흔들었다. 그러자 경빈의 혀는 곧바로 그녀의 입술을 열고 침입했다. 이어서 그녀의 하반신에 최초의 격렬한 통증이 파문을 일으켰다.

공범자

〈영생 약국〉이란 간판 아래에서 혜리는 걸음을 멈췄다.

-흥! 여기서 약을 사 먹으면 영원히 살 수 있다는 뜻이겠지?

그녀는 이 뻔뻔스런 과대선전에 조소를 보내며 출입문을 밀고 들어섰다.

"어서 오십시오!"

갖가지 약들이 진열된 앞에 정물처럼 앉아 있던 주인이 혜리를 반겨주었다. 대머리가 훌렁 벗겨졌지만, 얼굴엔 주름 하나 없는 것으로 보아 30대 후반쯤으로 여겨졌다. 그녀는 삼촌에게 어리광이라도 부리듯 명랑하게 지껄였다.

"아저씨! 입시공부에 습관성이 됐는지 하루라도 복용하지 않으면, 이건 꼬박 밤을 새우게 되지 뭐예요? 사흘치만 주세요!"

"그래요? 학생! 하지만 한꺼번에 사흘치는 곤란한데…!"

그러나 말과는 달리 대머리 아저씨는, 이미 약봉지에 약을 헤아려 담고 있었다. 바로 그때였다.

"아저씨! 입시공부에 습관성이 됐는지 하루라도 복용하지 않으면, 이건 꼬박 밤을 새우게 되지 뭐예요. 사흘치만 주세요!"

금방 혜리가 지껄인 말을 한 글자도 틀리지 않고 외워대며 웬 재수생 타입의 남자애가 불쑥 나타났다. 그 바람에 혜리는 깜짝 놀라지 않을 수 없었다. 아니 좀 더 정확히 말하면, 처음엔 놀랐고 이어서 어처구니가 없었으며, 다음엔 화가 치밀었다. 해서 그녀는 그 남자애에게 톡 쏘아주었다.

"어머! 누굴 놀리는 거예요? 아님 원숭이띠예요?"

그러자 남자애가 장난꾸러기 같은 표정을 지으며 대꾸해왔다.

"아! 난 단지 약을 사러 온 손님일 뿐이야!"

"뭐라구요?"

"그러니까 자기 먼저 샀으면 자리 좀 비켜주시는 게 어떨까?"

"어쩜! 기가 막혀서…!"

혜리는 대머리 아저씨한테 거스름돈을 받고 나서, 다시금 쏘아주었다.
"흥! 언제 봤다고 반말이예요?"
이윽고 약국을 나온 혜리가 큰거리에 나섰을 때었다. 갑자기 누군가 앞을 막아서며 말을 건네왔다.
"저 잠깐! 시간 좀 빌립시다!"
의아해서 올려다보니, 방금 약국에서 만난 남자애였다. 그러나 이번엔 놀라거나, 어처구니가 없거나, 화가 나지 않았다. 다만 짜증이 날 뿐이었다.
"비키세요! 난 댁처럼 한가한 형편이 아니란 말예요!"
"그래요? 그렇담 할 수 없군요."
그제야 남자애는 반말투에서 존대어로 바꾸며, 혜리를 향하여 실망했다는 눈길을 보내왔다. 하지만 그녀의 짜증은 풀리지 않았다. 해서 혜리는 그를 완전히 묵살한 채 가던 길을 재촉했다.
"저 잠깐! 시간 좀 빌립시다!"
겨우 일분쯤이나 됐을까? 남자애가 다시금 뒤쫓아 와서 같은 말을 되풀이했다. 그녀는 이제 참을 수가 없었다.
"여보세요! 몇 번씩이나 말해야 알겠어요?"
혜리가 억양을 높여 소리치자, 남자애는 한층 더 기세를 올렸다.
"이보라구! 시간 좀 가지고 다니란 말야!"
"뭣이 어째요?"
"오늘은 내가 대신 시간을 빌려 주겠지만, 다음부터는 자기도 시간 좀 준비해 가지고 다니란 말야!"
"어쩜! 기가 막혀서…!"

"흥! 기가 막힌 건 나라구! 입시에 떨어질 경우 자살할 결심이었다면, 좀 더 미리부터 대비를 해두었어야지! 오늘에야 겨우 약국을 돌아다니는 거야?"

"…?"

그 순간 혜리는 하마터면 그 자리에 쓰러질 뻔했다. 이 세상에 어느 누구도 알아내지 못할 거라고 자부했던 비밀이 이렇게 어처구니없이 발각될 줄이야!

"이봐! 그렇다고 실망할 건 없어! 내가 이미 두 사람 몫을 사놓았으니까…!"

그러자 그녀의 팔짱을 끼워 부축하면서 위로를 해왔다.

"…!"

하지만 혜리는 여전히 아무 대꾸도 할 수 없었다. 마치 사건의 현장에서 붙잡힌 범인처럼 그에게 이끌려갈 뿐이었다.

"인사가 늦었군! 난 경빈이야. 재수를 두 번 했으니까 속칭 삼돌이지!"

"짐작은 했어요. 혜리라고 해요."

혜리는 겨우 신음하듯 대꾸했다.

"…그리고 이번 시험은 혜리 자기랑 같은 대학을 쳤구…!"

"…?"

"한데 혜리! 묘한 인연이군! 원서 낼 때와 시험날과 낙방한 오늘까지 연속 세 번씩이나 만나다니…!"

"흥! 그리고 보니 우린 목적지가 같은 나그네가 된 셈이네요?"

혜리는 그제야 한숨을 내쉬며 자조하듯 중얼거렸다.

"정말이야! 그렇담 무조건 날 따라올 수 있겠지? 아니! 함께 가는 거지?"

그러자 경빈은 반가움과 기쁨에 들뜬 목소리로 그녀에게 다그쳐왔다. 혜리는 말없이 고개만 끄덕여 주었다.

이윽고 둘이는 마치 행진이라도 하듯 동대문 지하철역에 이르러서야 잠시 걸음을 멈췄다. 하지만 곧 그들은 층계를 내려서 매표구로 향했다. 경빈이 인천행 차표 둘을 샀다. 러시아워도 아니건만 전철은 타고 내리는 승객들로 대만원이었다. 그리하여 경빈과 혜리는 가까스로 승객들 틈에 끼어들 수 있었다. 하지만 그들이 인천 연안 부두에 도착한 것은 그로부터 겨우 한 시간 반도 걸리지 않았다.

"작년과 재작년 이맘때에도 왔었으니까, 난 세 번째야!"

바다 위에 떠 있는 몇 개의 섬과 배들을 바라보며 경빈이 입을 열었다. 그러나 혜리는 아무런 대꾸도 할 수 없었다. 바로 눈앞에 세찬 파도가 밀려들자, 갑자기 자신의 몸뚱이를 그곳에 던져버리고 싶은 충동이 일어났던 것이다.

"그때마다 난 여기서 뛰어내리려고 했었지! 하지만 입시에 낙방했듯이 번번이 실패한 거야!"

경빈은 그녀의 속셈을 꿰뚫고 있는 것처럼, 어깨를 붙잡으며 다음의 스케줄에 대해서 안내를 해왔다.

"에, 여기까지 온 김에 저기 생선회집에 가서 점심 겸 저녁을 먹고 다시 서울로 돌아가는 거야. 그리고 다음 스케줄은 그때에 가서 얘기할 게!"

디스코

〈유토피아〉란 네온싸인 앞에서 경빈은 걸음을 멈췄다.

"역시 작년과 재작년 이맘때에도 내가 왔던 곳이야!"

그는 관광 안내원처럼 친절하게 혜리를 향해 설명을 해왔다.

"난 처음이예요."

"물론! 그럴테지! 첫 번째 입시의 낙방이니까!"

그녀는 어쩐지 무시당한 기분에 좀 화가 난 투로 이렇게 큰소릴 쳤으나, 막상 홀 안으로 들어서는 순간엔 그 자리에 폴싹 주저앉을 뻔 했다. 오색의 강렬한 불줄기가 흡사 밧줄처럼 휙 날아와 그녀의 몸뚱이를 묶어서는 사정없이 잡아채는 것이었다. 동시에 고막을 찢는 듯한 리듬의 파편들이 총공격을 해왔다. 그런 아비규환의 수라장 속에서 젊은이들이 아우성치고 있었다. 하지만 경빈은 타잔이 밀림을 헤쳐 가듯 요리조리 잘도 통로를 찾아 테이블로 그녀를 안내했다. 빛과 어둠이 그물처럼 얽혀진 홀 안을 웨이터가 용케 빠져 다니며 손님들의 주문을 받아갔다. 경빈은 맥주 셋과 기본안주를 청했다. 그리고 혜리에게 소리쳐왔다.

"우리들 낙방생을 위한 축제야! 어때? 신나지?"

"…!"

그러나 그녀의 귀에는 디스코 리듬이 무너져 내리는 폭발음밖에는 들려오지 않았다.

"자! 우선 한 컵 쭉 들이키라구! 그러면 새로운 세계가 빗장을 열어놓을 테니까!"

넋이 빠져 있는 혜리에게, 경빈이 거품을 잔뜩 뒤집어 쓴 맥주잔을 들이댔다. 그녀는 릴레이 경주 때 바통이라도 이어받듯 정신없이 그가 내미는 대로 받아들었다.

"혜리와 경빈의 낙방을 자축하며…!"

그러자 그가 이렇게 외치며 단숨에 맥주를 들이켰다. 혜리도 교주의 명을 따르는 신도처럼 뒤따라 입 안에 부어넣었다.

"이제 그럼 우리도 한 게임 벌여 볼까?"

이윽고 경빈이 그녀에게 권유해왔다.

"보는 것이 더 즐거워요."

혜리가 사양했으나, 그의 고집을 꺾을 수는 없었다.

"혜리! 추는 즐거움은 더욱 크다구!"

잠시 후 사람은 빛과 어둠으로 엮어진 그물 안에 스스로 갇히었다. 그리곤 안간힘을 다하여 다시 빠져 나오려고 몸부림치기 시작했다. 하지만 오색의 불줄기 끈은 좀체 끊어지지 않았다.

이윽고 디스코 음악에서 블루스 곡으로 바뀌었다.

"이런 템포는 우리의 생리에 안 맞아!"

경빈의 불만에 찬 투정이 아니라도 혜리 역시 맥이 빠졌다. 해서 그들은 다시 테이블로 돌아왔다.

"〈사모님! 댁의 아드님은 S대도 따놓은 당상입니다. 그러니까 안심하시고 원서를 넣으세요!〉 이건 모교의 현직 교사이자, 300만 원짜리 나의 과외를 맡으셨던 영어선생님이 우리 엄마한테 고자질한 소리야! 그 바람에 난 그만 엄마한테 천재란 낙인이 찍히우고 말았지!"

"…!"

그러나 혜리는 그에게 아무런 대꾸도 할 수 없었다. 어쩌면! 자신의 처지와 너무나 똑같지 않은가!

"흥! 한데 이런 천재가 내리 3년째 낙방을 먹다니! 스스로 죽어버리는 일밖에 남은 일이 뭐겠어?"

이제 경빈은 그녀의 두 손을 잡아 흔들며 애타게 하소연해왔다.

"경빈씨! 그 일을 위해서 우리가 지금 여기까지 온 게 아니예요?"

혜리가 이렇게 대답하며 고개를 끄덕여 보이자, 그는 갑자기 그녀의 목을 껴안으며 소리쳤다.

"혜리야! 고맙다. 이제 난 외롭지 않아! 웃으면서 이 세상과 작별의 악수를 할 수 있어!"

"그건… 그건 혜리도 마찬가지예요! 앞으로 나 혼자 겪을 수모를 생각하면 상상만으로도 끔찍했어요."

19년 동안 쌓아온 자신의 모든 것들이 산산이 깨어져 버린 지금에 와서, 그녀가 발붙일 장소란 이 세상엔 그 어느 곳에도 존재하지 않는 것으로 확신되었다. 따라서 혜리에게 남은 최후의 과업이 있다면, 그것은 자기를 완전무결하게 지워버리는 일 뿐이었던 것이다.

어둠의 끝

그곳은 어둠뿐이었다. 시작도 끝도 없는 무한한 부피를 가진 어둠덩어리 속이었다. 혜리는 그러한 어둠의 한 지점에서 빛을 찾아 헤매고 있었다. 아무리 달려도 제자리이고, 아무리 뛰어도 같은 위치인 어둠의 구렁텅이!

－아아! 빛을 주세요! 한줌의 빛이라도 좋아요! 아니! 한 톨의 빛알맹이라도 상관없어요!

그녀는 마구 어둠 속을 뛰어다니며 소리치다가 울부짖었다. 하지만 메아리마저 흡수해 버리는 저 어둠의 잔인한 횡포!

―오오! 이젠 할 수 없군요! 제가 졌어요! 좋아요! 전 어둠 속에서 살래요! 그것이 저에게 주어진 길이라면 어둠과 더불어 어둠을 사랑하며, 열심히! 아주 열심히 살래요!

결국 혜리는 빛을 찾는 일을 포기할 수밖에 없었다. 그러니까 어둠을 통하여 빛을 느끼며 살아야 할 터였다. 그녀가 이런 결론에 다다랐을 때였다. 어둠 속에 보이는 것이 있었다. 그것은 놀랍게도 빛이었다. 분명히 어둠 속의 빛이었다. 그리고 그 빛은 점점 밝아지기 시작해서 반딧불이 촛불이 되고, 다시 전등불로 바뀌었다가, 드디어는 이글이글 불타는 태양으로 변했다.

―아아! 저 태양…!

혜리는 그 순간 외마디 비명을 지르며 꿈속에서 깨어났다. 파도가 심한 바다 위에 떠있는 듯이, 엄청난 현기증이 그녀의 온몸을 휩쓸어 갔다. 혜리는 잠시 눈을 감고 진정을 했다. 순간 어제와 간밤의 일들이 난파선의 조각들처럼 어지럽게 머릿속을 떠돌아 다녔다.

"경빈씨!"

혜리는 구원을 청하듯 중얼거리며 다시 눈을 떴다. 그러나 방 안 어느 곳에도 그의 모습은 보이지 않았다. 그녀는 문득 머리맡을 보았다. 하얀 종이로 접혀진 새 한 마리가 나래를 편 채 앉아 있었다. 혜리는 떨리는 손으로 새를 잡았다. 그러자 새는 곧 한 장의 편지가 되어 그녀의 눈앞에 펼쳐졌다. 경빈은 그곳에 숨어 있었다. 혜리는 깨알 같은 글씨로 변신한 그의 속삭임을 천천히 읽어 내려갔다.

〈혜리야! 네가 이 글을 읽는 순간, 우리들의 자살 연습은 끝나버리는 거야! 어젯밤에 너와 내가 먹은 건 치사량의 절반도 못 미치는 분량이었어! 이제야 경빈의 속임수였음을 고백한다. 하지만 그 밖의 모든 이야기는 나의 영원한 진실이야! 단지 첫 번째 자살과 두 번째 자살에서 실패한 경빈은 혜리를 보는 순간, 넌 나와는 달리 입시에서처럼 자살하는 일도 거듭 실패하지는 않을 것처럼 느껴졌어!

그래서 경빈은 지난 날 자신의 추억들을 찾아 혜리와 함께 돌아다닌 거야! 따라서 넌 이제 경빈처럼 새로이 태어나야 돼! 2년 만에 어둠 속을 빠져나온 난, 실은 이번엔 합격의 영광을 따냈어!

혜리야! 난 믿어! 넌 단 하루로 낙방생의 그 어둠을 헤쳐 나올 수 있는 능력과 용기를 가진 여자라고…! 내년 이맘때쯤 내가 다니는 대학에서, 아니 우리들의 대학 캠퍼스에서 다시 만날 것을 약속하면서 이만 펜을 놓겠어. 프런트에 잘 부탁해 놓았으니까, 기운이 차려지는 대로 엄마한테 돌아가!〉

그녀는 여기까지 경빈의 속삭임을 듣다가 그만 귀를 틀어막고, 아니 눈을 감고 말았다. 눈물이 걷잡을 수 없게 쏟아져 나왔던 것이다.

얼마만큼이나 그렇게 한없이 흐느껴 울었을까? 이윽고 혜리는 자리에서 일어섰다.

―그래! 어둠은 사라졌어! 아니, 새로운 어둠이 닥쳐온대도 이제 혜리는 충분히 헤쳐 나갈 수 있을 거야!

그녀는 스스로에게 다짐을 하며 도어를 열고 복도를 지나 아래층으로 내려가는 계단 앞에 섰다. 간밤에 하늘나라로 오르는 사다리처럼 느껴졌던 층계가 바로 눈앞에 내려다 보였다.

이윽고 그녀는 지상을 향하여 조심스레 발걸음을 내디뎠다.*

제8화
펜팔 러브

"이렇게 한 의자에 앉게 된 것도 인연이 아니겠습니까?"

 기차가 서울역을 출발할 때부터 몹시 말을 건네고 싶어하는 눈치더니, 드디어 청년은 무성한 장발을 쓸어 넘기며 입을 열었다. 좀 야만스러울 정도로 검게 그을은 얼굴과는 달리 놀랍게도 창백하리만큼 희디흰 이마가 드러났다.

 "…!"

 명희는 너무도 의외의 사실이어서 대꾸를 잊은 채, 단지 그의 얼굴을 바라볼 뿐이었다. 그러자 청년은 무슨 잘못이라도 저지른 사람모양 얼굴이 붉어지며 혼잣말처럼 중얼거렸다.

 "저렇게 멋진 함박눈이 내리니까, 괜히 이야기가 하고 싶어져서요."

 하지만 명희가 계속해서 입을 다물고 있자, 청년은 뜻밖에도 태도를 돌변하여 사뭇 항의조로 이렇게 힐난해왔다.

"난 두 번이나 말했습니다. 그렇다면 한 마디쯤은 대꾸해 주는 것이 예의가 아닐까요?"

"…?"

"보아하니 댁도 나와 같은 처지인 듯한데, 너무 그러지 마십시오!"

"…?!"

"책가방 아닌 선물가방 같은 것을 가지고, 연말에 서울을 떠나는 완행열차에 탔다면, 뭐 뻔한 사람들 아닙니까?"

"죄송해요."

명희는 너무도 어처구니가 없어 잠시 할 말을 잃었다가 가까스로 반격을 한다는 것이 이런 엉뚱한 답변을 해버리고 말았다. 그 순간 청년의 얼굴은 핼쑥한 정도로 창백해졌다. 그리고 신음하듯 토해냈다.

"흥! 댁은 끝내 날 무시하는군요? 그러나 뱁새가 황새를 쫓다가는 어쩐다는 사실을 아셔야 합니다!"

이때 기차가 철교를 건너고 있기 때문일까? 청년이 내뱉는 말들이 명희에겐 깨어진 유리조각처럼 아프게 귓속으로 박혀와서, 그녀는 잔뜩 얼굴을 찌푸리지 않을 수 없었다. 그것을 청년은 또 비웃는 것으로 오해한 모양이었다. 졸고 있던 앞좌석의 승객들이 번쩍 눈을 뜰 정도로 크게 소리쳐왔다.

"아가씨! 정말 날 아주 병신으로 만들 작정입니까? 이미 〈자기〉가 있어 곤란하다면 솔직하게 고백을 해달란 말입니다!"

"…!"

그러나 명희는 정말로 아무런 대꾸를 할 수가 없었다. 지난 3년 동안 그녀가 수없이 반복해 온, 그 아득한 절망 속에 또다시 곤두박히는 느낌이었던 것이다.

 명희의 고향은 최근 지진으로 해서 꽤 널리 알려진 충남 홍성이었다. 그런데 읍내에서 제일 큰 포목상을 경영하던 그녀네 집에 불행이 들이닥친 것은 명희가 중학교를 졸업할 무렵이었다. 바로 요즘처럼 연말의 대목을 앞두고 잔뜩 물건을 잡아놓은 때에 화마가 야음을 타서 숨어들었던 것이다.

 아빠가 용감하게 쇠스랑을 들고 춤추는 화마에게 덤벼들었지만, 그것은 오히려 화마의 흥을 더욱 돋우어 줄 뿐이었다. 그리하여 명희는 하룻밤에 아빠를 잃는 절망 속에 빠지지 않으면 안 되었다. 이어서 절망은 또 절망을 새끼쳤다. 홍성여고에 합격까지 해놓고도 입학식엔 불참을 하지 않을 수 없었던 것이다.

 "명희야! 거지가 비단옷 입기는 어려워두, 부자가 깡통차기는 요냥 쉬운 벱이란다. 이게 다 집안 운수니께, 그리 알구 서울 느이 이모네 가서 취직자리나 방궈보두룩 헤여!"

 이듬해 봄이 되었을 때, 엄마가 겨울을 견딘 잔디처럼 병석에서 푸수수 일어앉으며, 그녀에게 당조짐하는 말이었다.

 "엄마! 그건 안 돼!"

 "뭣이여? 이 철없는 것아! 토끼새끼 같은 동생들이 두 살 터울루 다섯씩이나 오물거리는 게, 네 눈엔 안 뵌단 말이여?"

 "…!"

 하지만 명희는 엄마의 이런 속임수에 호락호락 넘어갈 수가 없었다. 그녀의 책상 서랍 속엔 바로 낮에 배달된 욱이의 펜팔이 숨겨져 있었던 것이다.

〈희야! 기뻐해줘! 욱이가 대전고에 합격했어! 설마 희야까지 날 뽑돌이라고 놀려대지는 않겠지?

이제 우린 앞으로 3년 더 견우와 직녀처럼 기다려야 해. 그리고 대입예비고사에 합격하는 날 대전과 홍성의 중간인 천안에서 만나는 거야! 약속해! 응? 그럼 그날까지 안녕!

대전에서 욱이가 〉

"자! 댁은 콜라를 드십시오! 난 속이 답답해서 나팔을 좀 불어야겠습니다."

청년의 채근에 명희는 화들짝 놀라며, 급히 욱이의 편지로부터 현실로 돌아왔다. 마치 무슨 나쁜 음모라도 꾸미다가 들킨 사람모양 가슴이 마구 뛰어서, 그녀는 자신도 모르게 콜라병을 받아 한 컵 따라 마셨다.

"네! 그 속에 수면제 같은 건 안 탔으니까, 안심 푹 놓으시고 더 드세요."

단숨에 소주병을 비워버린 청년이 신이 나서 떠들어댔다. 순간 명희는 자신도 술잔을 마신 기분이 되어, 당당한 시선으로 그를 노려보았다. 그리고 마치 주정이라도 하듯이 덤벼들었다.

"난 지금 절망하는 여자예요! 함께 죽을 상대를 찾는 지도 모른단 말예요."

그러자 그는 진짜 술꾼처럼 꺼윽! 하고 아주 지독한 트림을 하고 나서 떠벌이기 시작했다.

"아! 이거 반갑습니다. 실은 나도…. 아참! 제 소개가 늦었군요. 난 울보랍니다. 어머님의 말씀에 의하면 태어날 때부터 울보였답니다. 그리고 내가 너무 극성스럽게 운 탓인지, 여섯 살 먹어서는 아버님께서 돌아가셨습니다."

"꼭 10년 차이군요!"

"네? 10년 차이라뇨?"

"우리 아빤 제가 열여섯에…!"

"아! 그렇습니까? 이거 더욱 반갑군요.…에, 하지만 난 공부를 썩 잘했어요. 비록 뽑돌이긴 했지만, 충남의 명문 대전고교까지 다녔죠. 그러자 어머님께서마저 불의의 교통사고로 돌아가시는 바람에 중퇴하고…. 지금은 서울에서 공돌이가 됐습니다. 하하하!"

"네에?"

명희가 비명처럼 소리 지르자, 청년은 더욱 신바람이 나서 주워섬겼다.

"…그리고 한때는 연애도 했었죠. 서로 한 번도 못 만나보고 펜팔로 끝나긴 했지만…! 실은 오늘이 그녀와 만나기로 약속한 날인데…. 예비고사 합격자 발표일이니까요. 그런데 댁을 보는 순간부터 그녀처럼 느껴지는 건 웬일일까요?"

이윽고 청년은 울보라는 자신의 소개를 증명이라도 하듯, 두 눈에 가득 눈물을 담아보였다. 그때 기차가 멎는 소리와 함께 행상의 외침이 다가왔다.

"자아! 천안의 명물 호두과자가 왔에유~!"*

제9화
강아지 사랑

"*니 오늘두 삼순이 하구* 뒷동산에 가서 놀아라. 응?"
돼지는 엄마가 숟갈질 해주는 밥을 넝큼넝큼 받아먹다가 어머니의 이 말씀에
"그래, 나 오늘도 삼순이 하구 오래 놀다가 올께!"
하고 입술을 배죽이 내밀며 종알거렸다.
"암, 그래야 우리 돼애지가 참 이쁘지! 네 놀 동안 엄만 보리이삭을 주워다 볶아줄께?"
엄마가 이렇게 억누리를 쳐주는 바람에
"내 숟갈질 할께 엄마두 맘마 먹어!"
입이 헤작해지며 이렇게 말하고는 간장에 비빈 한 보시기 밥을 훌렁 다 먹고 사립문을 나선 돼지였다.
"엄마야! 내 지금 삼순네 간다-!"
사립문을 나서며 소리 지르는 돼지에게

"오냐! 쌈하지 말구 잘 놀다가 점심때 오너라, 응?"
하고 대답하시던 엄마의 목소리가 아직도 귓전에 쟁쟁히 울린다.
돼지는 이내 옆집 삼순네로 종종걸음을 쳤다.
"삼순아-! 노올자-!"
안마당으로 들어서며 냅다 부르는 돼지에게
"니 벌써 밥 먹었나? 이리 들어오너라."
방문을 열며 대답하던 사람은 삼순엄마였고, 웃어 보이며 내다보던 건 삼순이었다.
돼지는 삼순네 방 한편에 얌전스럽게 앉았다. 항상
"돼지야, 니 남의 집에 갔을 땐 얌전해야 한다. 알았지! 응?"
하시던 아빠의 말씀이 생각났던 것이다.
삼순이는 쌀과 보리가 반반쯤 섞인 밥을 먹고 있었다.
"넌 쌀밥만 먹지야?"
삼순이에게 반찬을 올려놓아주던 삼순엄마의 물음이었다. 돼지는 고개를 끄덕였다. 돼지는 김서방네의 삼대독자라서 명이 길으라고 지어준 이름이지만, 그러기에 돼지는 여름에도 하얀 쌀밥만 먹었던 것이다.
"삼순아! 우리 오늘두 뒷동산에 가서 놀자."
이윽고 사립문을 나서면서, 이같이 말하는 돼지에게
"그래! 그리루 가."
삼순이도 좋아하며 따라나섰다.
뒷동산은 삼순네집 바로 뒷산이었다. 언덕만 넘어가면 주인 없는 묘가 있었고, 그 묘마당가엔 커다란 바위가 있으며, 바로 언덕 아래엔 개울이 쫄쫄거리며 흘러서, 놀이터로는 아주 십상 좋은 곳이었던 것이다. 돼지와 삼순이는 날마다 오던 여기를 오늘도 또 온 것이다.

"삼순아! 오늘은 니 뭣 하구 놀래?"

"소꿉질 할까?"

"그래! 내 그릇 주워올께, 널랑 터나 닦아라!"

돼지는 돌짝밭으로 내려가서 반반하고 납작한 돌멩이를 여러 개 주워서는 앞자락에 안고 왔다.

"야아! 좋은 걸루 많이 주웠구나?."

삼순이는 깡충 뛰면서 치맛자락을 벌려들고 마중 나온다.

둘이는 바위 옆에 마련한 터에다 살림을 차려놓았다. 납작돌은 그릇을 삼았고, 빨간 돌로는 고춧가루를 만들었다. 그리고 풀잎을 뜯어다가 김치랑 짠지도 담갔다.

"돼지야! 너 저기 묘마당에 가서 자거라. 내 맘마 지을 동안…!"

삼순이는 엄마가 되었던 것이다. 돼지는 묘마당까지 쪼르르 달려가서는 드러누워 자는 시늉을 한다.

"삼순아! 밥 다 됐냐?"

"벌써…?"

"빨리 해라!"

그리곤 침묵이 흘렀다.

"다 됐다!"

"그새…?"

이번엔 돼지가 묻는다.

제법 상을 보았다. 돌가루밥에 풀잎김치가 제법이던 것이다.

그때였다.

"비오! 비오!"

하는 소리와 함께 솔개 한 마리가 둘의 머리 위에서 빙빙 돌기 시작하는 것이었다.

"솔개 떴다! 병아리 감춰라!"

돼지와 삼순이는 합창으로 이렇게 소리 지르며 솔개를 올려다보았다. 커다란 날개를 쭉 펴고 유유히 떠도는 것이 신기롭기 짝이 없었던 것이다.

"나도 솔개처럼 한번 날아봤음 좋겠다!"

삼순이가 머리를 쳐든 채 하는 말이었다.

"날개두 없이 어떻게 날아?"

"그러게 내 솔개가 되어 날아봤음 좋겠단 말이다!"

삼순이는 부러운 듯 그렇게 말한다.

"삼순아! 저 솔개 잡자!"

돼지는 이렇게 말하며 돌멩이 하나를 주워 솔개를 향하여 휭하니 던졌다.

"니가 던진 돌은 어림도 없다! 내 한번 맞힐게 봐라!"

이번엔 삼순이가 던졌으나 역시 맞지 않았다. 그럴수록 솔개는 약 오르게도 더욱 얕이 떠돈다. 둘이는 소꿉질하던 돌까지도 마구 집어던지고 있었다. 어느새 소꿉질하던 일은 까맣게 잊었던 것이다.

하루가 지났다. 오늘도 역시 이곳 뒷동산으로 왔다. 소꿉질은 이내 싫증이 났다. 개울로 돌던지기 시합을 했다. 한참 동안은 흥이 나서 던졌으나 곧 팔 힘이 빠져 그만 두었다.

오늘은 솔개도 날지 않았다. 거의 점심때가 되자 무척 더워왔다.

"삼순아! 저 아래 가서 미역이나 감자."

"그러자! 나두 더워 죽겠다."

둘이는 언덕을 내려서, 이윽고 개울까지 왔다. 맑은 물이 고인 웅덩이가 하나 있었다.

"니 옷 벗어라!"

삼순이가 먼저 돼지에게 말했다.

"니가 먼저 벗어라!"

이번엔 돼지가 말했다.

"싫다! 넌 머슴아니까, 니가 먼저 벗어야 한다!"

"그럼 내 먼저 들어갈께, 너두 벗어라!"

돼지는 삼베중의를 훌훌 벗어던지고, 팡당 물속으로 뛰어 들어갔다. 이어서 삼순이도 들어갔다. 둘이는 자갈을 긁어내어 웅덩이를 넓게 만들었다. 그리고는 물장구를 치며 놀았다.

"돼지야! 네 똥구멍에 배암 붙었다!"

삼순이가 호들갑을 떨며 달아나는 시늉을 하자

"으와! 엄마야!"

돼지는 보지도 않고 엉겁결에 비명을 올렸다.

"호호호! 거짓말이다."

삼순이는 깔깔거리며 또다시 물장구를 치기 시작했다.

또 하루가 지났다. 그리고 이틀이 흘러갔다.

이제 돼지는 자리보존한 지가 사흘이나 된 것이다. 화염을 담은 듯 가슴이 답답했다. 눈이 까칫거리고 온몸이 알알하게 쑤셨다. 목이 타고 정신이 희미했다.

"돼지가 홍역인 것 같아요. 온몸에 꽃이 피는 걸 보니까…!"
엄마의 목소리가 물속처럼 아득하게 들렸다.

또 며칠이 지났다. 이제 돼지는 겨우 몸을 가누어 일어나 앉을 수 있게 되었다.

그때였다. 돌연 옆집 삼순네서 〈아이고!〉 소리가 낭자하였다.

"엄마! 삼순네서 왜 저래?"

하나 엄마는 외면만 하실 뿐 대꾸를 안 하신다. 밖에는 부슬부슬 비가 내리고 있었다.

오랜만에 몸을 회복한 돼지가 삼순네로 놀러 가보니, 삼순이는 집에 없었다. 돼지가 눕기 전에 며칠 후면 외할머니네로 나들이 간다던 일이 생각나서 물어보니, 삼순엄마는 쓸쓸히 고개를 끄덕였다. 그러나 며칠을 두고 삼순넬 가봐도 오지 않기에, 이번엔 엄마한테 물어 보았더니

"삼순인 네가 아파 누운 동안에 하늘나라로 갔단다."

고 말씀하셨다. 돼지는 삼순이가 없어 몹시 허전하였다. 뒷동산엘 올라왔다. 그러나 소꿉질도 재미가 나지 않았고, 돌팔매질도 흥이 안 났다. 돼지는 마음이 울적하여 바위에 걸터앉았다.

그때였다.

"비오! 비오!"

하며 솔개 한 마리가 바로 돼지의 머리 위에서 빙빙 돌기 시작하는 것이었다. 돼지는 저도 모르는 사이에 솔개를 향해 돌을 던지다가 우뚝 멈추고 말았다.

언젠가 삼순이가 솔개가 되어 날아보았으면 하던 말과 아까 엄마가 하시던 말씀을 잘 생각해보니, 저 솔개는 틀림없이 삼순이라고 생각됐던

것이다. 순간 돼지는 손에 쥐었던 돌을 언덕 아래로 내던지고 말았다. 그리고는 솔개를 향해 소리쳤다.

"삼순아! 니 정말 솔개가 되었구나? 삼순아! 나랑 같이 놀지, 왜 솔개가 되었니? 삼순아-!"

돼지는 등성마루로 날아가는 솔개를 따라, 자꾸만 산속으로 달려가는 것이었다.*

제10화
사랑이란 사건

   도심의 버스정류장에서 미혜가 갈아 탈 노선을 기다리는 중이었다. 이때 누군가 슬금슬금 다가오더니 말을 건네왔다.
 "저 아가씨도 여기서 버스를 바꿔 타시나 보죠?"
 순간 그녀는 그 남자에게 전혀 무방비의 상태였으므로 의혹의 눈길을 보낼 뿐이었다. 그러자 그도 역시 약간 당황한 빛으로 우물거렸다.
 "저 벌써 일주일째 마주치게 돼서 말입니다. 그러니까 이건 그냥 우연만은 아닌 셈이죠. 그렇잖습니까? 하…!"
 남자는 웃음까지 쏟아내려다 말고 엉거주춤 미혜의 반응을 기다렸다. 별꼴이야!라는 표정으로 그녀가 묵살하려 들자, 다음 순간 그는 의외로 쉽게 단념한 투로 내뱉았다.
 "아가씨! 오늘은 이쯤 헤어집시다! 그러나 내일은 10분 일찍 나올 테니까, 그리 아십시오!"
 "뭐라구요?"

그제야 미혜의 입에서 대꾸가 튀어 나왔다. 바쁜 출근길에 별 웃기는 사람이잖아? 따라서 그녀는 조소와 경멸에 찬 시선으로 사정없이 그를 쏘아주었다. 한데도 남자는 무안해 하거나 화를 내기는커녕, 오히려 미소까지 지어 보이며 뻔뻔스럽게 변명을 늘어놓았다.

"에, 우리 피차 이러다가 지각을 하면 곤란하니까, 좀 시간을 앞당겨서 만나자, 이런 말씀이죠."

"…!"

그런데 다음날 뜻밖의 사태가 발생했다. 그녀가 남자의 요구대로 시계 추처럼 정확한 일상의 습관을 깨고 꼭 10분이나 빨리 출근길을 앞당겼던 것이다.

"야아! 역시 약속을 지켜주셨군요?"

그는 하룻밤이 10년만큼이나 지루했던 듯 깜짝 반기며 다가왔다. 미혜 역시 그녀 자신조차 놀랄 정도로 반가움에 가슴이 울렁거렸지만, 입술은 딴소리를 지껄이고 있었다.

"천만에요! 오는 길에 열개가 넘는 신호등이, 오늘따라 계속 파란불만 켜졌기 때문이죠."

"그래요? 아가씬 오늘 정말 재수가 좋으셨군요?"

"댁도 마찬가지죠, 뭐! 어쨌든 목적을 이루셨으니까요!"

"물론입니다. 그런 뜻에서 우리 돌아오는 토요일에 저어기…!"

남자의 눈길이 가리키는 곳에 아크릴로 된 다방 간판이 보였다.

"…〈돌탑〉에서 오후 두 시에 만납시다."

어머 무슨 남자가 저리 일방적이람! 누굴 뭘로 보구…! 그녀는 당장 이렇게 쏘아주고 싶었으나, 러시아워의 밀리는 인파 속인지라 더이상 지체할 수가 없었다. 하여 미혜는 노선버스가 정차하자 서둘러 올랐다.
"토요일 오후 두 시입니다. 아가씨! 〈돌탑〉이구요!"

남자의 목소리가 허겁지겁 뒤따라왔으나, 그녀는 이를 묵살한 채 승객들 틈으로 깊숙이 숨어들었다. 그런데 이상한 일이었다. 미혜의 뇌리 속에 〈토요일 오후 두 시, 돌탑〉이란 아홉 글자가 뚜렷이 새겨진 채 지워지질 않는 것이었다. 아울러 더욱 어처구니없는 일이 벌어졌다.

사흘 뒤인 토요일이 돌아올 때까지, 그녀는 남자가 제시한 약속을 까맣게 잊어버렸던 것이다. 물론 그 사이에 회사의 업무가 무척 바빴다고는 해도 그건 의외였다. 또한 희한한 일은 그럼에도 불구하고 토요일이 되자, 아침부터 동요하기 시작했다는 사실이었다. 뭘 입고 나가지? 벌써 한여름 날씨인데 이 옷차림은 너무 답답하고…. 미혜의 망설임은 꽤나 오래 계속됐고, 겨우 베이지색 투피스로 낙착이 되었다. 그리고 직장에서 일과가 끝날 때까지 시간을 의식하지 않았던 관례를 깨고, 몇 번이나 남몰래 벽시계를 확인하는 실수를 저질렀다. 하지만 그녀의 내부 한쪽에선 이런 변명이 종알대고 있었다. 뭐 어때? 그냥 한번 단순히 만나주는 것뿐인데…! 남자의 그만한 용기를 무참히 꺾어버리는 것도 너무 잔인한 일이잖아? 그녀는 될 수 있는 대로 약속시간을 무시하면서 〈돌탑〉에 들어섰다.

남자는 수중식물이 무성한 수족관 옆에 자리 잡고 있다가 한 손을 가볍게 치켜들었다. 어머! 내가 너무 일찍 왔잖아? 순간 미혜는 후회와 함께 반가움을 숨기면서, 천천히 그의 앞에 가서 마주 앉았다.

"하아! 이렇게 나와 주셔서…!"
"버스를 바꿔 타는 길에 잠깐 들러 본거죠, 뭐!"
"하하! 제가 그만큼 신용 있게 보였다니 다행인데요. 암튼 반갑습니다.

박경민입니다."

"장미혜에요."

그때 레지가 차 주문을 하러 왔다. 둘이는 금방 의견의 일치를 보여 커피로 통일했다.

"토요일이지만 나오시기에 바쁘지 않으셨습니까? 미혜씨?"

이윽고 그가 정중하게 인사치레를 해왔다. 미혜는 잠깐 손목시계에 눈을 주고 나서 대답했다.

"저흰 국영기업체라서 비교적 퇴근 시간이 정확해요."

"아! 그렇습니까? 우린 아주 지독한데요. 걸핏하면 특근 명목으로 일요일에도 끌어내기 일쑤거든요."

"어쩜! 요즘 세상에 그런 회사가 다 있죠?"

"하하! 그래도 수출 목표를 달성하기가 어려우니 어쩝니까?"

이제 대화는 제풀에 술술 풀려나가기 시작했다. 한데도 경민은 그날 겨우 커피 한잔으로 끝내고, 미혜의 핸드폰 전화번호만 확인한 채 자리를 뜨는 것이었다.

"자! 그럼 다음에 제가 또 연락드리죠. 미혜씨!"

이윽고 〈돌탑〉을 나온 두 사람은 각자의 노선에 따라 버스를 올라탔다. 미혜는 그때 차창 밖의 플라타나스 가로수 잎이 활짝 피어난 것을 발견해 냈다. 그제야 그녀는 매사에 무관심으로 일관한 지난날의 삶들이 부끄러워지기 시작했다. 그것은 그녀가 처음 경험하는 일이었다.

다음날 평소보다 좀 일찍 출근한 미혜는 사무실의 창문을 활짝 열어놓고 신선한 공기로 바꾸었다. 그 다음날은 각 직원들의 책상 위를 걸레질했다. 사흘째 되던 날엔 장미와 안개꽃을 한 묶음 사다가 사무실에 꽂아

놓았다.

"어? 미스 장! 웬일이지? 아무래도 연애하나봐! 요즘…!"

그러자 과장님의 이런 질문을 필두로 그녀에게 관심들이 집중했다.

"어머! 꽃 한번 사온 것두 죄가 되나요? 무슨 그럼 말씀을 하세요? 과장님!"

그녀는 얼굴을 붉히며 항의하듯 쫑알거렸다. 사실 미혜는 화가 나 있었다. 벌써 사흘째 아무런 연락조차 없는 경민이 야속하게 느껴졌던 것이다. 그런데 그는 꼭 일주일만에야 겨우 전화를 해왔다.

"미혜씨! 나야! 경민이…."

"무슨 일이죠?"

그녀는 될수록 침착하고 냉정하게 대꾸했다.

"어어? 벌써 화난 거야? 그 동안에 일이 좀 생겼다구…."

그러나 그는 당당하게, 아니 구질구질하게 변명을 해댔다.

"어쩜!"

미혜는 재빠르게 사무실을 한 바퀴 둘러보고 나서야 힐난하는 투로 그에게 쏘아주었다.

"…경민씨! 절 언제부터 알았다구 반말이예요?"

"하하! 미안해. 하지만 결국 그렇게 될 건데 뭐, 어때?"

"듣기 싫어요! 용건이 뭔지 그거나 어서 말해요!"

그제야 경민이 다급해진 어조로 답변을 해왔다.

"으응! 나한테 사건이 좀 생겼어."

"뭐예요? 사건이라구요?"

"그렇다니까! 자기하고도 관계가 있으니까 곧 〈돌탑〉으로 나와!"

그리고 경민은 일방적으로 전화를 끊었다. 뭐야? 이런 뻔뻔이가 어디 있담! 그녀는 화가 치밀어서 한참이나 핸드폰을 노려보았다. 이미 사무실 안은 퇴근들을 하고 텅 빈 채였다. 흥! 내가 호락호락 끌려 나갈 줄 알구? 어림없을 걸! 그녀는 회사를 나서면서 입술을 깨물었다. 그러나 버스에 오르자 그녀의 결심은 엉뚱하게 변질되고 있었다. 흥! 어때? 마지막으로 한번 만나 한바탕 복수하려는 것뿐인데….

 이윽고 〈돌탑〉에 당도하자, 그녀는 단단히 각오를 하고서 도어를 밀치고 들어섰다. 한데 웬일일까? 경민의 모습이 보이지 않는 것이었다. 그녀는 그와 처음 만난 때처럼 수족관 옆자리에 가서 앉았다. 흥! 나타나기만 해보라지! 미혜는 애꿎은 열대어만 노려보며 다짐을 했다. 그런데 사건이란 뭘까? 나와도 관계가 있댔는데…. 그 순간 차츰 그녀의 머릿속엔 엉뚱하게도 궁금증과 걱정이 쌓여갔다.

 "아! 와 있었군. 늦어서 미안해."

 이때 경민이 그녀의 맞은편에 펄썩 주저앉으며 우울하게 내뱉았다.

 "자기, 뭐야? 시간두 안 지키구!"

 미혜는 왈칵 화가 치밀어서 쏘아붙였다.

 "으응! 그럴 사건이 생겼다구 했잖아?"

 "사건이라구요?"

 "그래!"

 경민은 엽차를 훌쩍 들이키고 나서 용용 약 올리는 투로 속삭였다.

 "미혜! 아무래도 우리한테 사건이 벌어진 것 같아!"

 "…?"

 "에에, 말하자면 〈사랑이란 사건〉 말야! 그런 뜻에서 우리 축하의 악수!"

 다음 순간 그는 날쌔게 미혜의 오른손을 잡아 흔들며 이런 엉너리를 늘어놓았다. 그녀는 너무도 기가 막히고 어처구니가 없어 잡힌 손길을 뿌리치며 쏘아댔다.

 "어머머머! 이 손 놓아요! 이거야말로 사건이야!"

 그러나 그 바람에 그녀 쪽에서 더욱 힘찬 악수를 해버린 꼴이 되고 말았으니…!*

제11화
동창생 궁합

《장거리 여행에 첫눈이라! 이건 완전히 끝내주는 날씨 아냐?》

두석은 설레이는 가슴을 억누르며 잠시 하늘을 우러러 보았다. 흡사 나비떼 같은 탐스런 눈발들이 날개짓하듯 파닥이며 무수히 쏟아져 내렸다. 순간 두석 역시 한 마리의 나비가 된 듯한 착각에 빠졌다. 그는 실제로 두 팔을 날개처럼 휘저으며 역 광장을 지나 대합실로 들어섰다.

오늘따라 승객들도 별로 붐비지 않아, 그의 기분은 이래저래 신바람이 났다.

"저…부탁 좀 드리겠어요."

두석이 마악 매표구에서 차표를 사가지고 개찰구로 향할 때였다. 바로 등 뒤에서 누군가 말을 건네오는 게 아닌가?

"…?"

그가 돌아보자, 한 아가씨가 난처한 표정을 지으며 겨우 말을 이었다.

"짐이 무거워서요. 미안하지만 좀 들어다 주실래요?"

두석은 그녀의 여행용 가방과 트렁크 가운데 부피가 큰 트렁크 쪽을 택했다.

"고마워요!"

그녀는 짧게 인사하고 나서 동동걸음으로 두석의 뒤를 따랐다. 그 바람에 둘이는 마치 일행이라도 되는 듯이 함께 열차 안으로 들어와 좌석까지 마주 앉게 되었다.

"실례지만 아가씨는 어디까지 가십니까?"

이윽고 두석은 열차가 서서히 플랫트 홈을 떠나자, 그것이 신호이기라도 한 듯이 입을 열었다.

"끝까지요!"

한데 뜻밖에도 여자의 음성은 아주 냉정스러웠다. 짐을 들어다 줄 것을 부탁하던 아까와는 영 딴판이었다.

〈야! 요것 봐라. 누굴 어떻게 보고 이러는 거야?〉

순간 그는 은근히 부아가 치밀었다.

〈좋아! 그렇다면 종착역에 이를 때까지 어디 두고 보자.〉

두석은 자신에게, 아니 그녀에게 그런 다짐을 하면서 차창 밖으로 시선을 바꾸었다. 첫눈은 여전히 소담스럽게 쏟아졌다.

〈이 좋은 무드를 살려서, 기어이 껀수를 올리고야 말리라.〉

그는 나이답잖게 다시금 이런 다짐을 되뇌이며, 그녀의 얼굴을 훔쳐보았다. 첫눈에도 당장 호감을 불러일으키는 매력적인 모습이었다. 한쪽 이마를 가리운 긴 머리칼과 맑은 눈동자는 특히 두석의 가슴에 불을 질렀다.

"아가씨를 보니까, 문득 그 계집애가 생각이 나는군요."

순간 그는 그녀를 향해 도전의 화살을 쏘았다.

"뭐라구요?"

다행히 그녀가 반격의 눈길을 보내왔다. 두석은 이때다 싶어, 그의 어처구니없는 옛 추억을 내뱉았다.

"고1 때였으니까, 벌써 10년 전쯤 일이 돼버렸지만…!"

그 무렵 친구들은 펜팔이니 뭐니 해서, 거의 이성교제들을 하고 있었다. 두석만이 외톨이었다.

"…여름방학이 되도록 난 여학생들한테 말도 못 붙여 본 터였죠. 그러던 어느 날 버스 안에서였어요."

초등학교 때 동창이었던 점순이가 맨 뒷자리에 버티고 앉아 있는 게 아닌가? 한쪽 이마에 검은 점이 있어서 점순이란 그녀의 이름은 기억에도 더 새로웠다. 순간 두석은 등골이 서늘해졌다. 그녀의 고무줄놀이를 훼방 놓았다가 코피가 터지도록 얻어맞은 적이 있었던 것이다. 또한 그녀는 전교에서 맨 먼저 브라자를 하고 다녀서 화제를 뿌리기도 했다. 그런 무시무시하고도 맹랑한 점순이가 바로 지척에 앉아 있다니! 두석은 얼른 고개를 돌려 못 본체 했다. 그러자 그녀의 커다란 음성이 날아왔다.

"으응? 너 두석이 아니니? 이리와 앉아! 여기 자리 비었잖아!"

아뿔싸! 하지만 이미 그녀에게 들켜버린 이상 두석은 어쩔 수 없었다. 점순의 옆자리로 가서 주저앉으며 우물쭈물 대꾸했다.

"그래! 점순아! 참 오랜만이다."

그러자 그녀가 화를 벌컥 내며 소리쳤다.

"뭐야? 야! 임마! 두석아! 너 꼭 촌티 나는 내 이름을 이런 버스 안에서 큰소리로 불러가지고, 날 망신시켜야 속이 시원하겠니?"

하곤 점순이는 두석의 허벅다리를 눈물이 쑥 빠지도록 맵게 꼬집는 것이었다. 그때 두석은 아프다는 소리도 못 지르고 이를 악문채 단지 그녀의 손목만 꽉 움켜쥐었다. 그랬더니 이번엔

"어? 야! 너 내가 그렇게도 좋으니? 왜 남의 손목을 잡고 지랄이야? 으응?"

하고 외쳐대는 바람에 버스 안의 승객들이 모두 폭소를 터뜨리고 말았다.

"호호호! 그 초등학교 동창생, 참 재미있는 여학생이었군요?"

이때 아가씨가 의외로 호의적인 반응을 보였다.

"그뿐이면 또 내가 말을 안 해요. 그 다음엔 어떤 일이 있었는지 아십니까? 아가씨!"

두석은 그때 정말 기가 막히고 화가 났지만, 단지 차창 밖만 내다보고 있었다. 그러자 이윽고 점순이가 벌떡 일어서며 건네왔다.

"야! 난 다음에 내려! 네 차비 내 차비는 모두 네가 낼께!"

그리고는 잽싸게 다음 버스정류장에서 내려버렸다. 그러나 그때까지도 두석은 그녀의 말뜻을 깨닫지 못하다가, 한참만에야 겨우 해석해냈던 것이다.

〈아니! 이건 점순이 차비와 내 차비 모두 날더러 내라는 수작이잖아?〉

하지만 그녀는 이미 두 정류장 전에 내려버린 터였다.

"그때부터 난 여자라면 이가 갈렸죠. 한데 아가씨를 대하니까, 또 그 계집애 생각이 나지 뭡니까?"

두석은 정말로 그 옛 추억만큼이나 울화가 치밀어서 퉁명스레 그녀에

게 내쏘았다. 그러자 그녀가 한쪽 이마를 덮은 머리칼을 쓸어 올리려다 말고 대꾸해왔다.

"하지만 댁이 최초로 말을 나눈 이성친구는 그 점순이란 여학생뿐이잖아요?"

"그거야 어쩔 수 없이 그리 된 거죠."

두석은 생각만 해도 불쾌해져서 볼멘소리로 대꾸했다.

하지만 아가씨는 여전히 재미있다는 표정을 지은 채, 다시금 추궁해왔다.

"그럼 지금이라도 점순이란 동창생이 나타나면, 그 차비를 변상 받으실 건가요?"

"글쎄요. 그건 그 계집애가 다시 나타날 리 없으니까, 받고 싶어도 못 받을 거구요…."

두석은 그녀의 질문이 하도 예상 밖이라서 이렇게 얼버무렸다. 그러자 드디어 아가씨가 한쪽 이마를 덮은 머리칼을 쓸어 올리며 쏘아왔다.

"자, 날 똑똑히 보라구! 어쩐지 서울역에서부터 낯이 익더라니! 이제 두석이 너 나한테 처음 마음먹은 대로 껀수 올리려 안하면 그땐 알지? 여긴 버스보다 훨씬 넓은 기차 안이니까 각오해야 돼!"*

제12화
도시 총각과 농촌 처녀

"아가씨 어디까지 가십니까?"

추석 귀성객을 가득 실은 열차가 서울역을 출발하자마자, 옆자리의 총각이 먼저 입을 열었다. 하지만 처녀는 이에 대답을 하지 않았다.

"어차피 함께 갈텐데, 기왕이면 즐겁게 갑시다!"

그러자 총각이 짐짓 화가 난 투로 다시 처녀에게 건네는 말이었다.

"네? 전 즐겁지 않아도 좋으니까, 댁이나 즐겁게 가세요!"

그제야 처녀가 총각을 돌아보며 대꾸했다.

"아! 네! 그러니깐 아가씨 즐거운 추석 명절을 쇠러 고향엘 내려가는 게 아닌가 보군요?"

그러자 이번에는 총각이 비아냥거리듯이 말했다.

"뭐라구요?"

처녀의 신경질적인 대꾸가 터져 나오자.

"그렇잖습니까? 도대체 우리가 이 열차를 타기 위해 어떻게 기차표를 샀죠? 그런데 아가씬 지금 기뻐하질 않으니, 추석 명절을 쇠러 가는 게 아니라, 일테면…!"

"일테면 뭐죠?"

그제야 처녀의 눈빛이 총각에게로 모아졌다.

"에, 추석을 맞아 맞선을 보러 고향에 간다든지…!"

처녀는 다시 시선을 돌리며 차창 밖을 바라보았다.

"아니! 제 말이 맞습니까? 틀립니까?"

총각의 물음에 그러나 처녀는 더 이상 대답을 하지 않았다. 하지만 총각은 계속해서 입을 열었다.

"그나저나 이젠 추석 명절 연휴를 폐지해야 할 때도 됐지 않습니까? 아가씨! 안 그래요?"

"뭣이 어째요?"

그제야 다시 처녀가 총각에게로 얼굴을 돌렸다.

"안 그렇습니까? 바로 이 추석 명절 때문에 해마다 이 모양으로 전국이 교통지옥에 빠집니다! 그뿐인가요? 연휴 3일! 아니! 금년 같은 경우는 일요일까지 겹쳐 4일씩이나 놀게 되니까, 각 산업체의 손해는 얼마나 큽니까?"

"그래서 추석 명절 연휴를 없애야 한다는 이론인가요?"

"이제야 제 말뜻에 이해가 가십니까? 하하!"

총각이 웃음으로 대꾸하자, 이번에는 처녀가 총각에게 대들듯이 말했다.

"흥! 댁이야말로 추석 명절을 쇠러 고향엘 가는 분이 아닌가 보죠?"

"아! 그건 사실입니다."

"그래요?"

"네! 저는… 농촌 총각이 아니라, 서울에서 기술자로 일하고 있으니까요!"

"어머! 그런데 꼭 우리 시골 오빠를 닮으셨네요! 호호!"

그러자 처녀가 다시 비꼬는 투로 말했다.

"물론 저도 부모님은 시골 고향에 사시죠!"

"네! 그렇군요!"

그 순간 처녀는 웬일로 맥 풀린 표정이 되었다.

"근데 아가씬 어느 쪽입니까?"

이윽고 잠시 할 말을 잃었던 총각이 다시 입을 열었다.

"어느 쪽이라뇨?"

"도시 처녀? 농촌 처녀 가운데 말입니다!"

"네! 저도 댁처럼 농촌 출신이지만, 서울 큰오라버님댁에서 여고까지 다녔어요! 그리고 재수를 했지만 대학은 낙방했고요!"

"하하! 저는 공고를 다녔으니깐, 대학은 아예 포기했죠!"

"그런데 제가 고향을 떠난 동안 너무나 달라져 버렸어요!"

"아! 아가씨의 고향 말입니까?"

"네! 제가 살던 초등학교 때만 해도 저의 고향 마을에 아스팔트길이 생기고, 버스가 다니게 될 줄은 몰랐어요!"

"사실 요즘 길이 막혀 그렇지, 교통이 편리해진 건 사실이죠!"

"그리고 집집마다 전화와 수도까지 들어올 줄은 정말 생각지 못했다구요!"

"네! 그 바람에 시골에도 TV와 냉장고 같은 가전제품을 다들 쓰고 있죠!"

"물론 댁의 고향도 마찬가지겠죠?"

이번엔 처녀가 총각에게 질문을 했다.

"네! 그러나 이토록 잘 살게 됐는데도, 지금 시골에 가보면 〈고향무정〉을 느끼게 되죠! 제가 어렸을 적엔 60여 호가 넘던 제법 큰 마을이었는데, 지금은 절반 가까이나 줄어들었으니까요!"

"그건 저희 고향도 그래요! 더구나 고향에서 농사를 짓는 어른들의 평균 연령이 60을 훨씬 넘고 있으니깐, 이러다간 몇 년 안 가서 농토가 모조리 쑥밭이 될지도 모르겠어요! 후우!"

하면서 처녀는 가만히 한숨을 내뿜었다. 도시 총각이라고 내세운 그와는 달리, 그녀는 이번 추석 명절의 귀향을 통해 농촌 처녀로 남을 작정을 하고 있기 때문일까?

"하지만 저는 그런 농촌 문제에 대해 아직 절망은 하지 않습니다."

이윽고 총각이 입을 열었다. 그러자 처녀가 반짝 눈빛을 빛내며 물었다.

"무슨 해결책이라도 있단 말인가요?"

"네! 농업을 기업화시키는 겁니다."

"농업을 기업화시킨다고요?"

의아한 표정을 짓는 처녀에게 총각이 설명을 계속했다.

"아! 그런 말이 좀 이상하다면, 농업의 기계화 정도가 좋겠군요! 즉 요즘 농촌마다 거의 경지정리가 되고 있는데요, 논이든 밭이든 완전 경지정리를 한 다음에 일체 기계화 영농을 하는 겁니다."

"네! 벌써 저희 고향 오빠 댁도 기계로 논밭을 갈고요, 모내기와 수확을 하고 있어요!"

"그렇죠? 암튼 영농 기계화가 완전 실현되면, 지금 일손의 20분의 1만 가지고도 충분할 겁니다. 그러니까 60호 농촌 마을에 세 집 정도만 남아도 농사가 가능한 거죠!"

"하지만 농촌을 지키려는 젊은이들이 없는 것이 문제잖아요?"

"네! 그건 다른 문제들 때문이죠!"

"그게 뭐죠?"

"제가 도시 총각이 된 이유가 뭔지 아십니까? 저의 큰형이 40줄에 접어들었는데, 아직도 결혼을 못하고 있죠!"

"저의 시골 오라버니도 마찬가지예요!"

"시골에 살면 무엇보다도 자녀교육 문제! 의료혜택 문제! 게다가 문화적인 생활도 영위하기가 어렵죠! 그러니 어느 여자가 시골로 시집오려 하겠습니까?"

"네! 저도 그런 문제의 해결책을 댁한테 묻고 싶다구요!"

"…해서 저는 생각해 보았죠. 농업의 기업화란 농촌의 일손 부족을 도시의 노동자들로 해결하는 겁니다. 특히 영농에 경험이 있는 장년층 이상의 유휴 인력을 활용하는 거예요! 그건 일당제도 좋고, 월급제도 좋겠죠!"

"대단한 이론 같네요!"

이제 처녀가 귀가 솔깃하여 총각의 강의에 빠져들었다. 그럴수록 총각은 더욱 신바람이 나서 늘어놓았다.

"그러니까 앞으로 농촌에는 농부 대신 농업사장만 살게 되는 거죠! 농지 100만평쯤 경작하는 농업사장이 도시의 농업 근로자를 고용한다면, 아마 한 100명쯤이면 족하리라고 추산됩니다만…!"

"호호! 댁은 도시 총각이라면서, 언제 그런 연구를 하셨죠?"
"아! 그건 다 이유가 있죠! 바로 오늘 같은 날을 위해서…!"
"네에? 오늘 같은 날이라뇨?"
"바로 아가씨 같은 농촌 처녀를 만나는 날!"
"…?!"
하지만 처녀는 더욱 어리둥절한 표정을 지을 뿐이었다.
"아가씨! 머잖아 경부고속전철도 건설되면, 우리나라는 지역간 교육! 의료! 문화적 격차도 거의 사라질 겁니다. 앞으로는 어떤 직업에 종사하느냐에 따라 삶의 질이 결정되지 않고, 각 개인의 능력에 따라 달라지리라 믿습니다. 그나저나 아가씬 어느 역에서 내리십니까?"
그때 기차가 멈추자 총각이 처녀에게 물었는데, 공교롭게도 함께 내리게 되었다. 그러자 총각이 머리를 긁으며 고백했다.
"아! 그렇습니까? 실은 저도 맞선을 보러 내려왔죠! 그래서 결혼이 성사되면, 고향 농촌에서 살 작정이랍니다!"
그러자 처녀가 핸드백에서 편지 봉투를 꺼내며 말했다.
"어머! 그럼 혹시 댁이 제가 고향 올케한테 받은 맞선 사진의 주인공인지도 모르겠네요! 아직 꺼내보지도 않았는데…!"
"아! 그렇습니까? 저 역시 농촌으로 시집온다는 처녀가 믿기지 않아, 맞선 사진을 꺼내보지도 않았는데…!"
이윽고 처녀와 총각이 편지 봉투 속에서 사진을 꺼내 본 순간 두 사람의 입에선 동시에 똑같은 말이 터져 나왔다.
"아니! 이건…?!"*

제13화
톡 쏘는 여자

"요즘 내 소원이 뭔지 아나?"

구내식당에서 점심을 먹고 들어와 오후 일과시간이 아직도 30분 이상이나 남자, 심심해진 김부장이 사무실 직원들을 둘러보며 물었다.

"네! 제가 정답을 찍어볼까요? 지금 실장님 자리가 공석이니까, 이참에 영전하시고 싶다! 요런 말씀이시죠?"

입이 가벼워서 '촉새'란 별명을 가진 미스터 최가 냉큼 떠벌리고 나서자

"허허! 자넨 어째 그리 세상 물정에 어두운가? 요즘 괜히 출세 잘못했다가 날벼락을 맞는 것 보면서도…! 쯧쯧!"

김부장은 한심하다는 투로 혀를 차고 나서 말을 이었다.

"…내 소원은 말야, 이 봄에 우리 사무실의 미스 장한테 청첩장 좀 받아봤으면…!"

"아! 정말 우리의 소원은 통일과 함께 바로 미스 장의 짝짓기죠! 하하!"

이번엔 한대리까지도 끼어들며 웃음을 터뜨렸다. 그 순간 미스 장은

더 이상 참을 수가 없었다.

"아유! 지겨운 남자들! 그렇게 할일이 없음, 책이라도 좀 읽으세요! 책의 해에 신문도 안 보는 우리 사무실 남자들! 부끄럽지도 않으세요?"

"에잉! 저 톡 쏘는 말투하며…! 저러니까 미스 장한테 어느 남자가 감히 오겠나? 흐흐흐!"

그러자 선천성 대머리 최과장이 담배 연기를 내뿜으며 이죽거렸다.

"정말 미스 장은 벌띠인가? 왜 그리 톡 쏘길 좋아하누? 응?"

이번에는 김부장이 짐짓 정색을 하면서 물어왔다.

"네! 부장님 마음대로 생각하세요!"

하지만 미스 장은 눈 하나 깜박이지 않고, 도전적으로 대꾸하는 것이었다.

"에, 내 얘긴 집에 가도 미스 장처럼 시집을 안 가는 올드미스 여동생이 버티고 있으니깐, 오나가나 걱정이 돼서 한 얘기라구! 미스 장! 그러니까 진짜로 오해는 말아요! 허허허!"

그제야 김부장이 평상시의 호인다운 너털웃음을 터뜨리며 말했다. 하지만 미스 장은 여전히 화난 표정을 지우지 않았다.

문득 창 너머로 보이는 가로수에 연초록의 잎새가 제법 피어난 이 축복의 결혼 시즌에, 지금까지 수모를 당하면서도 올드미스를 계속 고수해야 하다니! 물론 미스 장은 독신주의자거나, 또는 일과 결혼한 요즘 신세대다운 커리어우먼은 더욱 아니었다.

아니! 대학 시절뿐 아니라, 직장에 들어와서도 남자를 사귄 적이 있었다.

"형! 날 정말로 좋아한다면 가져도 좋아요!"

대학시절에 미스 장이 동아리의 회원으로 MT를 갔을 적에, 서클 반장이었던 선배한테 이렇게 고백했을 때, 그 결과란 어떠했던가?

"뭐야? 그건 안 돼! 우리 엄마가 아시게 되면, 난 집에서…!"

"아유! 형은 사랑도 엄마 허락을 받아야 되우? 호호!"

어처구니가 없어 묻는 미스 장에게, 마마보이 선배는 곤혹스런 표정을 지으며 대답했던 것이다.

"내가 대학을 마치고 유학 갔다 오면, 결혼할 여자는 엄마가…!"

"형! 그만 둬요!"

그때 미스 장은 자신도 모르게 톡 쏘고 말았다. 그리고 다시는 그 선배와 얼굴을 맞대지 않았다.

그 후 직장생활을 시작한 뒤의 짧았던 러브 스토리! 지금은 타부서로 가버린 미스터 백! 그는 세칭 일류대학을 우수한 성적으로 졸업하고, 엄청난 경쟁을 뚫고 들어온 엘리트 사원이었다.

"저 미스 장! 이 기안 공문 좀 부탁합니다."

그는 신입사원답게 공손한 어조로, 미스 장에게 컴퓨터를 쳐줄 것을 의뢰해왔다.

"네! 거기 놓으세요!"

"좀 급합니다!"

"은행에 가도 순서가 있잖아요?"

미스 장은 일부러 신경질적으로 톡 쏘아 주었다.

"아! 미안합니다! 그럼 기다리죠!"

"네! 그럼 전 점심시간을 기다릴까요?"

"아, 네! 좋습니다. 제가 한턱 내죠!"

이렇게 되어 둘이는 가깝게 되었던 것이다.
그런데 미스터 백은 매사에 그랬다. 자신의 줏대로 사는 것이 아니라, 리모콘으로 켜는 TV처럼, 오로지 누구의 지시가 있어야만 움직이는 것이었다. 발전적인 직장인이 되려면, 일을 찾아서 할 줄 알아야 하고, 때로는 상사와 부딪히면서도, 또한 상사를 깍듯이 모실 줄 아는, 그렇게 톡 쏘는 남자가 되어야 하지 않을까? 미스터 백에게 호감을 가졌던 그녀가 더욱 톡 쏘는 여자로 바뀐 것이 바로 그때부터였던 것이다.
"미스 장! 내가 너무 심했나? 아직도 그러고 있으니 말야!"
이윽고 김부장의 채근에 현실로 돌아온 미스 장은, 그만 자신도 모르게 또다시 톡 쏘는 말투로 대답하고 말았다.
"네? 제가 어때서요?"
"허허! 미스 장의 그 톡 쏘는 매력도 좋지만, 이젠 좀 달라지는 게 어때? 세상도 바뀌었는데…!"
김부장이 미스 장을 향해 톡 쏘듯 건네온 건 이때였다. 아울러 미스 장이 미소와 함께 처음으로 고분고분하게 대꾸한 것도 바로 그때였다.
"부장님! 그동안 사무실에 톡 쏘는 남자가 없으니깐, 제가 자꾸만 톡 쏘는 여자가 됐던 거라구요! 호호호!"*

제14화
탁월한 선택

"이봐요! 미스 한! 올해도 그냥 넘길거야?"

벌써 새해 연하장을 받아 봉투를 뜯던 노과장님께서 미스 한과 눈길이 마주치자 건네오는 말이었다.

"아유! 전 세금 밀린 것 없어요! 그만 좀 독촉하세요! 호호!"

이때 미스 한은 늘상처럼 웃음으로 얼버무렸지만, 정말이지 초조하기로 말하면, 그녀 자신보다 더한 사람은 없을 터였다.

"휴우! 우리 과의 홍일점 미스 한을 업어갈 늑대는 언제쯤 나타날꼬?"

그러자 능글맞은 박대리가 담배연기를 내뿜으며 끼어들었다.

"네에! 누가 아니래요! 그 흔한 영계 대신, 날마다 노계를 마주 보아야 하는 제 기분! 어떤지 아십니까? 한 마디로 왕피곤!"

이번엔 사무실의 쫄짜인 미스터 최까지 합세했다. 하지만 그녀는 그런 남자들 틈에서 벌써 10여 년간이나 산전수전 다 겪어왔다. 따라서 그녀가 그들에게 대응하는 방법은 아주 색달랐다.

"아! 점심식사들 하고서 커피를 안 마셨군요? 그럼 제가 타드리죠! 설탕 대신 소금 좀 넣을께요? 남자들이 왜 그리 싱거운 소리들만 하세요? 네!"

"와아! 역시 미스 한은 왕올드미스야! 저 말씀씨나 하고…! 하하!"

결국 오늘도 노과장님부터 손을 들고 오후 일과에 들어가게 되었다. 그러나 미스 한은 얼른 일손이 잡히지 않았다. 문득 빌딩의 창 너머로 보이는 플라타너스 가로수에는 〈마지막 잎새〉조차 남아 있지 않았다. 그러니까 이제 올해 역시 어이없이 흘려보내고 만 셈이었다.

〈차라리 후보자들이나 없다면…! 후우!〉

미스 한은 자신도 모르게 한숨을 내쉬었다. 금년을 넘기면 드디어 20대를 넘어 30대에 접어드는 거였다. 그녀는 조용히 눈을 감고, 벌써 몇 년째나 쫓아다니는 세 남자들을 떠올렸다.

먼저 미스터 S가 그녀 앞으로 다가와서 소리쳤다.

"미스 한! 넌 그 병부터 고쳐야 한다구!"

"뭐예요? 내가 무슨 병에 걸렸다는 거예요?"

"바로 남성공포증 말야! 그렇잖고야 내가 이토록 쫓아다니는데, 결혼을 안 할 이유가 없잖아? 응?"

하면서 미스터 S는 만세를 부르는 폼으로 미스 한에게 달려들었다. 그녀는 깜짝 놀라 눈을 떴다. 소위 일류대학 출신에 가문 좋고 빽도 쎈 집안이지만, 남자가 좀 가벼운 것이 결정적인 흠이었다. 그래서 여지껏 미스 한은 망설여왔던 것이다.

"미스 한! 나와 결혼하면, 우린 새로운 세계에서 살게 될거요!"

"새로운 세계라뇨? 결혼이 무슨 해외 이민이라도 되나요?"

그녀는 어처구니없다는 표정을 지으며 미스터 S를 바라보았다.

"글쎄? 믿어달라구! 우리가 결혼만 한다면, 난 당신을 영원히 행복하게 할 자신이 있으니까! 그게 바로 새로운 세계지 뭐야? 지금 미스 한은 너무나 고달픈 직장생활을 하고 있잖아?"

순간 미스 한은 다시 눈을 감아 버렸다. 그러자 미스터 S가 사라지면서, 이번엔 두 번째 후보인 미스터 J가 나타났다.

"이봐! 미스 한! 난 미스 한과 대학 캠퍼스에서 만났던 그때의 내가 아냐!"

"어머머! 그럼 누구란 말예요?"

"그땐 어쩔 수 없이 운동권의 주인공이 되었지만, 지금은 다르단 말야!"

"아니! 같은 사람이 어떻게 달라져요?"

"이젠 나도 당당하게 사회생활을 하고 있잖아? 대기업에 취직해서 승진도 하고 말야! 그러니까 미스 한과 결혼해도…!"

"하지만 우린 길이 다르잖아요?"

"그건 또 무슨 소리야?"

이윽고 미스터 J가 미스 한을 바라보며 의아한 표정을 지었다.

"네! 전 결혼을 하더라도 직장을 포기할 수 없는데, 자긴 꼭 가정을 지킬 여자를 원하고 있잖아요?"

결국 이런 의견 차이로 역시 몇 년째 두 사람의 결혼은 성사되지 못하고 있었다.

드디어 마지막 세 번째 후보인 미스터 Y가 세단차를 타고 나타났다.

"아직도 머뭇거릴 거야? 사람은 뭐니뭐니 해도 돈이 최고잖아?"

"그러나 돈만이 인생의 전부는 아니잖아요?"

"하하! 그건 돈을 가져보지 못한 사람들이 스스로 위안삼아 하는 소리라구!"

"네! 그럴지도 몰라요! 하지만…!"

그러나 미스 한은 여기서 더 이상 말을 잇지 못하고 말았다. 갑자기 노과장님이 이렇게 물어와서였다.

"미스 한! 이 겨울에 웬 졸음?"

"아! 네! 세 사람 중에 선택하려다가 그만 깜빡…!"

"으응? 세 사람 중에? …아! 그러니까 신랑감 후보가 있긴 있었구만? 그럼 어서 선택을 하라구! 현명한 선택을! 아니! 요즘 유행어로 탁월한 선택을 말야! 응?"

그때 미스 한의 입에선 자신도 모르게 이런 대꾸가 튀어나와 사무실 직원들의 폭소를 자아냈다.

"네! 정말 그럴까봐요! 참! 그리고보니 우리는 또다시 탁월한 선택의 문앞에 와 있죠? 금년이 대통령 선거의 해니까 말예요!"*

제15화
신세대 혼수품목 제11호

마당에서 빨래를 널다 보니, 연립주택의 벽돌 울타리를 덮은 넝쿨장미가 새빨간 꽃망울을 터뜨리기 시작한 걸로 보아, 어느새 초여름으로 접어들었나 보다. 하지만 또야엄마는 이런 계절감조차 느낄 수 없었다.

"언니! 난 어쩜 좋우?"

며칠전 하나뿐인 친정 여동생 미연이가 찾아와 울먹이며 늘어놓고 간 하소연 때문이었다.

"왜? 무슨 일인데 그래?"

깜짝 놀라 묻는 또야엄마에게 여동생 미연은 눈물부터 글썽거렸다.

"글쎄 미스터 최 있잖우? 걔네 엄마가…!"

"앤! 신랑감이라며 걔가 뭐야?"

어이없어 나무라는 또야엄마를 향해, 미연이는 입술을 깨물며 하소연하기 시작했다.

"언니! 홀어머니 모시는 일등 신랑감한테는 시집가지 말란 얘기가 맞는 것 같애!"

"미연아! 좀 차근히 얘기해봐!"

또야엄마가 이렇게 채근해서야, 미연이는 자초지종을 늘어놓았다.

"세상에! 언니! 미스터 최 엄마! 그러니까 내 시어머니될 아줌마 있잖우? 나한테 혼수 10대 품목을 적어주는데…!"

"뭣이 어째? 혼수 10대 품목이라구?"

어처구니가 없어 묻는 또야엄마에게 미연의 설명은 더욱 기절초풍할 지경이었으니…!

"언니! 글쎄 들어보우! 첫번째 아파트가 안 되면 원룸 오피스텔! 두번째 티코라도 좋으니까 자가용차! 세번째 비디오랑 오디오가 딸린 비디오 TV 세트! 네번째 대형 냉장고! 다섯번째 대형 세탁기! 여섯번째 에어컨! 일곱번째 자개장롱과 화장대 세트! 여덟번째 응접 세트! 아홉번째 침대! 열번째 컴퓨터!"

"아유! 아유! 그렇게 하자면 우리 친정집 팔아도 어림없겠다!"

너무나 기가 막혀 더 이상 말을 잇지 못하는 또야엄마의 가슴 속으로, 미연이가 어린애처럼 파고들며 기어이 울음을 터뜨렸다.

"으흐흑! 언니! 그러니 이 일을 어째? 나 미스터 최랑 헤어질 순 없단 말야! 흑흑!"

"아니! 미스터 최도 그렇지! 우리집 어려운 걸 잘 알고 있잖아?"

"그야 물론이지만, 그 동안 우리가 걔네 엄마를 속였단 말야! 내가 부잣집 무남독녀라고…!"

"아유! 넌 어려서부터, 그 공주병이 탈이야! 그래 어쩔래? 휴우!"

일이 이쯤 되고보니, 또야엄마도 한숨밖에 나올 것이 없었던 것이다.

"또야엄마! 이 좋은 날에 빨래만 할거유? 우리집에 와서 커피라도 한잔해요! 물 끓고 있어!"

이때 옆집에 사는 꼭지엄마가 다가오며 채근해서야, 또야엄마는 억지로 미소를 지으며 대답했다.

"으응! 출가외인이라는데, 난 무슨 팔자로 친정 때문에 이런 속을 썩어야 하는지 모르겠어!"

"왜? 무슨 일인데…?"

이윽고 꼭지엄마는 또야엄마의 자초지종을 다 듣고나서 고개를 끄덕이며 이렇게 대꾸했다.

"으응! 그런 문제라면 정말 걱정이 되겠네! 우리 세대만 해도 결혼은 서로 사람 하나만 보고 했는데…!"

"누가 아니래! 그래도 이렇게 잘들 사는데 말야!"

그런데 바로 이때 뜻밖에도 이번 혼사의 해결책을 가지고, 또야엄마의 여동생 미연이와 신랑감 미스터 최가 나타날 줄이야!

"언니! 엊그제는 나 때문에 걱정 많이 했지? 호호"

"하지만 이제 안심하십쇼! 혼수 문제가 해결됐으니까요!"

"아니! 어떻게…?"

또야엄마와 꼭지엄마가 함께 외치자, 미연이와 미스터 최도 역시 합창하듯 대답했다.

"엄마가 원하시는 열가지 혼수 품목 대신, 열한번째 새로운 혼수 품목을 장만하기로 했거든요!"

"그게 뭔데!"

"우리들 아기를…!"

"뭐… 뭐라구?!"

깜짝 놀라는 또야엄마와 꼭지엄마에게 미연이와 미스터 최는 더욱 신이 나서 떠들었다.

"아유! 언니는 벌써 구세대야! 요즘 신세대의 혼수 품목 중엔 뱃속에 아기를 가져가는 것도 들어간대지 뭐야! 호호호!"

"그럼 아마 우리 엄마도 어쩔 수 없이! 아니 기쁘게 받아들이실 겁니다! 제가 3대 독자거든요! 하하!"*

제16화
특급결혼작전

"*가만 있자, 김현자 선생!* 이거 대단히 실례인 줄 압니다만…."

하고 교장선생은 신년하례식장에서 그녀의 세배를 받자, 호의어린 눈길을 보내오며 질문을 이어나갔다.

"…그러니까 금년에 몇이 되시드라?"

순간 그녀는 얼굴이 새빨개졌다. 하지만 그것은 부끄러워서라기보다, 모욕감을 억지로 참으려는데서 오는 생리적인 반응이었다.

"호호! 다사다난했던 80년대를 바로 어젯밤 자정, 보신각으로부터 생방송된 제야의 종소리에 실어보내고, 오늘부터는 그야말로 대망의 90년대를 맞이했듯이, 김현자 선생도 이젠 20대를 지나서 30대에 접어들었죠."

주임교사 가운데 유일한 여교사인 교도주임선생이 이렇게 그녀를 대신해 주지 않았다면, 김현자 선생의 입에선 어떤 대꾸가 튀어나왔을까?

"교장선생님! 작년에 이 자리에서 제가 스물아홉이라고 말씀드렸잖아요? 그러니까 올해는 스물열살밖에 안 되는 셈이죠!"
 적어도 이 정도의 능청은 참아내지 못했을 터였다.
 "여자 나이 설흔이라! 서둘러야겠는데…. 그래 금년을 넘기지는 않겠지요?"
 한데도 교장선생은 여전히 그녀에 대한 호의어린 질문을 멈추지 않았다.
 〈꼭 저의 아버님 같군요. 이번 방학 중에도 고향으로 맞선보러 오라고 다섯 번씩이나 전화를 하신….〉
 김현자 선생은 이 우연의 일치에 대하여 심한 조소를 퍼붓고 싶어졌다. 아직도 결혼이란 전근대적인 관습의 굴레에서 벗어나지 못하는 구세대들! 아니 구세대뿐 아니라 그러한 현실을 방관만 하고 답습하는, 오히려 앞장서지 못해 안달하는 혼기에 처한 절대다수의 신세대들! 왜 그들은 좀더 자신의 삶의 방식에 대하여 회의하거나 새로운 시도를 생각조차 안 하는 것일까?
 언제까지나 남녀간의 사랑은 꼭 결혼이란 형식으로 단일화되어야 하는가? 그녀는 갑자기 가슴이 막혀왔다. 이제 90년대를 맞은 오늘에도 그 의문은 풀어지지가 않는 것이다. 사실 그녀는 지금껏 그 문제로 해서 여러 번 좋은 혼처가 나타났지만, 스스로 혹은 상대방에 의하여 기회를 상실해 버렸다.
 "가만 있자, 최수철 선생님! 이거 대단히 실례인 줄 압니다만…."
 하고 교장선생은 이번엔 최수철 선생의 세배를 받자, 그에게로 호의어린 눈길을 바꾸며 질문을 이어나갔다.
 "그러니까 금년이면 몇 살이 되나요?"

순간 그는 안면이 창백해졌다. 하지만 그것은 어떤 모욕감에서라기보다, 창피함을 억지로 자제하려는 데서 빚어진 결과였다.

"하하! 역시 다사다난했던 80년대는 흘러가 버리고, 대망의 90년대가 시작된 것처럼, 최수철 선생은 벌써 30대의 전반을 보내고 후반으로 들어섰지요."

주임교사 가운데 제일 나이가 많은 윤리주임선생이 그처럼 그를 대변해 주었기에 망정이지, 최수철 선생은 또 뭐라고 대답했을 것인가?

"교장선생님! 작년에나 올해나 30대는 마찬가지 아닙니까? 너무 그렇게 우려하지 마십시오."

적어도 이쯤 눙쳐버렸을 것이다.

"남자 나이가 서른여섯이라…! 하지만 그렇게 늦은 건 아니지! 짚신도 짝이 있다는데, 연분이 생기면 곧 나타나겠지, 뭘!"

그런데 교장선생은 뜻밖에도 이렇게, 그에 대해서는 가볍게 일축해 버렸다.

〈흥! 우리 아버님보다 더 하시군! 이번 방학에도 귀향하니까, 이왕 늦은 장가 동생들 뒷바라지나 다 끝내놓고 가라시더니…!〉

최수철 선생은 너무나 기가 막혀 숫제 담담한 기분이 돼버렸다.

아직도 결혼을 인생의 무덤이라고 오해하는 신세대들! 아니 신세대뿐 아니라, 그러한 편견을 맹신하고 끝내 독신주의를 고집하는 일부 괴팍스런 구세대들! 왜 그들은 좀 더 자신의 결혼에 대하여 책임과 의무를 다할 생각은 안 하고, 그 고통만 과장해서 두려워하는가?

그는 차츰 머리가 가벼워 왔다. 이제 90년대를 맞은 오늘에야 자신이 지녔던 결혼에 대한 편견을 겨우 수정할 수가 있었던 것이다. 정말 그는 여지껏 그런 오해로 해서 한 번도 결혼할 생각조차 가져보지 못했던 것이다.

"자! 그럼 김현자 선생! 그리고 최수철 선생! 내 앞으로 오시오!"

이윽고 교장선생은 두 사람을 집합시켰다. 그리고 엄숙하게 선언했다.

"…지금부터 90년대의 새해 첫날에, 두 분의 약혼식을 거행하고자 합니다."

그러자 새빨개진 김현자 선생과 창백해진 최수철 선생은 금방 싸움이라도 벌일듯이 서로 노려보았다. 하지만 두 사람의 시선은 제풀에 지쳐, 차츰 온건해지고 있었다.

둘러섰던 수많은 선생들이 폭소와 함께 우뢰같은 박수를 쳐댄 것은 그 순간이었다.*

둘째 꼭지

부부 애정을 위한 스마트소설

제1화
신세대 부부 10계명

"이것봐들! 일 년 중에서 자기가 없애 버릴 수 있는 달이 있다면 어느 달이 가장 좋겠어?"

사무실 직원들이 마악 퇴근을 하려는데, 디자인실의 왕실장님이 이런 엉뚱한 질문을 해서 모두들 어리둥절했다.

"그야 8월이죠! 해마다 8월이면 난 정말 미칠 것 같다구요!"

맨 먼저 대꾸하고 나선 건 하마처럼 뚱뚱한 탓인지, 더위와의 전쟁을 치르느라 지난 여름에도 땀에 절어 살이 팅팅 불어서 3KG이나 늘었다고 푸념하던 미스 하!

"저는 4월이예요! 일찌기 엘리옷이란 시인이 4월은 잔인한 달이라고 읊기도 했지만요, 전 4월이 되어 수양버들 꽃가루가 날리기 시작하면 온 몸에 두드러기! 게다가 눈병, 콧병이 겹치는 알레르기 증세 때문에!"

뒤를 이어 미스 장이 몸서리를 치면서 떠들어댔다.

"아유! 무슨 아가씨들이 그런 원초적 본능밖에 몰라? 기왕 문제를 냈으니까 답도 내가 말해야 되겠군! 에, 일 년 중에서 어느 한 달을 없앨 수 있다면 11월이예요!"

그러자 왕실장님이 직원들을 휘이 돌아보며, 마치 판사가 무슨 선고라도 내리듯 엄숙히 선언했다.

"아니! 왜요? 11월이 어때서요?"

이에 누군가 질문하고 나서자, 왕실장님은 한숨까지 포옥 내쉬면서 설명했다.

"휴우! 글쎄 나도 작년까진 그럭저럭 버텼는데, 올해의 11월 달력을 바라보니까, 옆구리가 허전해 못견디겠어요! 봐요들! 11이란 숫자를…! 1짜 둘이 나란히 서 있잖아?"

"어머머! 왕실장님? 초라한 더블보다 화려한 싱글이 낫다고 외치실 땐 언제구요? 호호호!"

"정말! 왕실장님? 얼마전에 승천하신 테레사 수녀처럼 우리 디자인실의 여자들만 사랑하며 사시겠다더니…! 아이고! 요즘 합종연횡으로 변덕이 죽끓듯 하는 대선후보들처럼, 왕실장님도 마음이 변절하셨나봐!"

이처럼 떠들어대는 직원들을 향해, 이윽고 왕실장님이 또다시 엄숙한 목소리로 말했다.

"근데 미스 박! 아니 미세스 박! 결혼 석달이면 아직 깨소금을 빻아야 할텐데, 요즘 왜 그런 얼굴이야?"

그제야 사무실 안이 조용해지면서, 모두의 시선이 미세스 박에게 쏠렸다.

"네! 왕실장님의 심정도 이해가 가는데요, 제가 드리고 싶은 말씀은 〈결혼 서약〉 만큼은 함부로 할 게 아니더라구요!"

너무도 뜻밖인 미세스 박의 대답에 모두들 기가 막힌 듯 두 눈을 크게 뜨고 바라보자, 미세스 박은 유권자 앞에 선 대권후보처럼 웅변조로 말했다.

"여러분! 우리 신혼 초 때 저희 부부가 서약한 〈부부 10계명〉 보셨죠? 그런데 그토록 맹세했던 약속이 글쎄 석달도 못돼서 산산이 깨어져 버렸다 이겁니다!"

그 순간 직원들은 미세스 박의 신혼방에 표구까지 해서 걸어놓았던 〈부부 10계명〉을 떠올렸다.

1. TV-채널권은 당연히 5 : 5!
2. 비디오-상대방이 좋아 하는 영화 같이 보기!
3. 음악-아침엔 댄스곡! 저녁엔 발라드곡! (분위기 잡히면 블루스도?)
4. 전화-남편은 처가에! 아내는 시댁에 1주일에 한번 이상!
5. 캠코더-매달 1편씩 가족영화 만들기!
6. 장보기-슈퍼갈 땐 항상 나란히 팔짱끼고!
7. 세탁-아내는 널기! 남편은 걷기!
8. 음식-요리는 아내 몫! 설거지는 남편몫
9. 청소기-담당은 남편! 정리는 아내!
10. 밥-남기지 말고 싹싹 비우기!

"그래, 그 10계명이 어떻게 깨졌단 말이고?"

이윽고 왕실장님이 미세스 박에게 묻자

"한번 들어보세요! 첫째 TV! 10:0으로 나 혼자 보는 거예요! 글쎄 퇴근하자마자 피곤하다면서 쓰러져 자는 것 있죠? 하긴 거의 매일 12시 넘어야 들어오니깐!"

"어머나!"

"둘째 비디오! 이건 공개하기가 뭣한데, 그이가 빌려오는 건 모두 포르노!"

"세상에!"

"셋째 음악! 아침엔 댄스곡? 흥! 늦잠 자느라 음악은커녕 아침밥도 굶고 뛰어나가는데…! 저녁엔 발라드곡? 블루스? 아유! 방금 말했죠? 들어오면 곧장 쓰러져 잔다구!"

"어쩌면!"

"네째 전화! 내가 그것 땜에 울홧병 난다니까요! 조금만 잔소리 하면 당장 처갓집에 전화건다고 난리를 치니…!"

"어머나! 어머나!"

"다섯째 캠코더! 이건 공개하기가 더 뭣한데…! 어디서 〈나쁜 영화〉만 봤는지, 우리 부부 생활을 한번 찍어보자나!"

"세상에! 세상에!"

"여섯째 장보기! 이건 거의 지켜져요!"

미세스 박은 그제야 한숨을 돌리며 말을 멈췄다. 그 바람에 직원들의 궁금증은 더욱 증폭되었다.

"…?!"

"…그런데 월급은 도마뱀 꼬리인 자기 주제도 모르고, 이것 맛있겠다, 사라! 저것 먹고 싶다, 사라! 하고 과소비를 부추기는 것 있죠?"

"어쩌면! 어쩌면!"

"일곱째 세탁! 글쎄 그이더러 빨래좀 걷으랬더니, 아무래도 요즘 남자들은 이상해요! 자기 말로는 여동생없이 혼자 자라 그런 호기심이 생겼다지만, 거울 앞에서 남몰래 내 부라자를 차고서 혼자 낄낄거리는 것 있죠?"

"우액! 기막혀! 기막혀!"

"여덟째 음식! 남편 설거지 시켰다가 내가 살림 거덜난다구요! 날마다 그릇을 깨먹구요! 뭣보다도 가스불 폭발로 전세 아파트마저 날아갈 뻔하기도 했다니깐요!"

"으악! 저런! 저런!"

"아홉째 청소기 담당 문제! 자기가 청소하면 뭘해요? 늘어놓기를 열배로 하는걸요!"

"에이! 그렇지! 그렇지!"

"열번째 밥! 이건 정말 너무 해요! 이제야 고백인데요, 제가 허니문 베이비를 가져서 밤중에 갑자기 배가 고파 부엌에 가서 밥통을 열어 보면, 그이가 어느새 싹싹 비워놓은 것 있죠?"

미세스 박의 넋두리가 여기에 이르렀을 때, 갑자기 왕실장님이 벌떡 일어서며 소리쳤다.

"그만! 그만 해요! 그래도 나의 〈싱글 10계명〉보단 낫다구! 〈1. 허전함을 참아라! 2. 외로움을 참아라! 3. 쓸쓸함을 참아라! 4. 고독함을 참아라! 5. 서글픔을 참아라! 6. 비웃음을 참아라! 7. 놀려댐을 참아라! 8. 결혼 재촉을 견뎌라! 9. 혼자 아픔을 이겨라! 10. 혼자 죽음을 각오하라!〉 어휴! 끔찍해라! 끔찍해!" *

제2화
22세기 부부 행복지수

"이봐! 지금부터 100년 전에 우리 증조할아버지와 할머니께선 어떻게 사셨는지 알아?"

가을도 깊어가는 일요일 오후에 아파트 단지의 놀이공원에 있는 나무들의 단풍이 한두잎 떨어지는 날, 남편이 이런 엉뚱한 질문을 했다.

"아유! 내가 자기네 조상 일을 어떻게 알아?"

그러자 아내가 주방에서 커피를 타들고 나오며 어처구니없다는 듯이 대꾸한다.

"에, 우리 고향은 칠갑산 노래로 유명한 충남 청양이란 곳인 건 당신도 알잖아?"

"흥! 그래서 해마다 설 추석이 되면, 날 그토록 고생시키잖아? 부모 형제도 안 사시는데 꼭 성묘를 하러 다녀야 하는지 원! 쯧쯧!"

아직 젊은 아내건만 말투는 꼭 중년 여편네를 닮아 가고 있다.

"이건 내가 어렸을 때 할아버지한테 들은 건데, 글쎄 증조할아버지는 열두 남매를 두셔서 증조할머니가 밥 짓고 빨래만 하기에도 벅차서, 증조할아버지에게 작은 할머니를 얻어 줘서 1부2처로 함께 사셨다는 거야! 그런데 두 증조할머니 사이가 어찌나 좋았는지, 마치 요즘 KBS 1TV에 나오는〈정 때문에〉란 드라마의 정혜선과 강부자…!"

남편의 긴 설명이 끝나기도 전에 아내가 말허리를 꺾으며 끼어든다.

"어머머! 아무리 그 시절에 주부노릇 하기가 힘들었다 해도, 세상에 그런 경우가 어디 있어?"

"아아! 내가 하고 싶은 얘긴 100년전엔 부부 사이에 그런 일도 있었는데, 앞으로 100여년 후인 22세기에는 부부간에 과연 어떤 일이 벌어질까 궁금해서 말한거야!"

그 순간 아내가 재미있다는 듯이 커피를 마시다 말고, 미소띤 얼굴로 남편을 바라보며 입을 연다.

"그야 자기 조부모 시대와는 정반대 현상이 일어나겠지, 뭐! 호호호!"

"으응! 정반대 현상이라구…?"

이젠 남편이 의아하다는 듯이 아내의 얼굴을 바라본다.

"요즘도 이미 남아선호사상으로 초등학교에서는 남자아이들이 여자 짝꿍을 못찾는 경우가 많다는데, 아마 그때쯤 되면 결혼을 할 때 1처2부제가 법적으로 허용되지 않을까?"

"으음! 그건 정말 가능하겠는데…! 만약 그렇게 되면 어떤 남편을 둘씩 거느리게 될까?"

남편이 이렇게 묻자, 아내는 계속 즐거운 표정으로 대꾸한다.

"그야 뻔하지! 경제력 있는 연상의 남편과 체력좋은 연하의 남편 아니겠어?"

"아쭈! 이봐! 상상만으로도 즐거운가보지? 쳇!"

그러자 남편이 말꺼낸 것을 후회하는 듯이, 아니 기분이 상한 투로 대꾸한다.

"그리고 생각해보니 더 재미있는 일이 생길 것 같은데…! 일테면 지금처럼 아이를 낳아 키우는 고통이나 고역이 많이 사라질 것 같아!"

"아니! 왜? 어째서?"

남편이 이해할 수 없다는 얼굴로 묻자, 아내는 답답하다는 투로 지껄인다.

"아유! 그때쯤 되면 자식이 무슨 필요야? 지금도 부모를 버리는 터에 키워 봤자 짐만 되지! 그러니까 숫제 아이는 안 갖거나, 낳아도 사회보장제도가 잘 돼서 아이를 키워주는 양육기관이 있을지 몰라!"

"음! 좀 끔찍한 얘기 같지만, 편리하기는 하겠네!"

고개를 끄덕이는 남편에게 아내가 말을 잇는다.

"그리고 집안에 웬만한 살림살이는 없어도 살 것 같아! 가령 부엌 살림이라든지, 주방을 차지하는 냉장고같은 것 말야!"

"그건 왜?"

"요즘도 인스턴트 식품이 많은데, 22세기에는 어쩌면 식사용 영양 드링크나 알약 정도로도 거뜬히 해결할 수 있을지 모르잖아?"

그러자 남편은 아내의 기발한 발상에 감탄하면서 고개를 끄덕인다.

"정말 그렇게 된다면 우리 주방에서 필요한 거라고는 물컵 정도밖에 없겠군!"

이렇게 계속된 남편과 아내의 22세기식 부부로서의 삶의 방식은 점점 확대되어 갔다.

"또 하나 지금처럼 교통지옥에 시달리면서 출퇴근하는 직장생활도 거의 벗어나게 되겠지? 컴퓨터나 화상시스템으로 회사와 집이 연결되어 재택근무를 위주로 할테니깐 말야!"

"그야 물론이지! 그때가 되면 사무실 임대료가 엄청 비싸서 웬만한 회사는 어디 사무실을 쓸 수 있겠어? 호호!"

"와아! 그런 세상은 좀더 빨리 왔음 좋겠다!"

남편이 손뼉을 치며 환호성을 지르자, 아내가 다시 말을 잇는다.

"그 대신 아내들이 지겹겠지? 아무리 사랑하는 남편이라도 24시간 함께 붙어 있어야 한다면, 안 그래? 호호!"

"흥! 하나만 알고 둘은 모르는군! 하루에 밤을 두 번 가질 수도 있잖아? 흐흐흐!"

남편이 음흉한 웃음을 터뜨리자, 아내가 손톱으로 공격 자세를 취하며 소리친다.

"어휴! 사내들이란 그저 생각이 그런 쪽으로만 발달했다니깐!"

"그럼 이래 저래 남아 도는 시간을 어떻게 소비하지? 100년전 우리 증조부 시대에 비하면, 현재도 여가가 무척 늘어났는데 말야! 특히 주부들 경우에 그렇잖아?"

"아마 그때쯤 되면 요즘의 전화방보다도 더욱 야한 주부 아르바이트 업소가 꽤나 생겨나지 않을까?"

그제야 남편이 참을 수 없다는 듯이 아내의 말을 꺾고 대든다.

"이봐! 겨우 결론을 그렇게 내리는 거야? 22세기가 되면 부부 생활이 행복해질 줄 알았더니, 이건 가정파탄이 나겠잖아? 엉?"

그제야 아내도 남은 커피를 마시고 나서 남편을 향하여 말한다.

"자기! 그러니까 진정한 삶의 행복이란 과거도 미래도 아니고 현재가 중요하다구! 왜냐하면 현재가 지나면 과거가 되고, 돌아오는 미래가 또한 현재가 되잖아? 호호!"

"어쭈? 이봐! 올 가을엔 독서를 많이 했나봐! 말솜씨가 많이 늘었으니 말야! 하하!"

활짝 열어놓은 창밖으로 부부의 해맑은 웃음소리가 퍼져나간다.*

제3화
문학의 즐거움을 부부와 함께

　　　　　　　　"이봐요들! 올해가 무슨 해인지 알아?"
　월요일 아침에 출근하자마자 과장님이 이렇게 물어서 사무실 직원들은 저마다 한 마디씩 대답했다.
　"그야 병자년 아닙니까?"
　"쥐띠해구요!"
　"아유! 과장님! 벌써 새해도 두 달이나 지났는데, 이제서 그런 걸 물으세요?"
　"원참! 사람들이 이렇게 모르고 살아서야…!"
　하더니 과장님은 온 회사내가 금연구역인데도 양복 안주머니에서 담배를 꺼내어 피워 물었다.
　"어머머! 과장님! 벌금을 물으실려구 그러세요?"
　당돌하기로 소문난 미스 박이 엄포를 놓았지만, 과장님은 여전히 담배 연기를 내뿜으며 말을 이었다.

"허허! 다시 한 번 생각해봐요! 올해가 무슨 해인가 말야!"
그러자 이번엔 또 다른 대답들이 쏟아져 나왔다.
"아참! 벌써 전국에 선거 열풍이 불고 있듯이 올해는 총선의 해죠!"
"저는 북한이 붕괴되어, 통일의 해가 됐으면 좋겠습니다."
"아닙니다. 올해 제 나이 38광땡! 나와 합이 60쯤 되는 영계 아가씨를 만나 웨딩마치를 올렸으면…!"
그러자 더 이상 못참겠다는 듯이 과장님이 한 손을 내저으며 말을 막았다.
"그만! 됐어요! 이제부터 아침 직원회라 생각하고 내 얘기를 들어요!"
이윽고 과장님은 자리에서 일어나 아주 엄숙한 표정을 지었다가, 곧 미소로 바꾸어 사무실 직원들을 더욱 어리둥절하게 했다.
"바로 어제 일요일 오후에 영등포 기차역엘 나갔는데 말이야! 요즘은 휴일 같은 때 시골엘 가려면 몇 주쯤 전에 예매를 해야 하잖아?"
"네! 과장님! 그게 무슨 직원회 사항이 된다고 그러세요?"
역시 미스 박이 당돌한 질문을 했다.
"글쎄 내 얘기를 더 들어봐! 일요일 오후 기차역 매표소! 엄청 붐비드만! 그래 한참 줄을 서 있는데, 웬 열 서너 살 쯤 된 소매치기 녀석이 내 지갑을…!"
"어머나! 그래서 돈을 잃으실 뻔하셨군요?"
또다시 미스 박이 차고 들었다.
"허허! 미스 박! 남의 말에 끼어들지 말고 좀 진득하게 들어요! …에, 그래서 내가 녀석의 손목을 꽉 잡고 화장실로 끌고가 야단좀 칠랬더니, 글쎄 그 녀석이 종이와 펜을 달래서는 뭐라고 글을 썼는지 알아?"

"…?"

그제야 모두들 의아한 눈길을 모았다.

"글쎄 초등학생 같은 글씨로 〈아저씨! 어제부터 밥을 못만났더니, 뱃속의 창자가 소리칩니다. 돈으로 밥을 바꿔서 나한테 주세요! 지금 저 벽이 도망치고, 건물이 비틀거리고 있어요!〉 이렇게 써보이는 거야! 순간 내 대학시절이 문득 떠오르더군! 가정교사 하다가 쫓겨나 대학 학회실에서 몰래 잠자면서 굶은 적이 있었거든! 그래 녀석을 데리고 나가 갈비탕을 사먹였지! 그랬더니 말야!"

과장님은 감기라도 걸린 것처럼 손수건을 꺼내어 마른 코를 풀고 나서 다시 말을 시작했다.

"자기의 배를 툭툭 치면서 또 글씨를 써보이는데, 〈나의 뱃속에서 풍선놀이가 벌어졌어요!〉 아마 배가 부르다는 표현이었겠지! 허허! 그런데 녀석이 나와 헤어질 때 이 쪽지를 남겼네! 모두들 읽어보게나!"

그리하여 사무실 식구들이 펴본 쪽지에는 이런 글귀가 쓰여 있었다.

〈아저씨는 내가 아빠의 세상으로 바뀔 때(어른이 될 때)까지, 나의 머릿속에서 영원히 웃을 것입니다!〉

잠시후에 과장님이 침묵을 깨고 다시 입을 열었다.

"이봐요들! 올해는 문학의 해야! 어딜 지나다 보니까 〈96년은 문학의 해! 문학의 즐거움을 국민과 함께!〉란 구호가 걸렸더라구! 정말 말보다는 글이 훨씬 진실하지 않은가? 어제 내가 만난 녀석을 봐도 말일세! 그러니 올해엔 책 좀 많이 읽으라구! 근데 어찌된게 우리나라 사람들은 특히 결혼하고 나면 책과는 영 멀어지니! 정말 문학의 즐거움을 부부와 함께 할 수는 없을까?"*

제4화
헤어진 여자

"*철이 아빠! 추석이 일주일밖에* 안 남았는데, 오늘쯤 백화점에 다녀오는 게 어때요?"

아내 혜순이 신발장 앞에서 성민의 구두에 묻은 먼지를 떨어내며 물어왔다.

"새삼스레 백화점엔 무엇하러…?"

벌써 몇 번째나 노래를 삼는 그녀의 소원인지라 뻔히 알면서도, 그는 일부러 시침을 뚝 떼고 대꾸했다.

"아니 당신은 올해에도 고향엘 내려가지 않으시려우? 마침 연휴인데다, 더구나 이번엔 승진도 하셨겠다, 모처럼만에 우리도 한번…!"

아내 혜순은 생각만 해도 가슴이 벅찬지, 하던 말끝마저 맺지 못하고 남편인 성민의 얼굴을 올려다보았다.

"웃기고 있네! 입사 5년 만에, 그까짓 계장 자리 하나 딴 걸 가지고…."

"철이 아빠! 무슨 말을 그리 하시우? 말하기 쉬워 계장이지, 당신이랑 그 회사에 함께 들어간 사람들 가운덴 아직도 평사원들이 얼마나 많아요? 그러니까 이번 추석에 고향엘 가면, 우린 금의환향하는 거라구요. 호호!"

그녀는 여전히 즐거운 듯 웃음까지 터뜨려서 성민을 더욱 화나게 했다.

"이봐! 구두 다 털었으면 저리 비키라구! 괜시리 어물쩡거리다가 지각하겠어!"

그는 아내를 밀치다시피 하곤 구두에 발을 꿰자, 횡하니 대문 밖으로 나섰다. 금년의 가을 날씨가 일찍부터 쌀쌀하다곤 하지만, 가뜩이나 비만증인 몸에 벌써부터 두꺼운 털스웨터를 껴입은 혜순은 보기가 민망한 정도로 절구통이었다.

〈쳇! 서울물을 10여년이나 먹었으면, 좀 세련되지는 못할망정 저게 무슨 꼴이람!〉

성민은 입 밖으로 터져 나오는 푸념을 가까스로 억누르며 큰길로 나섰다.

〈아무리 시골 태생이라도 서울에서 여고까지 나왔으면, 조금은 다듬어져야 할 것이 아닌가? 더구나 계장 마누라 노릇을 하려면 그만큼 품위도 갖추어야 할 터인데, 이건 숫제 시장바닥에서 노점상을 하는 여편네들 폼이라니…!〉

거기에 비하면 성민은 너무나 핸섬했고, 젊어보여서 부부동반으로 외출이라도 할라치면, 흔히들 남남으로 오인했다. 그 점이 성민에겐 차츰 불만으로 쌓여갔다.

물론 그녀는 집안 살림이나 아이를 낳아 키우는 일은 별 탈 없이 잘 해냈다. 소위 현모양처라는 기준에서만 평가한다면, 혜순의 점수는 충분히 우등생감이었다. 그러나 남편을 남자로 다루는 솜씨는 부족했다. 아니 그녀는 남자를 남편으로밖에 생각할 줄 몰랐다. 대부분의 결혼한 여자들이 흔히 빠져버리는 그런 타성에 그녀 역시 휩쓸렸다고나 할까?

하지만 성민은 남편이기에 앞서 남자이고 싶었다. 그에겐 충분히 그럴 만한 이유가 있었다. 즉 성민은 한때 지독히 사랑했던 여자와 헤어지고 만 것이다.

그런데 바로 그 여자가 오늘 토요일 퇴근길에 만나자는 전화를 걸어왔으니…! 헤아려 보건대 꼭 10년만의 해후가 되는 셈이었다. 그런 내막도 모르고 아내인 혜순은 귀향의 기쁨에만 들떠서 성민에게 백화점 타령을 늘어놓은 것이었다.

이제 성민은 회사로 가는 통근버스에 실렸으나, 그의 머릿속은 10년 전의 추억 속을 달리고 있었다.

〈그해 겨울엔 몹시도 눈이 많이 내렸었지!〉

그 바람에 그녀와의 그 같은 돌발적인 사랑이 이루어질 수가 있었던 것이다.

"저… 댁은 어디까지 가십니까?"

함께 합승이라도 해볼까 해서 성민이 먼저 말을 건넸다. 지독히 쏟아지는 눈보라 속에 서 있던 바바리코트의 여자는 마치 구원자라도 만난 듯 반갑게 대답해왔다.

"중랑교인데 걱정이에요. 벌써 차가 끊기고 없잖아요?"

아닌 게 아니라 폭설에 바람까지 겹친 탓인지, 시내 중심가이건만 차량뿐 아니라 인적도 퍽 드물게 오갔다. 성민은 손목시계를 들여다보았다. 12시 20분쯤을 가리키고 있었다.

"서둘러야 하겠어요. 택시를 잡든 버스를 타든……."

어느새 성민은 그녀와 일행이 되어 이리 뛰고 저리 뛰었으나, 끝내 청량리 근처에서 발이 묶이고 말았다.

"어쩌면 좋겠습니까?"

난감해져서 그녀에게 묻자 한참 동안이나 대답이 없더니, 뜻밖에도 이런 당돌한 제의를 해오는 것이 아닌가?

"저… 어쩐지 믿어도 될 분처럼 느껴져요. 함께 여관에서 보낼 수밖에 없잖아요?"

"…!"

너무나 뜻밖이었기 때문에 성민은 다른 생각에 앞서 두려움이 앞섰다. 하지만 언제까지나 거리에서 방황할 수도 없어서, 결국은 그녀와 함께 뒷골목의 어느 여관으로 찾아들었다. 그런데 초면의 남녀가 한 방에 잠자리를 같이 했건만, 이상스럽게도 어색하지가 않았다.

"서로의 이름 같은 건 몰라도 좋아! 우린 사랑하니까…!"

유치하고 뻔뻔스러운 이런 대화가 스스럼없이 성민의 입에서 튀어나온 건 바로 그 순간이었다.

"저… 아무 말도 하지 마세요."

그녀가 기다렸다는 듯이 눈을 감음으로써, 그의 말에 동의해왔다. 성민은 후들거리는 몸을 일으켜 전등불을 껐다. 그러자 어둠은 그물이 되어 두 사람에게 씌워졌다. 결국 성민과 그녀는 폭설이 내리던 그날 밤부터 사랑에 빠지게 되었다. 대학을 졸업하고 막 취직자리를 찾아 헤매던 성민은 그에 앞서 사랑의 미로부터 헤매게 되었다고나 할까?

〈그런데 그때 그녀와 나는 왜 끝내 헤어지고 말았을까?〉

성민은 그 시절을 회상하며, 몹시 난해한 수수께끼에 부딪힌 듯한 느낌이 들었다. 산부인과 병원에 가서 둘이 창조한 3개월짜리 생명을 지워버리는 죄악을 범하면서까지, 자신과 그녀가 기어이 헤어져야만 했던 이유를 지금에 와선 도무지 기억해 낼 수가 없는 것이었다.

그런데 그녀가 돌연 만나자는 전화 연락을 해왔다.

"성민씨?! …미쓰 장이야! 10년 전 눈이 몹시 내리던 날 밤에 처음 만났던…."

"아! 알겠어. 지금 거기 어디야?"

성민은 그 순간 너무나 반가운 나머지, 이렇게 소리치고 있었다.

"어이! 한계장! 이민간 옛날 애인이라도 돌아왔나? 왜 그리 좋아해? 하지만 한번 헤어진 여자와는 다시 안 만나는 게 좋다구! 왜냐하면 그 동안 간직해 온 추억마저 깨뜨리기 십상이거든!"

뒷자리에 앉은 과장이 놀려대는 바람에, 성민은 그제야 찔끔하여 겨우 시침을 떼었다.

"응! …알았어. …오케이!"

그리하여 이런 식으로 약속 장소와 시간을 정하고는 통화를 끊었다.

〈흥! 남편의 이런 속사정도 모르고, 겨우 고향에 갈 기쁨에 들떠서 백화점 타령이나 늘어놓다니…! 아내란 족속들은 어째 그리 둔감할까?〉

성민은 오전 근무뿐인 토요일이지만 몹시 지루하게 느껴지는 시간을 이런 불평으로 때우면서, 그녀와 만날 순간을 기다렸다.

드디어 퇴근길에 그는 약속 장소인 OO호텔의 커피숍으로 직행했다.

"어머! 10년 동안에 자기는 하나도 안 변했어!"

먼저 와서 기다리고 있던 그녀가 호들갑스럽게 말을 건네왔다.

"댁은 귀부인이 되셨는데, 그래!"

성민은 연애시절과는 너무나 판이하게 변모해 버린 그녀에게 분노 비슷한 실망을 느끼면서 비꼬아댔다. 그토록 꿈속에서까지 그녀를 그리워했건만, 만나자마자 시비부터 걸다니…! 그로선 정말 예기치 않은 일이었다.

"호호! 출세했다고 너무 사람 기죽이지 말아요. 한계장님!"

무슨 마담처럼 세파를 능란하게 헤쳐온 듯한 그녀는 성민의 옆으로 슬쩍 자리를 옮겨 앉으며 더욱 엉너리를 쳐왔다.

"이거 왜 이래? 입사 5년 만에 겨우 따낸 계장 자리라구, 사람 놀리는 거야? 뭐야?"

그럴수록 성민은 왠지 울화가 치밀어서 퉁명스럽게 대꾸했다.

"아이! 자꾸 이렇게 나옴 곤란한데…! 우리 회사 영업부장님을 시켜 조사한 바로는 성민씨한테 철이란 아드님이 있던데, 이번 기회에 교육보험 하나 들어두는 게 어떻겠어? 응? 호호호!"

그녀는 이제 커다란 핸드백에서 보험계약서를 꺼내어 숫제 그의 코앞으로 들이미는 것이었다.

성민의 귀에 한번 헤어진 여자와는 다시 만나지 말라던 과장의 충고가 되살아난 것은 바로 그때였다.*

제5화
헤어진 남자

"*미쓰 한! 이 달마저 미루면* 금년도 절반이 지나가는 겁니다."

약혼자 민석은 새 담배가치를 꺼내어 불을 붙이고 나서, 볼멘소리로 투덜거렸다. 그러나 혜리는 단호하게 거절했다.

"하지만 6월은 싫어요!"

"그 이유는 또 뭐요? 오! 민족의 비극적인 6·25가 들어 있어서…?"

이제 그는 숫제 비꼬는 투가 되었다. 게다가 담배 연기를 내뿜는 입가엔 소리 없는 조소까지 떠올랐다. 순간 혜리는 더욱 야멸차게 대꾸했다.

"그건 마음대로 생각하세요!"

"그렇게 자꾸 고집만 피우지 말고, 우리 한번 협상해 봅시다. 하긴 미쓰 한의 그 고집에 매력을 느껴, 오늘날 내가 이런 궁지에 몰렸지만…! 하하!"

그녀의 기세에 한풀 꺾인 민석이 금세 태도를 바꾸어 엉너리를 쳐왔다.

〈아니! 이젠 사람을 놀리는 거야! 뭐야?〉

그럴수록 혜리는 화가 치밀었으나 꾹 참아냈다. 약혼자의 체면을 생각해서라기보다는 자신에 대한 혐오감 때문이었다. 결국 후회할 일을 스스로 저질러놓고는 이제 와서 그에게 책임을 전가하는 느낌이 들었던 것이다. 그것은 얼마나 야비한 짓이며, 또한 자신에게 모욕적인 일인가?

"미쓰 한! 이 몸이 요즘 집에서 어떤 수난을 당하는지 꼭 말을 해야 하겠소? 늙으신 부모님은 제쳐두고라도, 동생 녀석 왈, 청소차가 앞을 막아 뒤에 세단차가 가질 못한다고 아우성을 치는 거예요."

"뭐? 청소차라구요?"

혜리는 기가 막혀 더이상 할 말을 잃고 말았다. 민석이 청소차로 몰렸다면, 그녀는 장차 그 차에 실릴 쓰레기가 아닌가?

"실은 그보다 더 지독한 모욕을 당했어요. 청소차가 아니라 변소차라고 했거든! 하지만 약혼한 지 일 년이 넘도록 예식을 미루고 어물거리는 우리들이니까, 그런 망신을 당해도 할 말 없게 됐지!"

그는 혼잣말처럼 중얼거리고 나서, 혜리의 눈길과 마주치자 싱긋 미소를 지어 보였다.

〈어쩜! 그런 취급을 당하고도 저리 속이 편할까?〉

점점 약이 오르는 바람에, 그녀는 사뭇 대들 기세로 그를 쏘아보았다.

"하하! 그러니까 빨리 우리 결혼식 날짜를 정하자는 게 아니오. 미쓰 한! 더 끌었다가는 또 무슨 해괴한 소리를 듣게 될지 누가 알아요?"

민석은 여전히 싱글거리며, 혜리의 기분 같은 건 전혀 아랑곳없이 자신의 용건에만 안달을 했다.

"민석씨! 차라리 혼인신고부터 해드릴까요?"

그럴수록 그녀는 심통이 나서 야유를 퍼부었다.

"뭐… 뭣이 어째요? 그건 요즘 유행하는 말로, 미쓰 한이 실수한 거예요. 하핫!"

그는 이렇게 격에 어울리지도 않는 개그를 하고 나서, 계속 엉뚱한 소리만 늘어놓았다.

"말이야 바로 말이지, 신부 한혜리 양에게 신랑 강민석군은 천생연분이지, 안 그렇습니까? 미쓰 한! …아차! 말 순서가 뒤바뀌었나? 하하핫!"

민석이 고개를 쳐들고 웃음을 터뜨리는 순간, 그의 넓은 이마가 마치 대머리처럼 보이는 바람에, 혜리는 그만 아연실색하고 말았다.

〈흥! 무슨 남자가 겨우 스물아홉 살에 벌써 저 모양이람! 아마 40대쯤엔 틀림없이 〈금복주〉가 되고 말거야!〉

여고시절 〈금복주〉란 별명을 가졌던 대머리 담임선생님이 떠올라, 그녀는 터져 나오는 웃음과 함께 불만을 감출 수가 없었다. 그건 그와 맞선을 보던 날부터 생긴 불만이기도 했다.

"자, 미쓰 한! 마지막 결론! 우리 다음달 6월을 넘기진 맙시다. 또 어물쩍하다가는 가을까지 밀려갈 테니까…!"

이윽고 민석이 남은 엽차를 입 안에 쏟아 붓고 나서 다시금 건네왔다.

"끝내 6월이군요? 좋아요. 그럼 6월 25일! 새벽 4시는 곤란할거구요, 오후 4시가 어때요? 그날 그 시각이라면 오케이예요."

혜리는 또박또박 글씨를 쓰듯이 말을 만들어냈다. 그 순간 민석의 얼굴이 석고상처럼 굳어졌다. 그러나 잠시 후 다시 평정을 되찾으며 나직이 건네왔다.

"미쓰 한! 우리의 결혼을 그처럼 비극으로 생각하오? 아니면 비극이 되길 바라오?"

"…!"

차마〈두 가지 다〉란 대꾸를 할 수가 없어 혜리가 입을 다물어 버리자, 그는 마지막 남은 담배가치를 꺼내어 입으로 가져가며 내뱉았다.

"좋소! 그럼 이만 각자의 길을 갑시다. 미쓰 한은 헤어진 남자를 찾아서, 그리고 나 역시 헤어진 여자를 만나러 갈테니까…!"

그는 담배에 불도 안 붙이고, 자리에서 벌떡 일어서더니 다방의 출구 쪽으로 사라져갔다. 하지만 혜리는 조금도 놀라거나 당황하지 않았다. 오히려 오늘과 같은 파국이 예상보다 빠르게 닥쳐온 일에 뻔뻔스럽게도 쾌재를 올렸다. 왜냐하면 그녀는 스스로 파놓은 함정에 빠졌다가 가까스로 헤어난 기분이었던 것이다.

대학 신입생 때였으니까 벌써 6년이란 세월이 흘러버렸지만, 그녀에겐 이런 추억이 있었다. 해양훈련이라는 꽤 거창한 이름의 단체여행이었으나, 실제로는 피서를 겸한 바캉스였다. 따라서 오전과 오후 두 차례씩 수영강습을 받은 후엔, 거의 자유시간이 주어졌다. 그때서야 바다를 처음 만난 그녀는 숫제 해변에서만 살았다.

저 멀리 수평선으로부터 하얗게 부서지며 달려오는 파도를 맞이하는 즐거움과 그 파도가 물어 나르는 조개껍질을 줍는 재미와 그리고 밤마다 빚어내는 신비스런 분위기에 그만 취해 버렸던 것이다.

"아가씨! 부탁 하나 합시다."

그녀에게 최초로 접근해 온 남자는 장발에다가 밤인데도 선글라스를 쓰고 있어서, 얼핏 불량청년을 연상시켰다.

"네? 부탁이라뇨?"

혜리는 두어 걸음 물러서며 겨우 되물었다.

"아! 여긴 수만 명의 피서객이 들끓는 해수욕장이예요. 겁내지 말고 날 따라와요."

그는 말을 마치자, 저만큼 모래사장에 즐비한 텐트 쪽으로 걸어갔다. 그녀는 자신도 모르게 수영복차림의 그 남자를 따라 발길을 옮겼다.

〈초저녁인데 어때? 무슨 일이 생김 소리쳐 버리지 뭐!〉

이런 용기를 내세우며 혜리가 그의 텐트 앞에 이르자,

남자는 처음과는 달리 약간 기죽은 목소리로 말했다.

"친구 녀석들은 모두 껀수 올리러 나갔죠. 그래서 부탁인데 사진 한 장만 찍어 줘요."

"사진을요?"

생각보다 넓은 텐트 안을 둘러보며, 그녀가 다시금 되묻자

"이건 폴라로이드 카메라예요. 찍은 뒤 3분이면 저절로 현상이 되죠. 자! 플래시까지 끼웠으니까 거리만 조정해서 눌러 주세요."

그리하여 혜리가 한 눈을 감고 카메라의 렌즈를 통하여 거리를 맞추는 순간이었다. 돌연 남자가 누드로 바뀌어 나타나는 게 아닌가! 놀란 그녀가 엉겁결에 셔터를 누르자 찍혀진 사진이 카메라를 비집고 튀어나왔다.

"후훗! 고마워요. 나의 젊음을 영원히 담아두고 싶어서 해프닝을 좀 벌였죠. 그 대신 아가씨도 원한다면 한 장 찍어 드릴게요."

"뭐예요? 누굴 어떻게 취급하고…!"

그녀는 자신도 모르게 남자의 뺨을 올려붙였다. 그러나 그의 억센 손길이 먼저 혜리의 팔목을 낚아챘다. 그리고 소리쳤다.

"고집 피울 것 없잖아요?"

"나쁜 자식!"

"…!"

이윽고 둘이는 함께 쓰러지고 말았다.

〈아! 그 다음 우린 왜 다시 만나자는 약속을 하지 않았을까?〉

그녀는 안타까움에 수많은 밤을 불면으로 지새웠다. 하지만 한번 헤어진 남자를 다시 만날 기회는 영영 돌아오지 않았다. 그녀는 민석의 청혼을 받아들이고, 약혼식을 올린 후에도 그 남자를 잊을 수가 없었다.

혜리가 이런 추억으로부터 현실로 돌아와 마악 자리에서 일어나려는 순간이었다. 웬 남자가 그녀의 맞은편 자리에서 와서 털썩 주저앉으며 투덜거렸다.

"아니! 헤어진 남자를 찾아간 줄 알았더니, 왜 여태 앉아 있소?"

"흥! 민석씨야말로 뭣 하러 또 왔죠?"

그녀는 어쩐지 조금은 반갑기도 했으나, 한편으론 화가 치밀어서 퉁명스레 대꾸했다.

"나야 헤어진 여자를 다시 만나러 왔지! 하지만 미쓰 한은 약혼자가 창피한 과거를 기어이 고백해야만 한이 풀리겠어?"

민석은 갑자기 반말 투가 되어 떠벌이며, 손 안에 감추었던 사진 한 장을 내밀었다.

"아니! 이건…?"

순간 그녀는 다음 말을 잇지 못하고, 단지 그것을 뚫어져라 쏘아볼 뿐이었다. 약간 변색되었지만 그 누드 사진의 주인공은 분명히 혜리가 오늘날까지 추억 속에 간직해 온 헤어진 남자였던 것이다. 이때 민석이 다시금 반말 투로 속삭여왔다.

"에, 10년이면 강산도 변한다는데, 세월 따라 사람이 좀 달라지는 건 당연한 일이 아닐까? 후후훗!"*

제6화
행복한 아내

　　　　　　어떤 복부인 네는 아파트 투기로 몇 억 원을 거뜬히 모아 자가용까지 굴리는 벼락부자가 되었다지만, 그거야말로 복을 탄 여편네들의 이야기이고, 수경엄마네에 세 들어 사는 훈이엄마나 영민엄마에겐 통배추 한 포기에도 돈 만원 가까이 헐어야 하는 요즘 같은 고물가 파동이니, 제발 김치나 쉬지 않게 먹을 수 있도록 냉장고 한 대만 들여놓았으면 하는 게 고작 소원일 뿐이다.

　학교에 다니는 애들을 등교시키고, 남편들을 출근시키고 난 세 여인은 설거지 하랴, 빨래 하랴, 집안청소 하랴, 오늘도 언제나처럼 눈코 뜰 사이가 없다.

　"아이고! 소띠로 태어나서 그런가, 요놈의 신세가 왜 이렇게 고달프당가?"

　남편의 빨랫감에 비누칠을 해대던 훈이엄마가 신세한탄을 뽑아내자, 맞은편에서 걸레를 빨던 영민엄마가 맞장구를 쳐댄다.

"그런 말 마소, 예! 난요 용띠락도 요모양 요꼴입니더."

"흥! 그래도 훈이엄마나 영민엄만 가족계획이라도 해서 괜찮다구! 난 내리 딸만 넷을 낳는 바람에 5남매가 되고 보니, 이제까지 낮도 없고 밤도 없다구…!"

그러자 대청마루에서 아이들의 옷가지를 다림질하던 수경엄마까지 거들고 나선다.

"휴우! 그저 여자루 태어난 게 죄라요잉!"

"어따! 그것도 운명인데 한탄해봤자 무슨 소용있는기요? 퍼떡 일 끝내고 우리 수박화채나 해먹읍시다."

가슴통에서 허리통을 거쳐 다리통까지, 거의 한 사이즈인 영민엄마가 방안으로 걸레질을 치러가면서, 이런 제의를 했거니 망정이지, 그렇지 않았다면 세 여인의 일과는 요즘의 장마만큼이나 구질구질하고 따분할 뻔했다.

이윽고 주인집 수경엄마네 대청마루엔 돗자리가 펴지고, 선풍기가 도리질하는 가운데 수박 파티가 벌어진다. 그러나 잠시 후 수박 한 통이 동이 나자, 세 여인은 포만감에 젖어 벽에 등을 기댄 채 반쯤 누워 있다.

"이거 배가 부른께 입이 심심하네요. 누구 화끈한 얘기나 좀 하더라고요잉!"

이윽고 눈을 감고 있던 훈이엄마가 게으른 목소리로 제의를 하자

"먼저 말 꺼낸 사람부터 해!"

"오메나! 주인 없는 공사도 있당가요잉?"

"호호! 그렇담 내 먼저 하지. 벌써 한 사오년 전에 있었던 일인데, 글쎄…! 호호호!"

"와따! 말도 꺼내기 전에 웃기부터 하몬 우찌 하능기요?"

영민엄마가 짐짓 골을 내자, 수경엄마는 가까스로 정색을 하며 말을 잇는다.

"…글쎄, 수경이 담임선생님이 가정 방문을 왔잖아? 그런데 우리 수철이가 꼬마 적엔 여간 개구장이가 아니었거든. 그 기회를 타서 자꾸만 용돈을 조르는 거야. 하지만 선생님 앞에서 야단을 칠 수도 없고 해서 오냐오냐 받아줬더니, 글쎄 몇 번이고 계속 들락거리며 손을 내밀잖아. 그래 나중엔 나도 모르게 화가 나서〈야! 이 녀석아! 나가지 못해?〉하고 야단을 치게 됐는데, 양쪽에 대꾸를 하는 터여서, 그만 수경이 담임선생님께 그랬지 뭐야. 수철이 녀석한텐〈네! 네!〉하고…!"

"오! 저런! 호호호!"

순간 수경엄마네 대청마루엔 세 여인의 폭소가 대굴대굴 구른다.

"그러면 이젠 내 차롄가? 영민엄마나 주인아줌만 귀신이 있다고 생각하시요잉? 없다고 생각하시요잉?"

"글쎄! 있으니까 그런 말이 생겼겠지?"

수경엄마가 이렇게 애매한 대꾸를 하자 훈이엄마는 단정적으로 선언한다.

"내 경험으론 귀신은 없어라우. 어려서 시골에 살땐데요, 난 밤똥을 누는 습관이 있었이요. 근데 한번은 뒷간엘 가려구 방문을 나서니까, 등불이 소리도 없이 꺼져요. 순간 머리끝이 쭈뼛합디다요잉. 그래도 참고 뜰엘 내려서니까, 이번엔 무엇이 이마를 딱 때려요. 귀신인가 해서 깜짝 놀랐는데, 알고 본께 괭이날을 잘못 밟아 그 자루가 튀어 올랐던 거예요. 다음엔 마당에 내려서니 웬 보자기 같은 것이 얼굴을 덮어씌워요. 순간 삼태기 귀신한테 걸린 줄 알았는데, 글쎄 그건 거미줄이 아니어라우? 그 다음엔 뒷간에 가 앉았는데, 무엇이 엉덩이를 치받지 뭐예요. 그때 어떻고롬 놀랬던지! 뒷간의 몽달귀신인 줄 알았는데, 그게 글쎄 강아지가 배고파서 덤벼든 것이었어라우. 호호호!"

"내 얘긴예 우리 영민아빠랑 결혼하게 된 얘긴데예, 이 양반 참 엉뚱했어요. 글쎄 나를 처음 만나자마자 하는 이야기가 〈난 마음에 드는 여자를 만나면 악수부터 합니다!〉 하더니 덥썩 내손을 잡지 않겠십니꺼?"

"저런! 초면에…?"

"네예! 다음 두 번째 만났을 땐 〈난 마음에 드는 여자를 두 번째 만나면 키쓰를 합니다!〉 하더니 와락 날로 끌어안고…!"

"오매나! 저런 징상스러운 남자도 다 있지라우?"

"호호! 그뿐이면 괜찮게요? 세 번째는 〈난 마음에 드는 여자를 세 번째 만나면 결혼합니다!〉 하더니, 날 끌고 여관으로…! 그럼시로 그게 〈특급결혼작전〉이라나요? 호호홋!"

"오호호호홋!"

그때 밖에서 요령소리와 함께 굵직한 사내 음성이 들려왔다.

"쓰레기 쳐요! 쓰레기!"

순간 세 여인은 전기에라도 감전된 듯 발딱 퉁겨 일어나며 합창처럼 외었다.

"아이고! 요놈의 신세야! 허리 펴 쉴 짬도 없네!"

하지만 세 여인은 장마 탓으로 너무나 오랜만에 쓰레기차가 온 탓인지, 더없이 반갑고 기쁨에 넘친 얼굴들이다.*

제7화
아내와 애인

⟨아니! 저건 미숙이 아냐?⟩

순호는 하마터면 소리 내어 외칠 뻔했다. 첫사랑의 애인인 그녀를 이렇게 다시 만나게 되다니! 그것도 맨 처음 인연을 맺을 때처럼 바로 이 고속버스 안에서…! 하지만 그는 반가운 인사는커녕 그런 내색조차 드러낼 수가 없었다. 바로 등 뒤에 아내 계영이 애기를 안은 채 뒤따르고 있었던 것이다.

"여보! 빨리 들어가지 않고, 뭘 우물쭈물하우?"

자신도 모르게 중앙 통로에 멈춰 선 순호에게 아내가 채근해왔다.

"으응? 좌석 번호를 찾느라구…!"

엉겁결에 이런 변명을 늘어놓자, 계영은 집에서의 버릇대로 남편을 향하여 지청구를 늘어놓았다.

"아유! 40 몇 번이면 보나마나 맨 뒤 아녜요! 당신은 해마다 고향에 내려다니면서 그런 것도 모르우?"

아내는 비록 작은 목소리로 건네왔으나, 순호한테는 여간 자존심이 상하는 일이 아니었다. 하지만 그는 아무런 대꾸도 하지 못했다. 바로 뒷좌석의 창가에 앉은 미숙이 똑바로 시선을 보내오고 있었던 것이다.

"여보! 근데 하필이면 뒷자리죠? 고속도로를 벗어나면 몹시 뛰던데…!"

그런 사실을 꿈엔들 알 리 없는 아내가 좀 미안했던지 말머리를 바꾸어 엉너리를 쳐왔다.

"괜찮아! 이젠 인터체인지에서 읍내 종점까지 새로 아스팔트를 깔았기 때문에…!"

순호는 이렇게 얼버무리면서 승차권의 번호를 확인했다. 그런데 이 무슨 운명의 장난이란 말인가? 공교롭게도 미숙의 옆좌석이 되는 것이었다. 순간 그는 온몸의 피가 밖으로 새어나가는 느낌이었다. 어리뻥하여 서 있는 그에게 아내가 다시금 채근해왔다.

"여보! 가방은 선반에 얹음 되잖아요?"

"으응? 그래!"

그때부터 순호는 마치 로봇처럼 아내의 지시에 따를 뿐이었다.

"휴우! 그저 집 떠나면 고생이라니까요. 출발도 안 했는데 벌써부터 이렇게 피곤하니 말예요."

다행일까? 불행일까? 미숙의 옆에 아내 계영이 앉으면서 하소연해왔다.

"걱정두…! 가는 동안 한숨 자면 되잖아?"

순호는 그런 대꾸와 함께 얼른 눈을 감아버렸다. 하지만 그에게 당장 잠이 올 리도 없었다. 오히려 정신은 더욱 말똥말똥하여 3년 전의 추억을 향하여 뜀박질할 뿐이었다.

"객지 생활 10년에 오늘처럼 즐거운 기분으로 귀향해보기는 처음인데요."

바로 그날 순호가 옆자리의 미숙에게 던진 첫 마디였다.

"…!"

그러나 그녀는 차창 밖에 시선을 고정시킨 채 묵묵답답이었다.

"이 고속버스 노선이 생기기 전 기차를 타고 다니던 시절까지 포함해서 말입니다. 이렇게 아가씨와 일행이 된 적은 한 번도 없걸랑요. 하핫!"

그는 좀 더 음성을 높여 뻔뻔스럽게 나갔다. 그녀의 첫인상이 어쩐지 상대방한테 그런 용기를 불러일으켜 주었던 것이다.

"…!"

한데 그녀는 여전히 대꾸는 커녕 눈길조차 보내주지 않았다. 그럴수록 순호는 엉뚱하게도 그녀와 가까워질 수 있다는 확신이 생기는 것이었다.

〈강한 쇠붙이일수록 부러지기 쉬운 법이니까!〉

그는 다시 한 번 그물을 던졌다.

"근데 아가씨는 너무 겁장이시군요? 남자들을 모두 늑대로만 아시니…!"

그제야 그녀가 반격을 가해왔다.

"댁은 거짓말쟁이 같은데요?"

"네에?"

의아하여 묻는 순호에게 그녀가 비꼬아댔다.

"그렇잖아요? 댁이 지금 즐거운 건 시골에 계신 부모님의 생신을 보러 가기 때문이 아니던가요?"

"아니! 그걸 어떻게…?"

순간 그는 어처구니가 없어서 더이상 말을 잇지 못하고, 단지 그녀의 얼굴만 쏘아 볼 뿐이었다. 그러자 이번엔 그녀가 놀라며 물어왔다.
"어머! 내가 정말 맞혔나보죠?"
"그건 고향을 떠난 모든 젊은이들의 가장 큰 기쁨이 아니겠습니까?"
"실은 저도 이번에 엄마의 생신 때문에 가는 길이걸랑요."
이윽고 그녀가 미소를 지으며 순호에게 고백해왔다.
"하핫! 그리고보니 우린 보통 인연이 아니군요?"
그로부터 고향길은 가깝고 멀었으며, 지루하면서도 너무나 빨랐다. 이윽고 고속버스에서 내리자, 둘이는 누가 먼저 제안하지도 않았으면서 다방에 함께 들렀고 커피를 마셨다.

"순호씨! 무척 오랜만이예요. 호홋!"
그제야 순호는 퍼뜩 눈을 떴다.
"…?"
"여긴 휴게소예요. 부인은 애기랑 바람을 쐬러 나갔구요."
미숙은 얼굴에 웃음을 담은 채 그에게 건네왔다.
"음! 이렇게 다시 만나게 될 줄이야…!"
하지만 그는 가까스로 이렇게 혼잣말처럼 중얼거릴 뿐이었다.
"인생은 나그네길이란 노래도 있잖아요? 그러니까 이렇게 만난 거겠죠, 뭐!"
"그래도 이건 너무 뜻밖이야! 세상에 이럴 수가…!"
"순호씨는 저에 대해서 궁금하지도 않으세요? 저야 순호씨의 행복한 현재를 직접 눈으로 보았지만…!"

"이봐! 누굴 놀리는 거야?"

"어머! 놀리다뇨? 그럼 순호씨는 지금 자신이 불행하다고 생각하시는 거예요?"

미숙이 짙은 화장의 얼굴에 다시금 웃음을 날리며 물어왔다.

"이제 새삼스럽게 그런 걸 따져서 뭘 해?"

"그렇죠. 하긴 저 역시 현재의 자신을 후회하지는 않으니까요. 그때 순호씨와 헤어진 후, 저는 정말 행복한 결혼을 했걸랑요."

"그랬겠지! 그는 모든 면에서 나와 비교가 안됐으니까…!"

"그건 피장파장이겠죠? 단지 수수께끼는…!"

"수수께끼라니…?"

"그 시절에 우리가 왜 헤어졌는지 알 수 없는 거예요. 그토록 순호씨는 저를 사랑했고, 저 역시 순호씨를…!"

〈그래! 그때 우린 서로 사랑했던 건 사실이야!〉

그는 잠시 눈을 감고 추억에 잠겼다.

귀향길에서 사귀게 된 후 다시 상경한 순호와 미숙은 그야말로 열병 같은 사랑에 빠졌었다. 그런데 두 사람에게 뜻하지 않은 사건이 벌어졌다. 먼저 미숙이 앞에는 재벌 그룹의 엘리트가 등장했고, 순호한테는 직속상관인 기술부장의 여동생 계영이 출현했던 것이다.

〈그렇지만 어떻게 그리 쉽게 서로 헤어질 수가 있었을까?〉

정말 오늘에 와서까지 풀리지 않는 수수께끼임에 틀림없었다.

순호는 아내 계영과 처음 만나던 날을 떠올렸다.

"최군! 저녁에 우리 집에 좀 가지 않으려나?"

"네? 부장님! 무슨 일인데요?"

"으응! 바로 내 귀빠진 날이야."

그리하여 기술부장네 집을 방문하게 됐을 때였다. 대문을 열어주고, 생일상을 차려오고, 마지막 배웅까지 사모님보다도 더 씨억씨억하게 해내던 아가씨가 있었는데, 그녀가 계영이었다.

"어때? 최군! 마음에 들었어?"

굳이 골목 밖까지 따라 나온 부장이 순호에게 넌지시 물어왔다.

"네? 마음에 들다뇨?"

"아! 내 여동생 말일세! 어찌나 왈가닥인지 언젠가 회사에 심부름을 나왔다가, 자넬 보구선 점을 찍었다는 게야. 하핫!"

"하하! 저… 부장님 아무려면 그랬을라구요?"

그때 순호는 웃음으로 넘겨버렸지만, 곧 사실로 증명이 되었다. 며칠 후 그녀가 순호의 퇴근시간에 맞추어 전화를 걸어왔던 것이다.

"저… 순호씬 남녀평등을 찬성하세요?"

"그야 민주주의 국가니까…!"

그녀의 엉뚱한 질문에 순호가 이렇게 얼버무리자

"좋아요! 그렇담 말씀드리죠. 저… 순호씨에게 제가 정식으로 데이트를 신청한다면, 물론 거절하지 않으시겠죠?"

"…!"

너무나 어처구니가 없어 수화기만 든 채 아무런 대꾸를 못하자, 그녀가 더욱 당돌하게 쏘아왔다.

"순호씨! 이젠 여자가 먼저 남자에게 데이트 신청을 할 때도 되지 않았을까요?"

"좋습니다! 아예 시간과 장소까지 정해 주십시오."

그 순간 미숙이와의 줄다리기에 너무나 지쳐 있었던 순호는 쾌히 응해 버렸다. 하지만 계영과 결혼 같은 건 생각조차 하지 않았다. 한데 상황은 차츰 묘하게 돌아갔다. 미숙을 향해 몸부림을 치면 칠수록, 반대로 계영에게 가까워지는 것이었다.

결국 순호는 계영과 약혼뿐 아니라, 결혼까지 하는 수모를 당하고 말았다. 그리고 끝내 2세까지 창조하였으니…!"

"순호씨! 제가 지금 무슨 생각을 한 줄 아세요?"
이윽고 미숙이 다시 말을 건네왔다.
"글쎄! 이렇게 둘이 다시 만난 얄궂은 운명에 대해서…?"
"천만에요! 저도 이젠 새출발을…!"
그러나 순호는 그녀의 대답을 끝까지 들을 기회를 놓치고 말았다. 바람을 쐬러 나갔던 아내 계영이 애기를 안은 채 돌아왔던 것이다. 그리고 아내가 이렇게 외쳤다.
"아빠! 애기가 차멀미를 하나봐요! 글쎄 바깥바람을 쐬니까 젖을 토하잖아요!"
"뭐야? 그럼 어쩌지?"
순간 순호는 자리에서 벌떡 일어나며 아내로부터 애기를 빼앗아 안았다. 미숙이 잠을 청하듯 두 눈을 감고, 고속버스가 휴게소를 떠난 건 바로 그때였다.*

제8화
남편과 연인

"*이거 원! 통금 없는 세상이 더 불편하잖아?*"

새로 한 시가 넘어서야 귀가한 남편 진수는 윗목에 놓인 옷걸이에 상하의를 벗어 걸며 투덜거렸다. 하지만 유미에겐 그의 말이 변명처럼 들렸다.

〈흥! 늦어서 미안하면 잠자코나 있으라구요!〉

그녀는 당장 맞받아 쏘아주고 싶었으나 가까스로 참았다.

"…그래도 통금시절엔 말이야, 술자리가 벌어지면 좀 일찍 끝내거나, 까짓것 여관 신세를 지면 됐는데, 이젠 시간 평계를 댈 수도 없고, 그렇다고 외박을 하자니 마누라들한테 또 수난을 당하겠고…! 하하하! 여보! 요즘 남편들의 이 고충을 당신은 모르실거야!"

남편은 갑자기 유미를 가슴에 붙안고 스텝을 밟으며 말꼬리에 곡조를 달았다.

"어머! 이이가…!"

그녀가 기겁을 하여 뿌리치고 장롱 옆으로 비켜서자, 진수는 올 들어 부쩍 비만해진 몸을 과시라도 하듯 천천히 다가들었다.

"이봐! 오늘 술자리는 내가 차장으로 승진했다구 부원들이 한턱 낸 거야! 게다가 당신은 결혼한 지 4년 만에 애기를 가졌고…! 이래저래 술맛이 나지 뭐야?"

"…!"

하지만 유미는 더욱 새침해져서 남편을 쏘아볼 뿐이었다. 그러자 그가 갑자기 손길을 뻗쳐 그녀의 얼굴을 끌어갔다.

"당신, 끝내 이러면 미워! 미워! 미워!"

그리고 그녀의 양쪽 뺨과 입술에 차례로 뽀뽀를 한 뒤 아랫목에 펴놓은 이불 속으로 들어가 버렸다.

〈어쩜! 퇴근했으면서 씻지도 않고…!〉

그러나 그녀는 역시 말을 입 밖으로 꺼내지는 않았다.

남편의 괴팍한 성격을 너무나 잘 알기 때문이었다. 술에 취했을 때에는 언제나 이런 식이었던 것이다.

이윽고 유미는 어느새 코를 골아대는 남편의 얼굴에서 안경을 벗겼다. 순간 그녀는 너무나 어처구니가 없어 하마터면 그를 깨울 뻔했다. 갑자기 남편의 얼굴이 생전 처음 보는 사람처럼 낯설게만 느껴졌던 것이다.

〈역시 우리 부부는 가깝고도 먼 사이일까?〉

그녀는 한숨을 내쉬며 문득 나현을 떠올렸다.

"유미! 제주도나 충청북도로 이사 가고 싶은 생각 없어?"

그녀의 허리를 감은 손끝에 힘을 넣어오며, 그가 속삭이듯 물어왔다.

"으응? 하필이면 왜 그리로…?"

너무나 뜻밖의 질문이었기 때문에 유미는 잠시 걸음을 멈추고 나현의 얼굴을 바라보았다. 가로등의 불빛 탓일까? 그의 눈길은 흡사 밤짐승의 것처럼 번쩍였다.

"거긴 통금이 없잖아!"

"…!"

그녀가 대꾸를 못하자 나현은 마치 화가 난 투로 내뱉았다.

"빌어먹을! 통금 때문에 우리는 항상 이 시간이면 헤어져야 하잖아?"

여전히 입을 다문 채 유미가 잠자코 따라 걷기만 하자, 그의 음성이 한층 높아졌다.

"하지만 오늘밤만큼은 이따위 통금에 상관하지 않겠어! 유미도 각오해야 돼!"

"뭐라고? 자기 미쳤어?"

그제야 유미는 정신이 펄쩍 나서 그의 팔짱을 뿌리치며 소리쳤다.

"하하! 유미는 생각보다 겁쟁이군! 지금 곧 충청북도나 제주도로 가면 되잖아?"

그녀가 의아하여 다시 나현에게 시선을 보내자

"흥! 이 밤중에 무슨 수로 거길 가느냐, 이 말이지?"

"그렇잖아? 옛날 얘기에 나오는 도사처럼 축지법을 쓰면 몰라도…!"

"걱정 말고 날 따라오기나 해! 분명히 제주도나 충청북도에 데려다 줄 테니까…!"

"…!"

이윽고 나현은 유미의 손목을 이끌고 골목 안으로 들어섰다.

"…?"

두 사람은 끌고 끌리며 아크릴 간판숲 사이로 헤매기 시작했다. 드디어 나현이 멈춰서며 유미에게 속삭였다.

"자! 여기가 충청북도 청주야!"

그녀는 아무런 대꾸도 못한 채 그가 등을 미는 대로 움직일 수밖에 없었다. 틀림없이 그 집 간판엔 〈청주여인숙〉이라고 쓰여 있었던 것이다.

"아! 드디어 우리도 통금 없는 세상에 왔군!"

얼마나 기뻤던지 나현은 방안에 들어서자마자, 그녀에게 악수를 청하고 한 손으로는 포옹을 해왔다.

그런데 진수는 이와 영 딴판이었다.

"이번 토요일 오후에 고궁이 어떨까요? 기왕이면 교통이 편리한 덕수궁이 좋겠군요."

약혼 시절의 진수는 유미의 직장으로 전화를 걸어 데이트를 청해 올 때마다 항상 이런 식이었다.

"저… 동창생하고 만날 일이 있어서요. 여섯시 이후에나 짬이 날 것 같아요."

시침을 딱 떼고 일부러 시간을 늦추면 진수는 얼른 포기부터 했다.

"할 수 없군요. 그럼 다음 주말로 미루죠."

그리고 그는 언제나 밝은 시간에, 밝은 곳에서 만나, 밝은 이야기만 화제로 삼았다.

"유미씨! 제가 열 세평짜리 자그만 아파트를 사놓았으니까, 혼수에 신경 쓸 필요는 없어요. 너무 많아도 처치 곤란일 테니까…!"

"하지만 요즘 냉장고, 세탁기, TV 정도는 기본 아녜요?"

"무슨 말씀! 저의 어머님께선 항상 누나들한테, 여자란 시집가서 살림

장만하는 재미로 산다고 하셨습니다."

"진수씨! 그건 옛날 얘기예요. 혼수가 적으면 시집에서 쫓겨나는 경우도 있다구요."

하도 답답해서 그녀가 설득할라치면, 진수는 거꾸로 유미를 깨우치려 들었다.

"유미씨! 결혼이란 서로 주는 것이 아닙니다. 빼앗는 거죠."

"네에? 빼앗다뇨?"

어처구니가 없어 그녀가 묻자, 그는 이런 엉뚱한 논리를 펴나갔다.

"생각해봐요. 유미씨와 제가 결혼하고 나면 어찌 됩니까? 유미씨는 우선 친정집을 떠나야 되고, 직장을 버려야 하구요, 그뿐입니까? 저를 위해 내조하자면 지금까지의 생활을 바꿔야 하니, 말하자면 모든 걸 저한테 빼앗기는 셈이 되지요."

"정말 그렇네요. 하지만 진수씨가 저한테 빼앗기는 건 없잖아요?"

"천만에요! 저 역시 유미씨에게, 첫째로는 일생동안 월급을 빼앗기고, 둘째로는 남편이란 굴레를 벗지 못할 터이니 자유를 빼앗기고, 그보다 가장 큰 것은 총각이란 렛델을 빼앗기는 거죠. 하하핫!"

"…!"

설마 그의 입에서 이런 말까지 쏟아져 나올 줄은 미처 생각지 못했기 때문에, 유미는 얼굴만 붉힐 뿐 더이상 대꾸를 못하고 말았다. 아니, 그의 주장이 너무나 이치에 맞아서 반박하고 나설 수가 없었던 것이다. 이에 비해 연인이었던 나현의 경우는? 한 마디로 그의 행동과 논리는 이와 정반대였다.

"이 우주에서 태양을 없앨 수가 있다면 얼마나 좋을까?"

도봉산으로 등산을 갔을 때였다. 숲 사이로 쏟아드는 햇살을 받자, 나현이 눈살을 찌푸리며 중얼거렸다.

"세상에! 그런 끔찍한 말이 어디 있어? 지구상의 모든 생물들이 태양의 열과 빛을 받아서 살아간다는 사실을 잊었어?"

기가 막혀서 그녀가 공박하자

"하지만 여자가 가장 아름다울 때는 언제인지 알아? 그건 어둠속에서라구…!"

"…!"

"지난번 통금을 피해 자기랑 〈청주〉에 갔을 때 깨달은 사실인데, 정말 예뻤어! 유미가…!"

그와 동시에 나현은 날쌘 동작으로 그녀를 포옹했다.

그리고 명령하듯 속삭였다.

"눈을 감아!"

유미는 시키는 대로 했다.

"연인들에게 어둠보다 더 큰 축복은 없을 거야!"

나현이 그녀의 귓가에 대고 조그맣게 외쳤다.

"…어둠속에선 무엇이든 아낌없이 주고 싶거든! 아니! 갖고 싶지!"

나현의 말은 정말 옳았다. 그와 처음 만났던 건 어둠이 내리던 저녁 무렵이었고, 처음 손을 잡았던 곳은 어두운 밤길이었으며, …좌우간 사랑의 모든 행위는 다 어둠속에서만 이루어졌으니까…! 그렇다면 결국 연인이란 어둠을 먹고 사는 허깨비한테 홀렸기 때문에, 결혼 후 4년이란 세월이 흘렀건만, 그녀는 아직도 나현과의 추억 속에 갇혀 사는 게 아닐까?

술에 취해 곯아떨어진 남편 진수의 얼굴을 지켜보면서 유미는 생각에 잠겼다.

〈남편과 연인 사이에서 자신은 어느 위치에 서 있는 것일까? 아니, 두 사람의 주장대로, 나현한테는 모든 것을 주어버렸고, 진수로부터는 모든 것을 빼앗았다면, 그녀가 가야 할 길은…? 세상에는 유미와 같은 사연을 가진 여자도 많을 텐데, 그녀들은 스스로 어떤 처방을 내렸을까?〉

이런 풀리지 않는 수수께끼에 매달린 채, 그녀는 전자벽시계가 새벽 두시를 가리키는 데도 여전히 그 자리에 앉아 있을 뿐이었다. 바로 이때 잠들었던 남편 진수가 갑자기 이부자리를 걷어차면서 악몽을 꾸는 사람처럼 외쳤다.

"으음! 무으을 주으워!"

유미는 깜짝 놀라 엉겁결에 남편을 흔들어 깨우며 물었다.

"아니, 여보! 왜 그래요?"

"으음! 무으을!"

"네에! 목이 마르다구요? 알았어요!"

그녀는 이제야 그의 말뜻을 깨닫고 안도의 한숨을 내쉬며 부엌으로 나갔다. 그리고 냉수를 떠가지고 들어오며 말했다.

"여보! 이 물은 제가 특별히 떠다드리는 거예요."

"으응? 당신 무슨 소릴 하는거요? 내가 술 마시고 들어올 줄 알고, 미리 꿀물이라도 타놓았단 말이오?"

물그릇을 받으며 의아해 하는 남편에게 유미는 말없이 미소만 보낼 뿐이었다. 비록 찬물 한 그릇에 불과했지만 그녀는 처음으로 남편에게 〈주는〉 느낌이 들었던 것이다. 그때 진수가 화난 듯 투덜거렸다.

"여보! 남편을 마치 연인 대하듯 하구 그래? 기분 나쁘게…!"*

제9화
사랑한 남자 결혼한 남자

"당신, 설마 다른 꿍꿍이속이 있는 건 아니겠지?"

남편 민철은 혜정의 여행용 가방을 집어 들며 장난기 섞어 물어왔다. 하지만 그녀의 귀에는 마치 피의자를 심문하는 수사관의 질문같이 들려서 가슴이 뜨끔했다. 혜정 역시 장난스레 대꾸했다.

"호호! 그렇게 못 믿겠으면, 그 가방 들고 아예 따라오세요."

"으응! 정말 그럴까부다. 결혼한 지 겨우 석 달도 안 된 사람이 일주일씩이나 남편 곁을 떠나다니! 이건 너무하잖아?"

민철은 여전히 투정을 해대며, 그녀의 뒤를 따랐다. 그 바람에 혜정은 다시금 가슴이 뜨끔해져서 자신도 모르게 이런 변명을 해댔다.

"아이 참! 몇 번씩이나 말해야 되겠수? 학교에서 걸스카웃을 담당했기 때문에, 어쩔 수 없이 해양 훈련차 떠나는 거라구."

"흥! 그쯤은 나도 이해해 줄 수 있어! 그런데…!"

"그런데 뭐에요?"

"마치 새장을 빠져나가는 새처럼, 당신이 너무 홀가분해 한다고나 할까?"

드디어 민철도 정색을 한 채, 그녀에게 변명해왔다.

〈아니! 무슨 남자가 바가지를 긁는 거야! 뭐야?〉

그 순간 혜정은 기가 막히다기보다는 울컥 짜증이 나서, 남편의 모습을 똑바로 바라보았다. 먼저 거의 정수리까지 훤하게 드러날 정도로 성깃하게 빠진 머리칼이 눈에 거슬려왔다. 게다가 어느새 배까지 불룩 튀어나와서 더욱 꼴불견이었다.

〈어쩜! 겨우 계장밖에 못되는 자기 주제도 파악 못하고 저 모양이람!〉

이때 혜정은 자신도 모르게 이런 비난이 입 안에서 맴돌았지만 끝내 참고 말았다. 남편에의 사랑을 포기한 이상 불만도 체념해야 할 것이 아닌가?

학생주임과 동료 교사와 함께 걸스카웃 반을 인솔하여 대천 해수욕장 직행의 피서열차에 오른 혜정은 영등포를 지나서야 겨우 한숨을 돌리고 차창밖에 시선을 보냈다. 아직 서울을 벗어나지 않은 탓인지, 수많은 건물들이 춤추듯 우쭐거리며 감겨 지나갔다.

〈아마 지금쯤이었을 거야.〉

순간 그녀는 7년 전의 그날을 떠올리며 눈을 감았다.

혜정은 가까스로 열차에는 올랐으나 도저히 좌석을 잡을 수가 없었다. 좌석은커녕 짐을 얹을 선반의 자리조차 만원이었다.

"어머! 이를 어쩌면 좋니?"

겨우 객차의 중앙 통로까지 파고들었으나, 끝내 길이 막히자 동행인 경미가 울상을 지었다.

"할 수 없지 뭐! 그냥 서 있을 밖에…!"

그녀가 이렇게 체념을 하고 있을 때였다. 저 만큼 앞좌석에 한 패거리의 남자애들이 왁자지껄 떠들다가 혜정과 경미를 발견하자

"으응? 왜 이제야 나타나는 거야? 기다렸잖아!"

하고 마치 한 일행이라도 되는 듯이 깜짝 반기는 것이었다. 그리고 그 중의 두서너 명은 서로 다투어 승객들을 헤치고 혜정과 경미 앞으로 다가왔다.

"…?"

그녀들이 너무나 어처구니가 없어 아무런 대꾸도 못하고 있자, 이윽고 남자애들은 마치 합창이라도 하듯이 한꺼번에 외쳤다.

"자! 짐은 이리 주고 따라 오세요!"

미키마우스가 그려진 야한 T셔츠에, 빛바랜 청바지를 입어 좀 불량스러워 보였지만, 그들의 얼굴을 대하는 순간 혜정과 경미는 오히려 안도감을 느꼈다. 그만큼 남자애들의 표정엔 순수한 젊음만이 존재하고 있었던 것이다.

"고마와요!"

그리하여 그녀들은 정말로 한 일행이라도 되는 것처럼 그들에게 짐을 맡기고 뒤를 따랐다.

"와아! 환영의 박수…!"

나머지 패거리들이 이렇게 환성을 질러댔다.

잠시 후 기차 안은 젊음의 축제라도 벌어진 듯 카세트 리듬에 맞춘 고고춤판으로 흥청대기 시작했다. 볼륨이 지나쳐 소음처럼 들리는 리듬

이건만, 용케도 박자를 찾아 몸을 흔드는 꼴이란…! 혜정과 경미는 끝내 폭소를 참지 못하고 말았다. 아니 나중엔 자신도 모르게 음악에 맞추어 손뼉을 쳐대고 있었다.

이윽고 기차가 천안을 지나 홍성역에 도착할 무렵이 되자, 남자애들은 우르르 짐을 챙기며 내릴 준비를 했다.

"우린 만리포로 갑니다. 아가씨들은?"

아까 혜정의 짐을 받아주던 남자애가 물어왔다.

"고마왔어요. 저흰 대천이예요. 별장이 그곳에 있걸랑요."

경미가 대신 대꾸해 주자 남자애는

"아! 그러세요? 그럼 즐거운 여행이 되시길 바랍니다."

이처럼 처음과는 달리 깍듯이 예의를 갖춘 후 헤어졌다.

"아유! 좋은 파트너감 잃은 것 같다, 얘! 혜정아! 안 그러니?"

그들이 홍성역에서 손을 흔들며 사라지자, 경미가 아쉬운 듯 말을 꺼냈다.

"어머! 얜 못하는 소리가 없어."

혜정이 나무라자 경미는 깔깔 웃으며 지껄였다.

"호호! 하긴 대천 해수욕장에도 얼마든지 널려 있을 거야. 현지조달하지 뭐!"

바로 그날 석양 무렵…!

경미네 별장을 나온 혜정은 혼자서 해변을 걷고 있었다. 끝없이 밀려드는 파도가 그 부드러운 혀로 조개껍질을 물어다가 모래사장에 뱉아내고 있었다. 해수욕복으로 갈아입은 그녀는 발목까지 잠겨드는 파도를 밟으며 예쁜 조개껍질을 찾아 계속 걸음을 옮겼다.

"으응? 왜 이제야 나타나는 거야? 기다렸잖아!"

이때 맞은편에서 웬 남자애가 이렇게 반말 투로 건네오는 게 아닌가? 혜정은 순간 얼마 전 기찻간에서의 목소리를 기억해냈다.

"…?"

깜짝 놀라 올려다보니, 세상에! 뜻밖에도 낮에 홍성역에서 헤어진 남자애였다

"아니, 웬일이죠? 여기에…?"

혜정이 미처 말끝을 맺기도 전에 남자애가 대꾸해왔다.

"하하! 좋은 사람이 생겨서 나 혼자 예정을 바꾸었어."

"…?"

"바로 지금 내 앞에 있잖아!"

그리고 남자애는 자연스럽게 혜정의 팔짱을 끼었다.

"…!"

그녀는 묵묵히 그와 걸음을 함께 했다. 마치 어느 날 갑자기 이런 사건에 휘말리기를 기다려 온 듯한 느낌이 그녀를 지배해왔다. 잠시 후에 남자애가 멈춰 섰다.

"내 텐트야. 들어가!"

혜정을 밀어 넣은 남자애가 한 마리의 짐승처럼 뒤따라 들었다. 태양열과 모래사장의 지열 탓으로 텐트 안은 숨 막힐 정도의 열기를 가득 품고 있었다. 아니 그녀의 내부도 이미 폭발해 버릴 상태에 이르러 있었다.

"사랑해!"

"…!"

남자애의 눈동자가 클로즈업되는 순간 그녀는 눈을 감아 스스로를 어

둠 속에 파묻었다. 비릿한 바다 내음과 짭짤한 소금기를 머금은 남자애의 혀가 그녀의 입술을 난폭하게 점령해 들어왔다.

"정말 사랑해!"

"…!"

하지만 혜정은 여전히 그에게 아무런 대꾸도 할 수 없었다. 이젠 몸의 어느 한 곳에 파고드는 아픔을 견디는 일이 다급해졌던 것이다.

"솔직히 말씀드려서 요즘 같은 시대에 남자 혼자 뛰어선 살아나가기 힘든 세상이죠. 그래 여태껏 맞벌이를 찾다가 그만…!"

"호호! 그래서 그만 혼기를 놓쳤단 말씀인가요?"

"글쎄요. 서른두 살이 혜정씨에게 많게 느껴지신다면 그런 셈이죠. 하하!"

맞선을 보는 자리에서 혜정과 민철이 처음으로 나눈 대화들이었다.

"…근데 혜정씬 아직도 사랑만을 찾고 계신 것 같으니 안타깝지 뭡니까?"

민철이 세 번째 엽차를 입안에 쏟아 부으며 투덜댔다.

"네에? 뭐라구요?"

그녀가 소스라쳐 묻자, 그는 정수리가 훤히 들여다보이는 성긴 머리칼을 쓸어 넘기고 나서 말을 이었다.

"하하! 솔직히 말씀드려서 결혼이란 피차가 서로의 조건을 맞추어 보고 나서 맺는 가장 상업적인 거래가 아닙니까?"

"네에? 뭐라구요?"

혜정이 다시금 놀란 눈으로 쏘아보며 이렇게 되묻자, 민철은 여전히

같은 말투로

"솔직히 말씀드려서 우리가 이제 와서 새삼스레 사랑을 구하려는 건 지나친 욕심일 것입니다. 결혼과는 정반대로 사랑이란 조건을 초월할 때 파생되는 하나의 신기루 같은 환상에 불과하니까요. 그것이 비록 연애란 형식으로 미화된다고 해도 말입니다."

그로부터 이제까지 민철과 그녀 사이엔 정말로 많은 거래가 있었다. 약혼 예물이 교환되었고, 부부 관계가 성립되었고, 심지어 사돈의 팔촌까지 얽히고설키는 거래가 이루어졌던 것이다.

결국 이제 와서 생각할 때, 혜정이 그와의 거래를 손실로 여긴다면, 그 피해는 그녀 자신에게로 돌아올 터였다. 순간 혜정은 부끄러움에 얼굴을 붉혔다. 그렇다면 그녀는 오늘날까지 신기루 같은 사랑에 아직도 최면에 걸려 있으며, 결혼이란 거래에선 계속 손해만 보고 있는 셈이 아닌가?

혜정이 이런 계산을 끝내고 감았던 눈을 떴을 때였다.

"여보! 피곤하면 좀더 자라구…!"

바로 옆자리에서 귀에 익은 목소리가 건네왔다.

"아니! 당신…?"

그녀가 너무나 뜻밖의 상황에 더이상 말을 잇지 못하자, 남편 민철은 더욱 엉뚱한 대꾸를 해왔다.

"이 기차에서 당신과의 7년 전 추억이 생각나기에, 그날의 용기를 한번 부려 봤지."

"네에? 그럼 그 남자가…!

"하하! 왜 믿기지 않아? 당신이 여지껏 사랑한 그 남자가, 바로 결혼한 이 남자라는 게…?"

"…!"

하지만 혜정이 대답을 못한 건, 남편 민철에게 잡힌 그녀의 손의 아픔이 너무나 컸기 때문이었다.*

제10화
사랑한 여자 결혼한 여자

"여보! 일찍 들어오세요."

하고 아내 명순은 넥타이를 매고 있는 석호를 향하여 사뭇 명령조로 건네왔다. 아니 실은 애원에 가까웠지만 그의 귀엔 이처럼 엉뚱한 말투로 들리는 것이었다.

〈흥! 이젠 바가지까지 긁고 있군!〉

기가 막히다기보다는 울컥 신경질이 나서 석호는 퉁명스레 대꾸했다.

"이봐! 누군 늦고 싶어서 늦는 줄 알아?"

하지만 그녀는 여전히 명령조로, 아니 애원하듯이 변명을 늘어놓았다.

"웬일로 요즘 아기가 이상하게 놀아요. 금방이라도 밖으로 뛰쳐나올 것만 같아요. 그래서…!"

〈아니! 분만 예정일은 아직 멀었잖아? 그런데 괜히 겁을 주고 야단이야!〉

석호는 다시금 비위가 상해져서 이렇게 쏘아붙이려다가 입을 다물고 말았다. 그녀에게 일일이 대꾸한다는 자체가 자존심을 깎아내리는 일로 여겨졌던 것이다.

이윽고 석호가 구두를 신고 마당으로 내려서자, 명순이 뒤뚱거리는 오리걸음으로 앞장서서 철대문에 딸린 쪽문을 열어 주었다. 그리고 또 한 번 명령조로, 아니 애원하듯 건네왔다.

"여보! 일찍 좀 들어오세요."

그제야 석호는 아내의 모습을 똑바로 바라보았다. 우선 중년 여인들처럼 오글보글 짧게 파마를 한 머리 스타일이 눈에 거슬려왔다. 원래 곱지 못한 피부에 기미까지 잔뜩 낀 얼굴은 혐오감마저 불러일으켰다.

〈아무리 임신 중이라지만 무슨 여자가 자기 얼굴조차 제대로 못 가꾼담!〉

순간 이런 불평이 자신도 모르게 입안에서 맴돌았다. 하지만 석호는 꾹 참고 말았다. 역시 그런 투정을 하는 것도 자존심을 상하는 일이었다. 아내의 존재를 인정하지 않기로 작정한 이상 철저하게 무시해 버려야 할 게 아닌가?

버스에 오른 석호는 차창을 때리는 가로수에 문득 시선이 부딪쳤다. 어느새 플라타너스의 잎사귀가 거의 손바닥 넓이만큼씩이나 피어났다.

〈바로 이맘때였어!〉

순간 그는 눈을 감으며 중얼거렸다. 그날의 추억을 되살려 보면…!

벌써 5년 전의 과거가 돼버렸지만, 그때 석호는 육군병장으로서 마지막 휴가를 받아 집에서 무료한 시간을 보내고 있었다. 같은 또래의 친구들 역시 거의가 군에 입대해 있어서, 그만 외톨이 신세가 돼버리고 말았던 것이다. 해서 그날도 겨우 직장을 가진 한 선배를 만나 소주 몇 잔을 기울이고 귀가하던 중이었다. 만원버스는 아니었지만, 제법 붐비는 승객들 가운데 거의 허리까지 흘러내리는 긴 머리칼을 가진 아가씨가 중앙통로 근처에 서 있는 것이 눈에 띄었다. 석호는 마치 그녀와 일행이라도 되는 듯이 단걸음에 곁으로 다가가서 버티고 섰다. 그때 버스가 갑자기 출발하는 바람에 그는 본의 아니게 그만 여자의 발등을 밟고 말았다.

"어머!"

한데 그녀는 가벼운 비명을 지를 뿐 석호를 돌아다보지도 않았다.

〈어어? 누굴 술주정뱅이로 취급하는 게 아냐?〉

순간 석호는 미안한 마음에 앞서 약이 올랐다. 그리하여 다음 정류장에서 버스가 멎는 순간 이번엔 고의로 그녀의 발등을 밟아버렸다. 물론 크게 아플 정도는 아니었지만…! 그러나 이쯤 되면 틀림없이 그녀의 반격이 있을 터였다.

과연 그녀의 얼굴이 석호를 향하여 천천히 움직였다. 석호는 이때다 싶어 재빨리 속삭이듯 지껄였다.

"아가씨! 두 번씩이나 나한테 발등을 밟히다니…! 이건 보통 인연이 아닌데요?"

그러자 그녀가 갑자기 하이힐 뒤꿈치로 석호의 워커 콧등을 거듭 세차게 밟아댔다. 그리고는 뾰족한 목소리로 쏘아왔다.

"흥! 인연이 따로 있나요? 이렇게 만들면 되는거죠!"

"아! 반갑습니다. 그렇담 잠깐만 내리실까요?"

석호는 그녀의 팔을 잡아끌고 막 떠나는 버스에서 뛰어내렸다.

잠시 후에 그들은 다방의 구석자리에 마주 앉았다.

"재미있으신 분 같아요. 따라온 건 단지 그 이유뿐이예요. 전 지금 심심하걸랑요."

커피잔을 집어 들며 그녀가 먼저 고백해왔다.

"그래요? 아가씨 애인은 무척 바쁜 친구인가 보군요? 이렇게 아가씨가 심심하도록 내버려 두다니…!"

석호가 그녀의 마음을 떠보자

"어머! 한석호 병장님, 혜진일 오해하고 계신데요. 실은 난 지금…!"

자신을 혜진이라고 밝힌 그녀는 석호의 명찰을 보고서 그의 관등성명을 부르며 완강히 부인했다.

"저… 실은 난 지금 내기를 걸고 오는 길이라구요."

"네에? 내기를 걸다뇨? 혜진씨!"

이젠 거꾸로 석호쪽이 재미있어져서 그녀에게 말했다.

"방금 3년 동안이나 사귀던 남자 친구랑 헤어지고 오는 길인데요."

"…?"

"서로 내기를 했걸랑요! 누가 먼저 새 친구를 사귀나…!"

"…!"

석호는 어처구니가 없어 손가락만 꺾고 있었다.

"실망하셨나요? 한 병장님!"

하지만 그녀는 여전히 생글생글 미소를 띄운 채 말했다.

"아닙니다! 혜진씨야말로 정말 재미있는 분 같군요."

결국 석호는 이렇게 얼버무리고 나서

"…아무튼 혜진씨가 나를 친구감으로 정했다니 영광이군요."

그러자 그녀가 자리에서 발딱 퉁겨 일어나며 석호에게 건네왔다.

"커피는 내가 샀어요. 한 병장님 같은 새 친구를 만난 걸 자축하는 뜻에서…!"

이윽고 두 사람은 거리로 나섰다. 벌써 골목길엔 어둠이 내리고, 각종 간판 속에 숨어있던 조명등이 환하게 빛을 뿜어냈다.

"석호씨! 어느 쪽을 택하시겠어요?"

혜진이 팔짱을 끼어오며 속삭여왔다.

"…?"

석호가 얼른 말귀를 알아채지 못하자, 그녀는 실망했다는 투로 다음 말을 이었다.

"통금이 세 시간밖에 안 남았잖아요?"

그제야 석호는 눈길을 들어 앞을 바라보았다. 〈여관〉과 〈모텔〉이라고 쓴 간판이 마주 걸려 있었다.

"얘! 석호야 시간을 어겨선 안 된다. 그건 저쪽편에 대한 실례이기에 앞서 우리 집안의 수치야. 맞선 보는 자리에까지 지각할 만큼 칠칠치 못한 자식을 두었다면 남들이 이 에미를 뭘로 보겠니?"

그리하여 결국 그날 석호는 간첩이 접선이라도 하듯이, 정해진 시각에 약속 장소에서 맞선이란 행사를 치르게 되었다.

도심지에 위치해 있으면서도 의외로 조용한 다방이었는데, 양가의 수행원들과 당사자들은 거의 동시에 들이닥쳤다. 그 바람에 중매쟁이가 먼저 와서 대기해 주지 않았다면, 서로 마주 앉아서 상대편을 기다리는 촌극을 연출할 뻔했다.

"자! 서로 인사들 나누세요."

뻥튀기가 심한 중매쟁이의 능란한 솜씨에 의하여, 그 행사는 아주 일사불란하게 진행되었다.

"이젠 우리가 할일은 다 했다구요. 그러니까 지금부턴 당사자끼리 알아서들 하시라구…! 호호호!"

이윽고 중매쟁이가 양측 수행원들을 몰고 나가며 너스레를 쳤다. 그제야 석호는 여자를 똑바로 바라보았다. 하지만 그녀는 커피잔에 시선을 둔 채 흡사 정물처럼 앉아 있었다. 석호의 가슴이 답답해지기 시작한 것은 바로 이때부터였다.

"사랑과 결혼을 하나의 끈으로 묶어 매려는 것은 어리석은 일이예요."

남은 군대생활 5개월과 1년의 무직생활! 그리고 직장생활 1년여 등, 거의 3년 동안이나 석호가 만남을 계속했던 혜진이 마지막 남긴 말이었다.

"그건 사랑이란 마이너스(-) 게임인데 반하여, 결혼은 플러스(+)게임이기 때문이죠."

이런 그녀의 지론대로 석호와 혜진은 그야말로 숱한 마이너스 게임을 벌인 셈이었다. 헤일 수 없는 데이트에선 시간을 잃어버렸고, 수많은 대화를 통하여 언어를 낭비했고, 그리고 산부인과를 찾아가서는 새 생명을 둘씩이나 지워버렸고…!

"김명순씨라고 하셨죠? 우리 사이엔 플러스 게임이 어떨까요?"

석호는 가까스로 한숨을 몰아쉬며 내뱉았다. 더 이상 견딜 수가 없었던 것이다. 아니 그녀한테서는 마이너스할 만한 요소를 전혀 발견할 수가 없었던 것이다.

"네에? 플러스 게임이라뇨?"

고개를 숙인 채 정물처럼 꼼짝 않고 앉아 있던 명순이 그제야 얼굴을 들어 올리며 조심스럽게 되물었다.

"아! 덧셈 말입니다. 즉 살아가면서 무엇인가를 자꾸 늘여가는 결혼 말이예요."

석호는 두 손의 엄지를 펴들어 보이며 열심히 설명을 했다. 그러자 명순은 짧게 자른 머리칼로 해서 귀까지 드러나는 넓은 얼굴을 온통 새빨갛게 물들이며 혼잣말처럼 중얼거렸다.

"저… 초면에 이런 말씀을 드리면 제 자랑 같지만요, 그런 덧셈이라면 자신 있어요. 현모양처가 되는 것이 저의 꿈이거든요."

그로부터 오늘날까지 그녀는 약속대로 정말 플러스 게임을 잘도 해냈다. 박봉이지만 용케 계와 적금을 부어나가고, 주로 외상과 월부였지만 가전제품을 비롯한 온갖 살림들을 장만해 놓았다. 그뿐인가? 머지않아 그녀는 새로운 생명까지도 창조해낼 것이었다.

생각이 여기에까지 미치자, 석호는 갑자기 부끄러워지기 시작했다. 혜진과 명순이 각기 그녀들의 게임에 충실해 있는 동안 그는 겨우 마음에 상처나 받고, 상처를 입히면서 피해자와 가해자의 역할밖에 한 일이 없지 않은가? 그렇다면 앞으로는 이제 석호 편에서 뭔가 새로운 것을 보여주어야 할 차례가 된 셈이었다.

이윽고 회사 근처 버스정류장에서 차를 내린 석호는, 그 새로운 무언가를 찾아 생각을 굴리며, 5월의 빛나는 아침 속을 천천히 걸어갔다.*

제11화
0점 남편

"*속았어! …아냐!* 이건 속은 정도가 아니라 완전히 사기를 당한 거야!"
하고 현주는 숫제 소리 내어 중얼거리며 흐르는 눈물을 닦았다.
"엄마! 왜 울어?"
이때 윗목에서 놀고 있던 철이가 덩달아 울상을 지으며 물었다.
"뭐야? 쬐끄만게 웬 참견이야!"
순간 그녀는 자신도 모르게 고함을 지르고 말았다. 남편을 빼닮은 철이마저 밉게만 보였던 것이다.
"씨! 엄만 괜히 야단이야! 엄마, 미워!"
어처구니없게도 이번엔 철이 녀석이 맞대들며 항의를 해왔다.
"어? 요게 누구한테 말대꾸야!"
그녀는 기가 막히다기보다는 정말로 화가 치밀어서, 녀석을 한 대 때려주려고 손을 치켜들었다.

"미워! 엄만 밉단 말야!"

그러자 철이는 열어놓은 방문 밖으로 냉큼 도망치며 더욱 앙탈을 부려댔다.

"아니! 조런…! 조 녀석이…!"

이젠 화가 나기에 앞서 너무나 기가 막혀 하마터면 웃음이 터져 나올 뻔했다.

〈어쩜! 닮아도 제 아빠랑 하는 행동까지도 저리 똑같을까?〉

그녀의 남편 역시 현주를 이런 식으로 수없이 약올려 왔던 것이다.

바로 오늘 일만 해도 그랬다. 여름휴가의 끝날인 오늘 아침에야 식구들을 동반하여 외출을 하게 됐는데, 겨우 한 시간 거리의 큰댁에 가서 부모님을 찾아뵙는 일이었다.

"어휴, 더워! 어디 가서 시원한 냉면이라도 먹었으면…!"

그러자 남편의 대꾸는

"뭐야? 금방 과일 잔뜩 먹고 무슨 냉면 타령이야? 그냥 집에 가서 라면이나 끓여 먹자구!"

이때 현주는 기가 막히다 못해 울화가 치밀어 올랐다. 하지만 더이상 조르지는 않았다. 문득 지난날의 추억이 떠올랐던 것이다.

남편과의 첫 만남은 스케이트장에서 이루어졌다. 그녀는 빙판 위에서 겨우 걸음마를 익히고 있었다. 이때 빙상선수복을 입은 사나이가 질풍같이 달려와 현주의 어깨를 낚아챘다.

"어마야!"

그녀는 비명을 지르며 그의 허리에 매달렸다.

"핫핫! 혹시 닭띠 아니십니까?"

쏜살같이 빙판 위를 달리면서 그가 물어왔다.

"남이야 무슨 띠건…! 어서 놓아줘요!"

"아! 아가씨가 꼭 병아리처럼 보여서 말입니다. 전 독수리란 별명을 가졌걸랑요. 핫핫!"

그로부터 남편은 그녀에게 커피를 산다는 둥, 연극을 구경시켜 준다며 따라다녔다. 그러던 어느 날 밤, 그만 그녀가 실수를 하고 말았다.

"아! 피곤해요."

"그래? 난 벌써 졸린데…! 그럼 우리 자고 갈까?"

이처럼 남편은 그녀의 애인이던 시절엔 별나고 재미있는 백점짜리였다. 한데 예식장을 다녀온 뒤로 사람이 0점짜리로 바뀌고 말았다. 게을러지고 재미라곤 한 푼어치도 없어지고, 게다가 나이가 들수록 볼품마저 사라져갔다.

〈그러니까 난 완전히 속은 거라구! 아니, 사기를 당했지 뭐야!〉

이윽고 추억에서 돌아온 그녀는 또다시 눈물을 흘렸다. 그러다가 홧김에 어쩐다는 식으로 경대 위에 놓인 라디오의 스위치를 틀었다. 음악이나 들으면 좀 기분이 풀릴까 해서였다. 그러나 음악은 안 나오고 웬 수다스런 사내가 한참 열변을 토해내고 있었다. 아마 주부 상담시간인 모양이었다.

"…에, 댁의 남편의 출세와 성공을 원하신다면, 1백점 남편이 되길 바래서는 안됩니다. 오히려 0점 남편이 되어야 합니다. 집안 살림, 아내를 위하는 일, 자녀들 문제엔 캄캄해야 되죠. 그런 남편이라야 밖으로 뻗어나갑니다.

그럼 0점 남편이 조건은 무엇인가?

첫째, 게을러야 합니다. 일요일엔 늦잠자고, 집안청소 한번 안 하는 게으른 남편은 일을 시킬 부하를 많이 거느리게 마련이죠.

  둘째는 재미없어야 돼요. 남의 집 남편은 자상하고 유머러스한데, 우리 집 남편은 돌부처 같다고 불평하지 마십시오. 그런 사람이 밖에 나가면 의외로 익살스러워지고, 오히려 출세를 합니다.

  셋째는 못생긴 남편일수록 좋습니다. 예로부터 미녀는 팔자가 사납듯이, 남자도 잘 생기면 마누라 속을 썩이게 마련이에요. 그런 의미에서 첫사랑의 애인처럼 백점짜리 남편을 원한다면 평생 비극 속에 지내게 되죠. 미남이어야 출세하고 성공하는 건, 인기 연예인과 카바레의 제비족뿐이니까요!"*

제12화
100점 신랑과 100점 남편

"*허어! 어느새 오우 헨리가* 생각나는 계절이 됐구만!"

구내식당에서 점심을 마치고 일찍 사무실로 돌아온 경리부의 한부장이 의자에 털썩 주저앉으며 혼잣말처럼 중얼거렸다.

"네? 부장님! 올해도 벌써 〈마지막 잎새〉처럼, 달력이 한 장밖에 안 남았다는 말씀이시죠?"

그러자 〈센스 퀸〉으로 통하는 미스 장이 냉큼 대꾸를 했다.

"그래요! …근데 미스 장은 금년도 그냥 넘기고 말거야?"

이번엔 한부장이 본론은 이 말을 하기 위해서였다는 듯, 미스 장을 향하여 정색을 하며 묻는다.

"아이 참! 누군 올드 소리를 듣고 싶어서 듣는 줄 아세요? 요즘 남자들이란 게 하나같이 주접들뿐이니깐 고르질 못하는 거죠. 호호!"

하지만 미스 장은 얼굴 하나 붉히지 않고, 이렇게 한부장의 질문을 받아님긴다.

"허허! 이것 봐! 미스 장이 고르는 100점짜리 신랑감은 어떤 남자인데 그래?"

역시 한부장도 이제는 싱글싱글 웃는 낯으로 되물었다.

"우선 100점짜리 신랑감이 되려면, 요즘 신세대답게 키가 180은 넘어야 하잖아요?"

"그래요? 미스 장! 좀 악담하는 것 같지만, 과부로 살 작정인가?"

"어머머! 부장님! 그건 정말 농담 아닌 진짜 악담이에요!"

그러나 미스 장은 여전히 능청스럽게 대답을 잘 해댄다.

"아니야! 그건 미국에서 통계가 나온 건데, 키가 큰 거인일수록 평균 수명이 짧더래요. 마치 스포츠맨이 의외로 장수하지 못하는 것처럼 말이야! 하하!"

"네! 하긴 그럴 듯도 하네요. …그리구요, 두 번째로 100점짜리 신랑감을 고르기가 힘든 건요, 허우대가 멀쩡할수록 머릿속에 든 것이 빈약한 것 있죠? 하긴 공부 잘하는 미남은 드물지만요. 호호!"

미스 장은 여전히 스스럼없이 한부장에게 아직껏 100점짜리 신랑감을 찾지 못한 이유를 늘어놓는다.

"어흠! 그러니까 미스 장의 100점짜리 신랑감 고르는 기준은 두 가지구만? 외모와 머리! 그렇지?"

어처구니가 없다는 듯 한부장이 되묻자, 미스 장은 고개를 살래살래 흔들며 말을 이었다.

"아뇨! 한두 가지 더 조건을 추가해서요, 최소한 원룸 아파트라도 마련하고, 소형차 정도는 굴려야죠! 근데 어찌된 게 저한테 걸리는 남자들은 하나같이 전셋집 마련도 어렵거나 지하철파뿐이니깐요! 차라리 독신주의를 선언해 버릴까 생각중이예요! 호호호!"

미스 장은 여전히 농담하듯 웃으며 늘어놓았다.

"으음! 그러고 보니 내가 이 회사에서 정년퇴임할 때까지는, 미스 장의 결혼 축의금을 낼 것 같지가 않군! 근데 미스 장이 찾는 100점짜리 신랑감으론 그런 남자가 좋은지 모르겠으나, 100점짜리 남편감으로는 어떤 남자가 좋은지 알아? 미스 장!"

이윽고 한부장이 똑바로 미스 장을 바라보며 입을 열었다.

"글쎄요. 아직 신랑감도 못 찾은 제가 그걸 어찌 알겠어요? 호호!"

"암튼 내 얘길 들어봐요! 먼저 장래성 있는 100점짜리 남편감은 늦게 퇴근해야 한다구!"

"아유! 부장님처럼 맨날 술타령만 하게요?"

미스 장이 마치 바가지를 긁는 마누라처럼 대들자, 한부장은 흡사 진짜 마누라 앞에서처럼 호기 있게 소리쳤다.

"어허! 무슨 소릴! 직장 동료나 상사 혹은 부하들과 마시는 한 잔 술이 얼마나 스트레스를 풀어주고, 인간관계를 끈끈하게 엮어 주는지 알아? 그리고 둘째는 집안일에는 깜깜소경이어야 한다구! 그래야 마누라 얼굴에 모나리자의 미소 같은 웃음꽃을 피게 할 수가 있어요!"

"네? 그건 또 무슨 말씀이세요?"

정말로 기가 막혀 묻는 미스 장에게 한부장은 더욱 기고만장해져서 말했다.

"이건 내 경우인데 들어봐요! 난 컴퓨터는커녕 계산기도 없던 시절에, 결산철이 돌아오면 회사의 일거리를 집에까지 싸들고 와서, 일요일도 없이 근무를 했어요! 그래서 한번은 마누라가 친정 할머니 제사를 지내러 간다며, 날더러 라면이나 끓여 먹으라고 하더군! 하지만 난 가스레인지의 불을 켤 줄도 몰라서, 끝내 저녁을 굶었지!"

"어머머머! 부장님! 그걸 자랑이라고 하세요? 그쯤 되면 100점 남편은커녕 남편의 자격도 없는 것 아녜요?"

미스 장이 항의하듯 대꾸하자, 한부장은 다음 순간 껄껄 웃으며 얘기를 계속했다.

"허허허! 하지만 결혼 10년이 지나서, 나도 전셋집에서 내집 마련도 하고 과장 진급까지 하니까, 마누라에 대한 미안감이 들더군! 하지만 생전 마누라의 생일이나 결혼기념일 같은 건 챙기질 않았기 때문에, 무슨 선물을 해야 할지도 모르겠더라구!"

"네! 그래서 사모님께 어떻게 하셨어요?"

이젠 미스 장이 궁금한 듯 한부장에게 물었다.

"응! 그래서 결혼 10년이 지났으니까, 봉투에 현금 10만원을 새 지폐로 담아, 〈축! 결혼 10주년 기념 축하금!〉 이라고 써서 내밀었지! 그러자 마누라의 얼굴이 어떻게 바뀐 줄 알아? 바로 모나리자의…!"

"네? …네! 바로 사모님 얼굴에 모나리자의 미소 같은 웃음꽃이 피어나셨군요?"

그러자 한부장이 갑자기 쓸쓸한 표정을 지으며 혼잣말처럼 대꾸했다.

"아냐! 아녜요! 우리 마누라는 그날이 올 때를 참지 못하고서, 친정으로 도망가선 다시 돌아오지 않았다구! 흐흐흐!"*

제13화

아내가 이혼할 수 없는 3가지 이유

"*요즘 정치판 돌아가는 걸 보면* 참으로 한심해!"

구내식당에서 일찌감치 점심을 먹고서 사무실로 돌아온 한실장이 큰소리로 말해서 직원들의 시선을 모았다.

"아유! 실장님두…! 아직도 노동법. 안기부법 날치기 통과를 가지고 흥분하시는 겁니까?"

항상 나서기 좋아하는 미스터 강이 이렇게 대꾸하자, 한실장은 더욱 목소리를 높여

"내 얘기는 정말로 날치기 통과를 해서라도 만들어야 할 법안은 따로 있는데 말이야…!"

하고는 말끝을 흐려 직원들의 궁금증을 부추기는 것이었다.

"네에? 그런 법안이란 뭡니까?"

역시 미스터 강이 특유의 "…니까?"란 말투로 물었다.

"으응! 바로 〈결혼청첩장 금지법〉 말일세!"

"아참! 그건 언젠가 신문에도 오르내린 적이 있는데요?"

"맞아요! 근데 유야무야 슬그머니 사라지더라구! 암튼 난 지난해에 이어, 올해에도 이 결혼 축의금 땜에 파산할 지경이라구…! 글쎄 꼭 얼굴 디밀어야 할 결혼 청첩장이 매달 평균 열댓장씩이나 날아드니 무슨 수로 버티나?"

이윽고 한실장은 긴 한숨까지 내쉬며 심각하게 내뱉어서, 직원들을 어처구니없고도 우울하게 만들었는데, 이번엔 자리에서 조용히 듣고만 있던 박차장이 다음과 같은 폭탄선언을 해서 사무실 사람들을 경악케 했으니…!

"난 아예 〈결혼금지법〉을 만들어 통과시켰으면 해요!"

"뭐… 뭡니까? 박차장님! 그럼 저 같은 사람은 아예 총각귀신으로 늙어 죽으란 말씀입니까?"

그러자 미스터 강이 기겁을 하며 또다시 끼어들었다.

"허허! 미스터 강도 한번 결혼해 보면, 내 말에 동의하게 될걸세! 난 요즘 이혼을 위한 부부싸움으로 날밤을 지새는 중이니까…!"

"에끼! 박차장! 거 직원들 앞에서 무슨 자랑꺼리라고 그런 소릴 하는 건가?"

듣다 못한 한실장이 수습하고 나서자, 박차장은 마치 그의 마누라가 눈앞에라도 있는 듯이 언성을 높여 늘어놓았다.

"글쎄 제 얘길 들어보시라구요! 남편으로서 마누라가 가장 예쁘게 보일 때가 언제인지 아십니까?"

"그야 결혼식장에서 면사포를 쓰고 입장할 때가 아닙니까?"

또다시 미스터 강이 맞장구치고 나섰다.

"흐웅! 맞선도 못 본 총각이 뭘 안다구…! 그건 말이야, 아내가 병원에서 아기를 낳아 퇴원해서, 집대문 안에 들어설 때라구…! 출산 후유증으로 부숙부숙 부은 얼굴이지만, 그때 남편의 눈에는 선녀보다도 더 예쁘게 보인다구!"

"하하! 그건 박차장 말이 맞아요! 나도 그런 경험을 했으니까…!"

이때 한실장이 동감을 표하자, 다른 직원들도 덩달아 고개를 끄덕였다.

"그렇다면 아내가 이혼하고 싶도록 가장 미울 때는 언제인지 아세요들?"

이번엔 박차장이 아직도 분을 참지 못하겠다는 듯 입술을 씰룩이며, 또 다른 질문을 했다.

"그야 아내가 불륜을 저질렀을 때가 아닙니까?"

미스터 강이 끝까지 대꾸하고 나서자, 한실장이 엄숙한 말투로 나무랐다.

"어허! 정말 듣자 하니까, 미스터 강은 총각이 못하는 소리가 없구만! 그건 막바로 이혼감이예요!"

"네! 바로 그런 만큼이나 남편에게 이혼하고 싶게 만드는 아내의 미운 짓은, 첫째가 남편의 자존심을 팍팍 짓밟는 바가지! 일테면 직장 동료들 앞에서 남편 헐뜯기! 요즘 그러잖아도 명퇴바람으로 기죽은 남편의 무능력을 시시콜콜 까발리기! 둘째는 남편의 시부모를 우습게 알고 마구 불효할 때! 이건 정말 소리 없는 총이 있다면 쏴버리고 싶다구! 셋째는 점점 무식해져 가는 아내에 대한 환멸! 남편은 세월이 갈수록 출세와 성공으로 빛나는데, 집구석에서 먹고! 자고! 뒹굴어 살만 뒤룩뒤룩 쪄가는 아내를 바라볼 때의 실망감은 정말 이혼하고 싶어진다 이거예요! 이런 세 가지

요소를 바로 우리 집사람이 다 갖췄으니, 내가 〈결혼금지법〉을 제안하고 싶은 것도 무리가 아니지! 근데 문제는 이런 아내에게도 남편과 이혼할 수 없는 세 가지 이유가 있다는 거예요!"

박차장이 이처럼 긴 사설을 늘어놓자, 이번엔 전 직원의 입에서 똑같은 질문이 터져 나왔다.

"아내가 이혼할 수 없는 세 가지 이유라고요? 그건 또 뭡니까?"

그러자 박차장이 울상인지 웃음인지 모를 묘한 표정을 지으며 말했다.

"으응! 그건 첫째가 나와 합작해 만든 아이들 때문이라구! 어쨌든 부모로서 아이들을 고아로 만들 수는 없다나! 둘째는 잃어버린 젊음이 억울해서 이혼할 수 없대요! 이제라도 다시 그 젊음을 되찾을 수 있다면, 당장 갈라 설 수 있다나! 마지막 셋째는 바로 내집을 장만한 것이 아까와서 이혼할 수 없다나! 비둘기장 같은 작은 집이나마, 이를 장만하기 위해 지난 결혼생활 20여 년 동안 안 먹고, 안 입고, 안 쓰고, 지독스레 저축해서, 그야말로 땀과 눈물로 마련한 내집을 생각하면, 어떻게 이혼할 수 있느냐는 거야! 흐유!"

점점 일그러져가는 박차장의 얼굴과는 달리 전직원들의 얼굴에선 차츰 미소가 피어나기 시작했는데, 글쎄 독자 여러분은 어떠신지…요?!"*

제14화
아내는 왜 세월 따라 변하는가?

"김대리! 오늘 왜 시계를 안 차고 나왔소?"
한과장의 질문에 민우는 마치 주인 몰래 생선을 넘보던 고양이처럼 화들짝 놀라며, 당황스레 사무실 벽시계에 꽂았던 시선을 거두어 들었다.
"아! 네! 깜빡 잊었습니다."
그리고 낯이 붉어진 채 머리를 긁적이며 이렇게 대꾸했다.
"허허! 조기 출퇴근제로 바뀌니깐, 다들 퇴근시간에만 신경을 쓰는 것 같애! 항상 일밖에 모르는 김대리마저 그래서야, 어디 회사의 방침이 제대로 효과를 거두겠어요?"
그러나 한과장은 예의 깐깐한 성품대로 민우를 물고 늘어졌다.
"저 실은 오늘부터 그간 차고 다니던 손목시계를 버렸거든요!"
결국 민우는 한과장한테 실토를 하고 말았다.
"아니! 왜? 그 시계는 김대리의 결혼예물이잖아요?"
"물론이죠! 그러니깐 꼭 10년째 저의 왼쪽 손목을 수갑처럼 채워왔죠!

하지만 오늘 아침에 드디어 해방이 됐다구요!"

이제 민우는 다시금 얼굴이 붉어지며 언성이 높아졌다.

"으응? 김대리! 지금 무슨 소릴 하는 거요?"

그제야 민우가 심상치 않음을 깨달은 듯, 한과장이 두 눈을 크게 뜨며 물었다.

"한과장님! 도대체 아내들은 왜 세월 따라 그렇게 변하죠?"

그러자 민우는 마치 한과장이 그의 아내라도 되는 듯, 똑바로 쏘아보며 언성을 높였다.

"허허! 이 사람! 누구한테 화풀이를 하는 건가? 그래 집에서 무슨 일이 있었길래…?"

민우의 감정이 격앙될수록 한과장은 오히려 말투를 느긋하게 끌며 물었다.

"세상에! 한과장님…!"

이윽고 민우는 오늘 아침 출근길에 벌어졌던 아내와의 싸움을 떠올리게 되자, 더 이상 말을 못하고 숨만 씨근덕거렸다.

며칠 앞으로 다가온 음력 설 연휴가 5일간이나 되어 민우는 아내에게 아주 즐거운 기분으로 의견을 물었던 것이다.

"여보! 우리 이번 설에는 고향에 좀 다녀올까?"

그런데 그 순간 아내는 뜻밖에도 이렇게 대꾸하는 게 아닌가!

"뭐유? 당신 미쳤우?"

"뭐라구?"

기가 막히고 어안이 벙벙해진 민우가 아내를 바라보며 묻자

"그럼 당신은 제 정신으로 그걸 말이라고 하는 거유?"

"뭐야? 민족의 최대 명절인 설날에! 그것도 닷새씩이나 연휴인데…! 뭣이 어째? 날 보구 미쳐? 그게 제정신이냐구?"

민우는 순간 울화가 폭발하고 말았다. 하지만 아내는 눈 하나 깜빡하지 않고 대꾸를 해댔다.

"흥! 애들이랑 길바닥에서 함께 죽고 싶으면 고향에 가구려!"

"으응? 그건 또 무슨 소리야?"

"여보! 벌써 잊었우? 처음으로 음력설을 사흘간 연휴하던 해에, 고향간다고 나섰다가 찻길이 막혀서 시외버스 안에 갇혀, 열 몇 시간이나 죽을 고생하지 않았우?"

그제야 민우는 아내의 말뜻을 깨닫게 되었지만, 또한 반격할 꺼리도 생겼다.

"허허! 그런 옛날 얘긴 꺼내지마! 이젠 우리도 자가용차를 샀잖아?"

그러나 아내는 더욱 엉뚱한 구실을 내걸어 반대를 했던 것이다.

"흥! 자가용이 더 고생인 걸 모르시네! 좁은 차 안에 갇혀 있으면 질식해 죽거나, 그렇다고 차창을 열어 놓으면 진짜로 얼어 죽을 것 아녜요?"

결국 민우가 모처럼 설 명절을 맞아 자가용으로 귀향하여, 폼도 잡고 부모님께 효도하려던 계획은 아내의 이런 강력한 반대에 부딪혀 수포로 돌아가고 말았던 것이다. 바로 그때 민우의 왼팔목에 찬 결혼 예물시계가 눈에 띄었다. 그 순간 민우는 자신도 모르게 시계를 풀어서 아내 앞으로 던져 버렸던 것이다.

"김대리! 그래서 시계를 안 차고 나온 거야?"

이윽고 한과장이 싱글거리며 민우에게 물어왔다.

"네! 지금 여기서 더이상 말씀드리고 싶지 않군요! 퇴근길에 제가 과장님께 한잔 살테니깐, 그때 마저 말씀드리죠!"

"아냐! 자네가 술생각 난다면 내가 살게!

이리하여 민우와 한과장은 회사에서 멀지 않은 술집으로 자리를 옮겨 이야기를 계속하게 되었다.

"한과장님! 제가 그 시계를 본 순간 어떤 생각이 났는지 아십니까? 그 예물시계를 받은 지 꼭 10년이 됐는데, 어쩌면 아내가 그리도 변해 버렸죠?"

이제 민우는 사뭇 취해서 한과장한테 하소연하고 있었다.

"한과장님! 저는 아내를 변하게 만든 시간이…! 아니, 세월이 원망스럽다 이겁니다! 그런데 그 시간을 가르쳐 주는 게 시계가 아닙니까? 그 순간 결혼 예물시계가 미워졌단 말씀입니다!"

이처럼 민우가 횡설수설해대자, 이윽고 한과장이 고개를 끄덕이며 대꾸했다.

"하하! 그래! 김대리 말이 옳아요! 나 역시 마찬가지니깐!"

"네에? 한과장님은 나처럼 공처가가 아니시잖아요? 항상 사모님 앞에서 폭군이라고 자랑하셨잖아요?"

"으음! 하지만 지금은 나도 공처가가 됐다네!"

"아니! 왜요? 한과장님!"

순간 민우는 술이 확 깨는 기분을 느끼며 물었다.

"에, 아내들은 말야! 누구나 신혼 초엔 남편만을 의지하고 따를 수밖에 없기 때문에, 집안 살림에 충실하고 남편 뒷바라지에 온갖 힘을 다 쏟게 되지! 그러나 남편은 일에 매달려서, 혹은 출세와 성공을 위해 뛰느라

가정과 아내한테는 등한하게 마련이라구! 이런 시간! 즉 세월이 얼만큼 흐르고 나면, 아내들도 이젠 힘이 생기는 거야! 나도 언젠가 김대리와 비슷한 일로 집사람과 싸운 적이 있는데, 그때 아내의 비난을 듣고 보니 할 말이 없더라구!"

"네? 한과장님 사모님께서 뭐라셨게요?"

이제 민우는 완전히 취하여 혀꼬부러진 목소리로 물었다.

"음! 지금도 생생히 들리는 것 같구만! 〈흥! 여보 나말유! 당신 만나 10년 세월! 피눈물 흘린 시간이었어요! 부모가 우리한테 숟가락 한 짝 물려 줬우? 그래서 사글세부터 시작했잖우? 내가 왜 애를 하나밖에 안 낳은 줄 알아요? 우유값이 아까와서 그랬다우! 흑! 그래서 이제 겨우 자가용이나마 끌게 되니까, 뭐? 날더러 불효 며느리라구…? 흑흑! 그래요! 난 나쁜 년이야! 흐흐흑! 하지만 나도 시부모님께 효도하고 싶어! 그러나 시간이 지날수록 세월이 흐를수록 더 집안 살림이 째는걸! 애가 커가니 교육비 늘지! 물가는 다락같이 자꾸만 오르고…!〉"

그 순간 민우는 술잔을 내던지고, 마치 한과장이 그의 아내인 듯 덥썩 끌어안으며 외쳤다.

"그만! 여보! 미안해! 내가 잘못했다구! 그 예물시계 다시 찰께! 그리고 앞으로 10년 안으로, 당신 원하는 일등 남편이 될께! 응? 여보!"*

제15화
화목가정 만들기

새해를 맞아 온 세상이 새꿈! 새희망! 새설계! 어쩌고 부풀어 있는 판국에 경춘은 한심스럽게도 아내 앞에서 씨근덕거리고 있다. 하지만 올해부터는 더 이상 마누라한테 눌려 지낼 수가 없다는 생각에 단단히 각오를 하고서 입을 열었다.

"도대체 여자들은 왜 그리 소갈머리가 좁아?"

"뭣이 어째요?"

그러자 아내도 기다렸다는 듯이 정구공처럼 톡 튀어오르는 말투로 대꾸해왔다.

"그렇잖아? 남편들의 진심을 조금도 헤아릴 줄 모르니까 말야!"

"흥! 그래요? …하긴 남자들은 여자보다 넓습디다! 그래서 조물주가 창조할 때, 남아도는 부분을 매달고 다니게 만든 지도 모르지만…!"

"뭐라구?"

그때 경춘은 아내의 말뜻을 잘 못 알아들었으나, 다음 순간 어처구니없

는 와이담임을 깨닫고 화를 내어

"어휴! 요즘 당신 〈젖소부인〉이니 하는, 주로 야한 비디오만 보더니, 이젠 못하는 소리가 없구만!"

하고 나무랐다.

"그렇잖우? 내가 말이야 바로 했지, 뭘! 호호!"

그런데 이제 아내는 경춘을 더욱 약올리 듯 웃음까지 터뜨리는 게 아닌가!

"시끄러! 당신과 나는 이미 정신적으론 이혼수속 단계라구!"

〈아차! 이거야말로 남자인 내가 더 소갈머리 없는 말을 꺼냈잖아?〉

경춘은 불쑥 내던진 자신의 실언을 놓고, 수습책을 찾지 못해 어쩔 줄 몰랐다.

"흐응! 그래요? 난 이미 마음으로는 도장까지 찍어버렸는데…!"

그러자 아내는 한술 더 떠 이렇게 대꾸하면서, 남편인 경춘의 얼굴을 똑바로 쳐다보았다.

"그랬어? 당신과 나는 영 안 통하는 줄 알았는데, 더러 일치하는 면도 있었구만!"

지난 금요일에 경춘 부부는 큰집으로 어머니의 제사를 지내러 갔다. 그러나 바쁜 도시생활을 하는 형제들이었으므로, 말이 제사지 초저녁인 8시도 채 못 되어, 간단히 〈추도식〉을 마치고서 뿔뿔이 헤어지게 되었다. 그때 다른 형제들은 모두 자가용차가 있었으므로, 아파트 단지의 주차장으로 갔는데, 이때 막내동생이 경춘에게 큰소리로 건네왔다.

"작은형도 이젠 면허를 따세요!"

그러자 아내가 재빠르게 경춘의 답변을 가로챘다.

"벌써 쫑 딴지 3년도 넘었다우!"

"아! 네! 그러세요? 그러면 한 대 뽑으시지 않구!"

〈얌마! 누군 차를 뽑을 줄 몰라서 걸어 다니는 줄 알아?〉

그 순간 경춘은 하마터면 동생을 향해 이렇게 소리칠 뻔했다. 벌써 4년 전의 사건이 돼버렸지만, 경춘은 바로 그 막내동생의 1천만 원 은행대출 보증을 서 주었다가 고스란히 뒤집어썼다. 그 바람에 공무원인 경춘은 연금을 담보로 하는 5년 장기대출을 받아 막내동생의 은행 빚을 갚아주었는데, 그것이 청산되려면 아직도 일 년이나 더 남은 것이다. 해서 형제들이 다 산 자가용차를 여지껏 장만하지 못하고 있었다. 경춘에게 바로 그런 고통을 안겨 준 막내동생이 이제는 사업이 회복됐는지, 이번에 자가용차를 타고 왔던 것이다.

"자식! 차라리 아무 말이나 안 하면…!"

이윽고 버스정류장에 이르렀을 때, 경춘은 혼잣말처럼 중얼거렸다. 자기 때문에 고통 받고 있는 형의 사정을 벌써 잊고 사는 것 같아, 막내동생이 야속하게 느껴졌던 것이다.

"모두가 당신 탓이야! 당신이 바보 같으니까, 그런 일을 당한 거라구요!"

그 순간 아내가 발칵 화를 내며 경춘에게 쏘아왔다.

"뭐? 내가 바보라구?"

"그렇잖아요? 막내서방님이 지금 하는 말 못 들었우?"

"그건 우리만 걸어가는 게 민망해서 한 소리겠지!"

그때 경춘이 얼른 막내동생의 변명을 해주게 된 것은, 아내까지 속상하게 만든 자신이 싫어서였다. 아니! 진심으로는 막내동생의 행위가 밉게만 느껴지지 않기 때문이었다.

"흥! 뻔뻔스런 자식! 우리를 이 꼴로 만들어 놓고도 자긴 자가용을 굴려?"

다음 순간 아내가 더욱 큰소리로 욕설을 내뱉었다. 그러자 경춘은 그만 입술을 꽉 깨물고 말았다.

〈세상에! 아무리 화가 나기로 시동생한테 자식이라니! 이런 마누라와 함께 사는 내 자신이 한심스럽지 않은가!〉

경춘은 정말이지 아내가 그토록 역정을 내리라곤 미처 생각지 못했다. 아니! 실은 경춘 자신이 너무나 화가 나서 아내가 이렇게 위로해 주기를 바랐는지도 몰랐다.

"여보! 너무 마음 아파하지 말아요! 이미 다 지나간 일인데…! 당신이 그때 막내서방님을 도와주었기 때문에, 다시 재기한 것이 아니겠어요? 우리 집이야 일 년만 있으면, 그 빚 다 갚게 되니까, 그때 얼마든지 차를 굴릴 수 있잖우?"

그러나 아내는 생각할수록 더욱 화가 치미는지 한술 더 떴다.

"일천만원! 그게 뉘 집 애 이름이야? 거기에 이자까지 붙어나가는 생각을 하면, 내가 자다가도 팔짝 뛰고 미치겠어! 여보! 입 있으면 말해봐요! 지금 우리가 그 빚돈 뒤집어쓰지 않았으면, 자기들 굴리는 자가용차 같은 건 두 대를 사고도 남았어!"

오늘따라 버스마저 얼른 오질 않아 경춘과 아내의 심사는 더욱 뒤틀려 갔다. 결국 택시를 타게 되었는데, 두 사람은 마치 함께 탄 합승손님처럼 서로 말 한 마디 없이 집에까지 오게 되었다.

"아유! 내 팔자야! 이건 형제가 아니라 웬수야! 웬수!"

그런데 아내는 집에 와서까지 또 이런 악담을! 아니, 저주를 퍼부었다.
"이것 봐! 듣자듣자 하니까 당신 너무 심하잖아? 그래도 나한테는 핏줄을 나눈 동생이란 말야!"
경춘도 더이상 참을 수가 없어 아내를 향해 소리쳤다.
"아유! 그래요? 당신은 참 마음도 넓구랴!"
하지만 아내는 끝내 경춘을 이기려 들었다.
"여보! 당신 요즘 등산 잘 다니던데…!"
"그래요! 집안에만 처박혀 있으면, 이래저래 복장이 터져서 친목계원들이랑 산에 좀 다녀요, 왜! 그게 뭐 잘못 됐수?"
"그런 게 아니라, 높은 산에 올라가 넓은 세상 내려다보면 좀 당신 마음도 넓어져야 하는 것 아냐?"
"흥! 당신 말씀 한번 잘 했수! 도봉산! 관악산! 북한산! 지난봄에 새로 등산이 허용된 인왕산까지, 서울 근교의 산이란 산은 다 올라가 보았는데 갈 때마다 더 마음이 답답해지기만 합디다!"
"아마 서울의 공해가 그곳 산꼭대기까지 뻗쳤나보지!"
그날 경춘과 아내의 언쟁은 여기서 일단 마무리되었지만, 지금 다시 생각해도 경춘은 화가 확 치미는 것이었다.
정말이지 아내들은 왜 그리도 남편들의 속마음을 몰라주는 것일까? 아무리 힘들어도 남편들은 부모님을 모시고 싶은 본능을 가지고 있다. 그런데 아내들은 그런 남편감이라면 시집오는 것조차 꺼린다. 또한 지금 경춘처럼 형제간의 갈등이 심한 경우에도, 마음 밑바닥에는 어렸을 적부터 우애를 나눈 깊은 정을 끊지 못하는 것이다. 그러나 아내들은 형제간에도 서로 누가 잘 살고 못사느냐 하는 경쟁과 질투심만 드러낸다.

"당신 말야! 똑똑히 들어둬! 새해부터는 산에 가는 것부터 때려 치워!"
이윽고 경춘은 아내에게 이런 엉뚱한 명령을 내렸다. 그러자 아내는 웬 아닌 밤중에 홍두깨냐는 듯 의아한 눈길을 쏘아오며,
"아유! 별일이야! 이젠 남의 사생활까지 간섭하려 드네! 흥!"
하고 콧방귀를 뀌었다.
"당신 같은 사람은 아무리 산엘 다녀봤자, 도를 닦기는커녕 산만 더럽힐 것 같아서 그래!"
"도를 닦는다구요?"
"그래! 지난번에도 얘기했잖아? 높은 산에 올라가 넓은 세상을 내려다 보았으면, 좀 깨닫는 바가 있어야지!"
"깨닫는 것이 왜 없겠우? 많다구요!"
"음! 뭘 깨달았는데…?"
경춘은 아내의 얼굴을 마주 바라보았다.
"그건요, 이 서울에 그렇게 많은 아파트가 널려 있는데, 왜 하필 나는 단독 주택에서, 이 추운 겨울에도 손등 터지면서 연탄불을 갈아야 하는 신세가 됐는지! 그리고 또 인왕산에 올라갔다가 청와대를 내려다보니깐, 당신은 정년퇴직 때까지 공무원 노릇해도, 그 근처에도 못 갈 것 같다는 깨달음이…!"
"시끄러워! 당신 참 좋은 걸 깨달았군, 그래!"
그 순간 경춘은 더이상 참을 수가 없어, 이렇게 꽥 소리쳐 버리고 말았다. 그리고 사태가 이쯤 되고 보니, 올해에도 또 아내한테 쥐여지낼 게 뻔해졌다.
〈휴우! 정말로 남편들이 아내들을 이겨낼 수 있는 무슨 묘안이 없을

까?)

경춘은 한숨을 내뿜으며 골똘히 생각에 잠겼다. 그러자 아내가 다시 도전을 해왔다.

"흥! 왜 갑자기 청산유수 같던 당신 입에 자물쇠를 채우는 거유? 할 말이 있으면 더 해보라구요!"

"…!"

하지만 경춘은 묵묵부답! 침묵을 지킬 뿐이었다. 이제 20년 가까운 결혼생활 가운데 권태기와는 또 다른 위기에 봉착했음을 깨닫게 된 것이었다. 바로 이런 경춘의 가정문제를 이렇게 감지했는지, 오늘따라 자꾸 농담을 걸어오던 김부장이 퇴근 후에 술집으로 이끌었다.

"이봐요! 한과장! 요즘 왜 그리 아래위로 축 쳐졌어?"

그리고 술잔을 두어 순배 돌리고 나서 이렇게 물어왔다.

"네에? 절더러 아래위로 쳐졌다구요?"

"그래요! 하긴 그럴 나이와 자리에 있긴 하지만…!"

그러면서 김부장은 자신의 경험담을 고백하기 시작했는데…!

"한과장! 남자들이 40대 중반을 넘어서면, 모든 기가 빠지게 마련이라구! 날로 교육비만 늘어가는 자식들! 날로 바가지만 늘어가는 마누라! 그러니깐 어깨도 처지고, 아랫도리도 처질밖에…하핫! 애비가 그런 줄도 모르고 애들은 용돈 더 달라 아우성! 마누라는 출세 못한 남편이라고 우습게 보면서, 잠자리에서 애교를 떨어도 뭣한 판에 여자로서 최소한의 서비스도 인색하니깐, 사내구실도 잘 안 될밖에…! 하하! 한과장! 내 말이 맞소? 틀리오?"

"하하! 김부장님은 족집게 점장이신데요! 정년퇴임하고 나서 미아리 고개 쪽에 간판 걸어도 되겠습니다."

경춘도 잔뜩 취기가 올라 김부장에게 서슴없이 대꾸했다.

"에, 그래서 얘긴데, 한과장도 이제 대책을 세워야 해요!"

"대책이라구요? 무슨 대책? 이제 와서 가정법원에 가서 도장을 찍으란 말입니까?"

"이런! 답답한 친구같으니라구! 요즘 마누라한테 그런 제의 잘못했다가는 당장 홀아비 신세 되기 십상이지!"

"휴우! 그럼 김부장님은 무슨 비결이라도 갖고 계신 겁니까? 40대 부부의 위기를 극복하는 방법에 대해서…!"

이윽고 경춘이 한숨을 내뿜으며 질문하자

"아암! 비결이 있지!"

"네? 그게 뭡니까?"

"응! 아주 간단해! 가족들에게 가끔씩 외식을 시켜주라구!"

"가족에게 외식을요?"

"그래요! 가족을 식구라고 하는 이유가 뭐겠소? 식구 즉 〈먹는 입〉이라! 그러니까 밖에 나가 식사를 하다 보면, 우리가 한 가족이란 것을 더욱 진하게 느끼게 되는 거지! 따라서 가정의 화목이 다져지는 거지요! 그러나 마누라는 외식만 가지고는 안 돼!"

"김부장님! 그럼 또 뭘 해줘야 합니까?"

"에이! 내가 밤에 그것까지 가르쳐줘야 하겠소? 하하!"

"아! 알았습니다. 한데 그건 남편만의 의무는 아니지 않습니까? 하하!"

그제야 경춘도 웃음을 터뜨리며, 김부장과 술잔을 부딪쳐 건배를 했다. 그리고 이번 일요일에 가족들을 끌어내어 외식을 하게 되었는데, 그때 경춘은 너무도 놀라지 않을 수 없었다. 일요일임에도 〈곱창전골〉〈징기스칸〉〈로스비프〉등을 전문으로 하는 그 음식점은 마치 예식장의 피로연장처럼 붐벼대는 것이었다. 그래서 로비에서 반시간이나 기다려서야 겨우 좌석을 배정받았던 것이다.

"세상에! 화목하지 못한 가정들이 이렇게도 많은가?"

물수건으로 손을 닦으며 중얼거리는 경춘에게, 아내가 미소를 띄운 채 대꾸해왔다.

"당신도 참! 그게 무슨 소리유? 저 사람들이 화목하니깐, 여기까지 외식하러 나왔죠!"

"응? 하긴 그런 셈이기도 한가? 하하!"

경춘은 참으로 오랜만에 식구들 앞에서 웃음을 터뜨리며 말했다. 그리고 경춘은 오늘따라 아내가 10년은 젊어보여서 깜짝 놀랐는데, 그건 아내의 화장이 그만큼 짙은 탓만은 아니었다.*

제16화

이기고도 지는 싸움, 지고도 이기는 싸움

"여보! 당신 정말 그럴 거야?"

아무리 인내심 많은 경춘이지만 더 이상 참을 수가 없어 그는 아내를 향해 소리쳤다. 하지만 아내는 여전히 잘못을 깨닫기는커녕

"아니, 이이가 왜 갑자기 화를 내고 그래요?"

하고 오히려 눈을 흘겨왔다.

"내가 지금 화를 안 내게 됐어? 엉?"

"오! 이제야 알았어요. 당신 어머니만 우리 집에 오셨다 가시면, 당신은 으레 화를 내는 게 습관이라니깐, 흥!"

아내는 이제 콧방귀까지 뀌며 대꾸하는 게 아닌가?

"뭐야! 당신 어머니? 시어머니지 어째 내 어머니만 돼? 그것도 말이라고 하는 거야?"

"아유! 또 며칠 동안 우리 집에 냉전 벌어지겠네!"

하지만 아내는 여전히 비아냥거릴 뿐 반성의 빛이 없었다.

"냉전? 이젠 선전포고야. 대체 당신은 시어머니가 그렇게도 싫어? 시골에서 모처럼 오셨다가 가시는데 그게 뭐야?"

 드디어 경춘이 아내에게 따지고 들었다.

 "뭐예요? 내가 뭘 잘못했다고 그래요?"

 "생각해 봐! 당신은 어째서 우리 어머니가 오시면 대접도 소홀할뿐더러 짜증을 내고 그래?"

 "네에? 뭐가 어째요?"

 "에, 그런 사람이 친정어머니가 오셨을 땐 얼굴에 웃음꽃이 피고, 끼니마다 상차림이 푸짐하니…! 세상에 그럴 수가 있느냔 말야."

 경춘은 그 동안 별러왔던 말을 쏟아버리고 나자, 속이 좀 풀렸다. 그러나 아내는 끝까지 사과는커녕

 "그으래요오? 여보! 당신 눈에도 그렇게 보였어요? 그것 참 잘 됐네. 호호!"

 하고 이젠 웃음까지 터뜨리는 게 아닌가!

 "뭐라구? 시집식구와 친정식구를 그토록 차별대우 하면서 잘 됐다니?"

 "차별대우라구요?"

 "그렇잖아?"

 "흐응! 난 그런 적 없어요. 다만 시어머니는 한 집 식구니깐 있으면 있는 대로, 없으면 없는 대로 대접해 드렸고요, 감정도 꾸미지 않고 진실되게 대해 드린 것뿐이라고요."

 하지만 경춘은 얼른 아내의 말뜻을 알아채지 못했다.

 "어휴! 무슨 남자가 말귀가 그리 어두워요? 다시 말하면요, 딸은 시집가면 출가외인이랬잖아요? 그러니깐 친정어머니한텐 우리 못 사는 것 보여

드리고 싶지 않아서 가게에 외상값 지면서도 잘 사는 흉내 냈고요, 속상한 일 있어도 허파에 바람 든 년처럼 그저 하하! 호호! 억지로 웃은 거라고요!"

"…!"

그제야 경춘은 할 말을 잃고 멍한 표정을 짓자

"자, 그래도 더 할 말이 있수?"

아내는 턱을 쳐들면서 입을 삐쭉거렸다. 하지만 경춘은 여기서 그냥 백기를 들 수가 없었다. 그 순간 마침 며칠 전에 벌어졌던 몹시 불쾌한 사건이 떠올랐다.

"…그리고 참! 어물전 망신은 꼴뚜기가 시킨다더니, 우리 집 망신은 당신이 시켰잖아?"

"아니, 이젠 뭐가 또 어째요?"

그러자 아내 역시 도전적으로 다가앉으며 대꾸해왔다.

"그러니까 지난 토요일 밤 말야, 우리 회사 동료들이 방문했을 때 당신 매너가 그게 뭐야?"

"아유, 맙소사! 그게 어디 방문이에요? 예고도 없이 밤 열두 시도 넘어서, 그것도 잔뜩 취해가지곤, 〈여명의 눈동자〉에 나온 마적단처럼, 아니 빨치산마냥 쳐들어온 거지!"

"이것 봐! 당신, 그렇다고 남편 직장 동료가 왔는데, 얼른 문도 안 열어주고…! 남편 체면도 있지."

하기사 그런 면도 없지는 않았지만, 경춘은 여기서 또 밀릴 수가 없었다. 그래서 더욱 목소리를 높여 다그쳤다.

"어머! 어머! 이이 좀 봐! 아니 그럼 내가 잠옷 바람으로 나가서 당신 직장 사람들을 맞으란 말이에요?"

"으음! 그럼 그건 그렇다 치고, 집에 남편 직장의 동료들이 왔으면 인사 치례로라도 반갑게 맞아야지, 오만상을 찌푸리고 그래! 엉?"

"어휴! 그것도 해명해야 돼요? 자다가 갑자기 깨어 형광불빛을 받으니깐 절로 눈살이 찌푸려집디다, 왜요! 나 시력 나쁜 건 당신도 잘 알잖우?"

"어흠, 그래? 그럼 그것도 그렇다 치고, 술상을 봐오라니깐 노골적으로 신경질을 부려서 남편 체통을 납작하게 만들었잖아? 이래도 대꾸 할 말 있으면 해봐!"

드디어 경춘은 폭력이라도 쓸듯이 주먹을 불끈 쥐며, 아내한테 닦달을 해댔다. 하지만 아내는 눈썹도 까딱 안하고 입술을 나불거렸다.

"그야 내가 신경질 안 나게 됐어요? 월요일은 원래 마시는 날! 화요일은 화끈하게 마시는 날! 수요일 1차 2차 3차 수도 없이 마시는 날! 어쩌구 하면서 매일 술타령인 당신이, 이젠 집에까지 사람을 몰고 와서 술을 내라니깐 그랬지! 그랬지! 그랬지!"

"어허! 알았어! 알았어! 술 안 먹고 당신 말을 들으니깐, 하긴 내가 좀 심했었구만, 헤헤헤!"

어느새 경춘은 한 손은 자신도 모르게 머리 뒷꼭지로 돌아갔다. 그리고 다른 손은 슬금슬금 아내의 옷섶을 향해 뻗어갔다.

"어머나! 이이가…? 당신은 항상 말싸움에 질 때면 이러더라!"

하지만 아내는 경춘의 손길을 뿌리치며 호락호락 응할 태세가 아니었다.

"어흠, 이것 봐! 내가 당신한테 말로는 도저히 이길 수가 없으니깐, 이렇게 폭력을 쓰게 되는 것 아니겠어? 히히!"

그제야 아내도 경춘의 손길을 받아들이며 콧소리로 쫑알거렸다.
"아유, 정말 참! 나도 이래서 당신한테는 으레 이기고도 지게 된다고요! 흐응! 호호! 그만 불 끄고 잘까잉?"*

제17화
부부 싸움은 약이다?!

첫번째 싸움

일요일 아침에 모처럼 늦잠을 즐기던 남편이 눈을 뜨게 된 건, 마치 천식환자처럼 줄기침을 해대는 아내 탓이었다.
"콜록! 콜록! 콜록콜록콜록!"
그런데 아내의 기침 원인이 너무나 뜻밖이었다.
"아니! 여보! 당신 어떻게 된 것 아냐?"
"콜록! 뭐예요? 어떻게 되다뇨? 콜록!"
하지만 아내는 여전히 딴전을 피우며, 담배연기를 내뿜는 것이었다.
"허허! 그렇잖구서야 남편 호주머니에서 여편네가 감히 담밸 꺼내 피우다니! 내 원참! 이런 특종사건이 있나!"
"여보! 이제 드디어 증명됐으니깐, 당신 오늘부터 끊으세요!"
그제야 타다 남은 담배를 재떨이에 꺼버리며, 아내는 다그친다.

"뭐야? 날더러 끊으라니? 20년 전통을 하루아침에…?"

"20년 전통이라구요?"

"그럼! 에, 내가 중학교 때 화장실에서 학생주임한테 걸려, 일주일간 벌청소를 하면서까지 배웠으니까…!"

"아유! 당신은 지금도 그런 벌 받아야 싸요! 그냥 온 집안에 매연 뿜어대구, 새 이불 구멍내구, 여기저기 담뱃재 떨어뜨리구요! 그나저나 뭣보다도 당신 건강에 해롭잖아요?"

오늘따라 아내의 설교는 좀처럼 그칠 태세가 아니다.

"글쎄! 나도 그런 건 알아! 하지만 아무리 참으려고 해도 견딜 수가 없으니…!"

"여보! 좋은 수가 있어요! 〈3단계 금연법〉 어때요?"

"〈3단계 금연법〉? 그게 뭔데…?"

드디어 아내는 남편의 담뱃갑을 꾸겨서 쓰레기통에 넣으며 떠벌린다.

"네! 요 골목앞 약국 아저씨한테 들었는데요, 〈첫째 줄여라! 둘째 참아라! 셋째 끊어라!〉 이것이 〈3단계 금연법〉이래요!"

두번째 싸움

엊그제 내린 비로 벚꽃이 싹쓸이 되고, 대신 라일락 꽃망울이 제법 부푼 날에 남편이 퇴근해 오자, 아내가 현관문을 활짝 열어젖히며 종알거렸다.

"여보옹! 나 어때?"

"으응? 뭐 말이야?"

"아이! 자기! 나 달라진 것 모르겠어?"

"오오! 그래! 당신! 아암! 달라졌지! 눈가엔 주름살! 그 날씬하던 몸매는 이제 하마가 반갑다고 할 만큼 뚱순씨가 되고…! 하하!"

그제야 남편은 이렇게 아내를 약올리는 것이었다.

"여보! 뭐가 어째요? 나 얼마 만에 머리 자르고 파마했는데, 그건 눈에 안 보이고, 뭣이 어째요?"

"옳거니! 그러니깐 한 10년 더 늙어 보이누만! 하하!"

"아니! 이젠 한술 더 떠서 뭐라구요?"

"여보! 당신은 내 허락도 안 받고, 맘대로 단발이야? 왜 머리를 그 모양으로 싹뚝 자르고 볶았느냐 말야! 엉?"

"네에? 난 당신이 좋아할 줄 알고, 이렇게 헤어스타일을 바꿔봤는데…!"

순간 아내는 울상을 지으며, 어쩔 줄을 몰라 한다.

"무슨 소리야? 난 여자의 긴 생머리가 좋다구!"

"여보! 그건 처녀 때 얘기죠! 난 이제 애기엄마란 말예요!"

"하지만 남편들은 여자가 중년 마누라처럼, 그런 짧은 파마하는 게 가장 싫다구! 알았어?"

"그래요? 그럼 잠깐만 기다리세요!"

그러자 아내는 잠시 밖으로 나갔다가 들어왔는데, 너무나 어처구니없는 일이 벌어졌던 것이다.

"아니! 아니! 당신 어느 나라 여자야! 그 머리 꼴이 뭐야?"

"흥! 내 당신 딴소리 할까봐, 미리 연극용 서양여자 가발을 준비해 뒀다구요! 자! 어떠우? 이제 당신 맘에 꼭 들우? 줄리엣 같은 이 긴 금발머리! 호호! 오우! 예! 아이 러브 유!"

세번째 싸움

"내 이럴 줄 알았다니깐…!"
아내가 남편을 흘겨보며 혼잣말로 중얼거렸다.
"흥! 알긴 뭘 알아?"
남편 역시 아내를 보며 내뱉었다.
"당신! 어머니한테 다녀오면, 으레 화내는 게 습관 아니유?"
"뭣이 어째?"
"그렇잖아요? 오늘도 다녀오더니, 이렇게 인상만 팍팍 쓰고, 말두 안하고…!"
"그래! 알긴 제대로 알고 있구만!"
그러자 아내는 마주 다가앉으며 대들었다.
"근데, 여보! 저도 좀 압시다! 당신은 어째 동생네 계신 어머님한테만 다녀오면, 그리 화를 내는 거유?"
"정말 한번 얘기해 볼까?"
그제야 남편도 아내를 똑바로 바라보며 입을 열었다.
"그래요! 궁금해요!"
"아니! 궁금한 사람이 왜 내가 다녀왔어도 묻지를 않지? 어머니 병환 차도가 어떠냐고 말야!"
"아하! 당신 그래서 화냈우?"
"그래! 그리고 또 있어!"
"그건 또 뭐유?"
이제 아내와 남편은 눈싸움이라도 하듯이 서로 똑바로 쏘아보며 숨소리를 높였다.

"둘째는 형으로서 우리가 어머니를 못 모시면, 빈말이라도 내가 모셔야 할 텐데 하고 걱정 한번이나 했어?"

"네! 그 다음에는 또 뭐죠? 당신을 이렇게 화나게 하는 일은요?"

"암! 있지! 당신은 말야! 자기 자식인 애들한테 바치는 10분의1만 어머님께 해도 효부 소리 들을 거야! 안 그래?"

그토록 기세가 등등하던 아내가 한풀 꺾이며, 이런 넋두리를 늘어놓은 건 바로 그때였다.

"휴우! 이젠 나도 긴 대꾸 좀 해야겠네요! 어머님 병환 문제는 날마다 전화를 걸어봐서 다 아는 사실이고요, 모시지 못하는 걱정은 속으로만 애태우고 있고요, 애들한테 그러는 건 옛말도 있잖우? 치사랑보다는 내리사랑이라고요!"

그러자 남편은 한숨처럼 내뿜었다.

"휴우! 이래서 자고로 효도란 어려운 건가? 그나저나 당신과 이렇게 한판 싸움이라도 하고나니, 속이 다 후련하구만! 허허!"*

셋째 꼭지

한국 최초의 드라마 스마트소설

제1화
삼계탕과 멍멍탕이 만났을 때

M--
멘트 - 드라마 스마트소설 〈삼계탕과 멍멍탕이 만났을 때〉
M--

아내 : 아유! 저리 비켜! 더워 죽겠구만, 왜 옆에 와서 눕는디야!
해설 : 오늘도 호프 한잔 때리자고 조르는 부원들을 뿌리치지 못하고 늦게야 퇴근해서, 샤워를 마친 김과장이 〈내 이름은 삼순〉인가 〈굳세어라! 금순〉인가 하는 드라마를 보고 있는 마누라 옆 소파에 눕자, 마치 왕퉁이벌처럼 톡 쏜다.
남편 : 아따! 내가 이 집에 세든 사람인가? 꼭 옛날 집주인보담두 더 인심 사납네!
해설 : 그럴수록 은근히 화도 치밀고 오기가 발동해서, 김과장이 한술 더 떠 마누라 곁으로 다가들며, 석간신문을 펼쳐들자, 아니! 이번엔 마누라가 벌떡 일어서더니 형광등을 탁 끄면서

아내 : 아유! 더워! 더워! 미쳐! 미쳐!
해설 : 하고 소리치는 게 아닌가?
남편 : 여보! 형광등 켜논 게 뭐가 더워!
아내 : 흥! 온종일 냉방 빌딩에서 꽝꽝 얼다가 들어온 사람하고, 선풍기! 아니 열풍기나 돌리는 년하고 같아요?
해설 : 옳거니! 금년 따라 10년만의 무더위라고 텔레비전에서 밤낮 떠들어대니까, 그런 푸념이 나올 만도 하겠지! 하지만 그뿐 만도 아닌 게 마누라의 새초롬히 치켜진 눈초리와 입언저리를 보면 알렸다! 결혼생활 20여년에 김과장은 마누라 소갈머리는 박수무당처럼 꿰뚫게 되었던 것이다.
아내 : 으휴! 여편네 팔자는 뒤웅박 팔자라는데, 지금 세상에 에어컨 한 대도 못 놓고 사는 년이 사람인감! 휴우!
해설 : 아아! 정말 올 여름은 이놈의 무더위 때문에 환장할 지경이다. 작년에는 여름 내내 석 달 열흘은 비가 퍼부어대서 지긋지긋 했는데, 도대체 대한민국 백성들은 무슨 죄를 그리 많이 졌길래, 해마다 이 지경인고! 드디어 김과장도 마누라만큼이나 절망감에 빠져서, 텔레비전 화면을 향해 석간신문을 냅다 내던졌던 것이다.

M--

해설 : 바로 오늘은 말복이었는데, 역시 무더위는 마지막 기승이라도 부리듯 더욱더 열섬현상을 일으켜서, 이 서울의 거리를 달구어 댔다. 그러자 김과장에게 아침 출근길부터 이상한 현상이 벌어졌으니, 오가는 사람들이 모두 더위에 헐떡거리는 개처럼 보이

는 게 아닌가? 그래서 생긴 모양에 따라 분류해보면, 어떤 사람은 똥개처럼 생겼고, 어떤 고약한 인상은 부르독 같고, 어떤 미인형 여자는 잘 꾸민 애견 같고…!

남편 : 하하하! 세상에 하도 개 같은 놈들만 득시글대니까, 아예 모두 개들로 변했나?

해설 : 김과장은 출근할 때뿐 아니라 온종일 그런 환상에 빠져서, 자신도 모르게 웃음을 터뜨리지 않을 수 없었다. 그런데 부원 중 하나가 이런 제안을 해왔다.

부원 : 저어 오늘은 말복인데, 점심은 멍멍탕이 어떻습니까? 참! 과장님! 남자 갱년기에는 멍멍탕이 비아그라래요!

해설 : 그래서 김과장은 오랜만에 멍멍탕을 먹었는데, 마누라한테 이토록 면박을 당하고보니, 비아그라 효과는커녕 바늘 찔린 풍선처럼 맥이 탁 빠져버렸던 것이다. 한데 이때 마누라가 생뚱맞게 거실의 형광등을 켜고, 쪼르르 주방으로 건너가면서 종알거렸다.

아내 : 으이구! 복날이라구 삼계탕 끓이면 뭘 해! 올해도 또 혼자 먹는 구만!

해설 : 아하! 그제야 김과장은 마누라가 오늘따라 심사가 꼬인 이유를 깨닫고, 벌떡 일어나 식탁으로 가서 앉았다. 그러자 마누라가 압력밥솥에 폭 고은 약병아리를 가져다 놓으면서 빈정거렸다.

아내 : 흥! 당신은 저녁 먹고 들어올 줄 알고, 내꺼 한 마리만 고았다우!

해설 : 그리고는 양재기에 발랑 나자빠진 약병아리를, 마치 독수리처럼 능숙하게 뜯어먹기 시작했다.

남편 : 허어! 참! 지나가는 거지한테도 이럼 못 쓰지! 정말 당신 혼자만

먹을껴?

아내 : 아니! 오늘 같은 날, 당신은 멍멍탕 먹지 않았우?

남편 : 뭐야? 당신 그걸 어찌 알았어? 점심에 부원들이 졸라서, 아주 멍멍탕 파티를 했는데…!

아내 : 아유! 한국 남자들은 정말 못 말려!! 그래서 외국 사람들이 우릴 야만으로 본다구요!

해설 : 순간 마누라는 고개를 홱 돌려 눈을 하얗게 흘기며, 닭뼈다귀를 입에 물고 있었는데, 어! 이 어인 일인고?! 그때 김과장에게 요상스러운 생리현상이 나타났으니, 바로 발정난 개가 닭뼈다귀를 발견했을 때처럼, 우욱 하고 마누라에게 달려들었던 것이다.

아내 : 으매! 으매! 이이가 미쳤나? 왜 갑자기 덤비는겨?

남편 : 그래! 그래! 개고기 멍멍탕 먹었더니, 닭뼈다귀 보니께 발동이 걸리네! 흐흐!

해설 : 그러자 마누라는 의외에도 이렇게 소리쳐서 남편 김과장을 더욱 발정나게 했으니…!

아내 : 아이구! 〈금쪽같은 내 새끼(언젠가 했던 TV드라마 제목)〉! 학교에서 수련회에 간 것두 모르지?! 아, 절깐처럼 우리 둘만 남은 집인데, 으째 그리 성질이 급한지 모른다니깐…! 호호호!*

TM--

해설 - 드라마 스마트소설! 〈삼계탕과 멈멍탕이 만났을 때〉 지금까지 출연에는 아내에 〈   〉, 남편에 〈   〉, 부원에 〈   〉, 해설에 〈   〉이었습니다.

TM--

제2화

여행은 에스이엑스(SEX)다

TM--

해설 : 드라마 스마트소설 〈여행은 에스이엑스(SEX)다!〉

TM--

해설 : 여자 나이 50줄에 들어서자, 왜 이리 가슴에 구멍이 뻥 뚫린 느낌일까? 아이 남매를 낳아 모유를 먹인 적도 없는데…! 강기분 여사는 식구가 모두 직장에 나가고 혼자 집에 남아 있자, 애꿎은 티브이 채널만 돌려대며 포옥 한숨을 내뿜었다. 이때 앞집 수정엄마가 현관벨을 울린다.

강여사 : 들어와!

해설 : 강기분 여사가 자동문을 열어주자, 수정엄마는 바람같이 거실로 날아들며 언제나처럼 수다를 쏟기 시작한다.

수정엄마 : 호호호! 성님! 성님! 나 웃기는 얘기 들었네유! 어제 등산을 갔더니…!

강여사 : 웬 수선이야? 뭔 소릴 들었기에?!

수정엄마 : 글쎄 여자들이란 나이 50 넘으면 배운 년이나 못 배운 년이나 같구! 60 넘으면 돈 있는 년이나 없는 년이나 같구, 70 넘으면 산 년이나 죽은 년이나 마찬가지란 거예요!

강여사 : 하기사 늙어갈수록 배움, 돈이 다 무슨 쓸모야! 난 벌써 이렇게 혼자 집 지키구 있을라치면, 마치 관 속에 누워 있는 기분인데…! 후우!

수정엄마 : 에유! 뉘 아니래유? 나두 오십 줄을 바라보게 되니깐, 마 세상만사가 시들해지지 뭐예요!

강여사 : 글쎄 말이야! 이 나이에 뭐 우리 맘을 화끈하게 해줄 것 없을까?

해설 : 두 여자는 이제 커피를 홀짝대며 묘안을 찾아봤지만, 요즘 장마처럼 찜찜한 기분을 떨칠 수가 없었다. 그런데 이날 밤 강기분 여사의 남편 한국중씨가 모처럼만에 신나는 얼굴로 퇴근해서 말했다.

남편 : 여보! 우리 오랜만에 여행 갑시다! 2박3일이야!

강여사 : 어휴! 웬 뜬금없이 여행이유? 결혼하구서 신혼여행두 못간 우린데…?

남편 : 허허! 그러니까 이제라도 가자는 거지! 이번 회사에서 20년 근속 포상으로 콘도를 빌려준대지 뭐야!

강여사 : 콘도? 민박여행두 못해 본 우린데, 누가 말릴까? 호호호!

M--

해설 : 강기분 여사는 정말 어디론가 한번 훌쩍 떠나고 싶던 터라서,

고분고분 남편의 말을 따랐는데, 그 결과는 어찌 되었던가? 매일 만나던 이웃도 여행을 다녀와 며칠 만에 만나니 왜 이리 반가울까? 강기분 여사는 바닷가 태양에 그을려 아직도 화끈거리는 피부에 수건 냉찜질을 하다가, 앞집 수정엄마가 마실을 오자, 웃통을 벗은 채로 반갑게 맞았다.

수정엄마 : 아이구! 성님! 이제 본께 아직두 성님 몸매는 30대네유! 그래 이번 여행 가셔서 재미가 어땠수?

해설 : 수정엄마는 한눈을 찡긋하면서, 강기분 여사에게 물었다. 벌써 오래전부터 강여사 남편이 거시기 부전증으로 독수공방 신세나 마찬가지임을 잘 아는 터이기에 하는 짓궂은 질문이었다.

효과---차소리

강여사 : 여행 재미…? 하이고! 집 나서자마자, 우선 울화통부터 터지두만! 시내에서부터 어쩜 고속도로까지 그리 꽁꽁 막히누! 그 다음엔 바가지만 썼어요! 아무리 피서지 사람들이 한철 벌어 일 년 산다지만, 어찌 그리 바가지를 씌우는지 물가가 서너 배씩인데, 우리 같은 주부들은 사이다 맞두 시원키는커녕 열불나는 것 있지?

효과---파도소리

셋째는 나이 먹어서 바닷가에 갈게 못돼! 세상에! 티브이 연속극에 나오는 탤런트 같은 꽃미남 꽃미녀들만 모래사장을 활보하는데, 이것들이 아주 대낮인데두 안하무인격, 손으론 허리를 척 휘어감아 올려 유방까지 주물럭대고, 두 주둥이를 잠시도 떼지 않고 앵무새처럼 쪽쪽거리는데 차마 눈뜨고는 못 봐주겠더라

구…!

해설 : 이렇게 늘어놓는 강기분 여사의 넋두리에, 수정엄마는 기가 막힌 얼굴로 대꾸했다.

수정엄마 : 아이고! 성님! 그럼 이번 여행가서 스트레스를 풀기는 고사하고, 잔뜩 더 쌓아가지고 오셨네잉?

해설 : 그러자 뜻밖에도 강기분 여사가 이런 엉뚱한 대답을 해서, 수정엄마를 기절초풍하게 했으니….!

강여사 : 호호호! 하지만 스트레스를 싹 푼 한 가지 사건이 있었지! 아침 집 떠날 때부터 울화통! 바가지! 볼썽사나운 일로 확 잡친 기분이었는데, 글쎄 해변 횟집에서 저녁 식사 후 콘도에 돌아왔을 때 일인데…! 호호호! 아이구 남사스러워라!

수정엄마 : 아니 왜? 무슨 일이 있었기에 남사스러워유?

강여사 : 응! 글쎄 난 우리 집 그이랑 20여년 살았어두, 그런 아담 스타일은 첨이라니깐? 하기사 신혼여행도 못했으니 기회도 없었지만…! 글쎄 날더러 함께 샤워를 하자나? 근데 남편인데두 부끄러운 것 있지? 그래 자꾸 사양! 애들 말루 튕겼더니, 자기가 무슨 조폭이라구 갑자기 강제루 목욕탕에 끌구 들어가는 것 있지?

수정엄마 : 호호호! 사내들이란 다 같네요! 우리 수정아빠두 툭하면 그러는데…!

강여사 : 난 이번 여행 때가 처음이야! 그래서는 10년 거시기 부전증은 어디루 갔는지…? 아이구 허리야! 아직두 온몸이 춘향이 변학도한테 끌려가 곤장맞은 듯, 온 삭신이 다 쑤시네! 아이구야! 호호호호!

수정엄마 : 오오! 이제 보니 그래서 환갑, 칠순에도 외국여행까지 가는 구만유! 호호호! 호호호!*

TM--

해설 - 드라마 스마트소설! 〈여행은 에스이엑스다!〉 지금까지 출연! 강여사에 〈 〉, 수정엄마에 〈 〉, 남편에 〈 〉, 해설에 〈 〉이었습니다.

TM--

제3화
기가 쎈 마누라와 기가 약한 남편

T.M---

해설 : 드라마 스마트소설 〈기가 쎈 마누라와 기가 약한 남편!〉

T.M---

해설 : 어느 시인은 7월을 가리켜 〈청포도가 익어가는 시절〉이라고 낭만적으로 읊었지만, 지구온난화 탓일까? 요즘 7월은 때 이른 무더위로 짜증나는 달일 뿐이다.

마누라 : 여봇! 좀 비켜요! 더워 죽겠구먼, 무슨 신혼부부라고 이리 덤벼든디야?

해설 : 애들은 방학을 맞아 피서여행을 떠났고, 모처럼 조용한 집안에서 텔레비전이나 시청하려고 거실 소파에 앉으니까. 몇 년 사이에 하마처럼 살이 찐 마누리가 민소매 셔츠에 핫팬티 차림으로 있다가 퉁명스럽게 쏘아왔다.

남편 : 아따! 덤벼들긴 누가 덤벼든다구 그래? 티브이 좀 보려구 그러

지!

마누라 : 아이고! 우리집두 이제 금주네 쪽 났네! 금주 아버지가 퇴직하구선 애국가 나올 때부터 애국가 끝날 때까지 텔레비전 앞에서 산다는디…! 흐유!

해설 : 그러자 마누라는 하얗게 눈까지 흘겨뜨며 이기죽댔다.

M--

해설 : 남편 나홀로씨는 마누라가 언제부터 이처럼 기가 쎄졌는지, 지난날을 돌이켜 보았다. 맨 처음 만나 맞선 볼 때는 분명히 수줍음까지 타던 얌전한 아가씨였다. 중국집에서 만나 짜장면을 먹었는데, 얼마나 조심스레 먹던지, 짜장면발을 한 올씩 끌어올려 입안으로 가져갔던 것이다. 그리고는 이런 질문을 해서 나홀로씨를 어처구니없게 했으니…!

마누라 : 저 지금 먹은 수제비에 팥죽 같은 것 넣은, 이 음식 이름은 뭐죠?

남편 : 아! 예! 짜장면이라고 합니다.

마누라 : 어머! 그래요? 별로 짜지 않은데 짜장면이네요?

해설 : 이처럼 순박하던 마누라가 결혼 3년 만에 첫아이를 낳자, 조금씩 달라져갔다. 아기를 커다란 함지박에 담가 목욕시킬 때였다.

마누라 : 아빠! 타올 좀 가져와요!

남편 : 알았어! …여기!

마누라 : 어머! 애기가 쉬아했네! 아빠! 기저귀 좀 갈아줘요!

남편 : 으응? 그래? 기저귀 어디에 있는데?

마누라 : 경아야! 엄마 지금 바빠! 아빠랑 놀아!

남편 : 아빠도 지금 바쁜데…! 참! 경아야! 이리와!

마누라 : 여봇! 두 애가 생겼으면, 하나는 거둬 줘야지! 나 혼자 어쩌란 말야?!

해설 : 이렇게 점점 언성이 높아가더니, 결혼 7년 만에 처음으로 내집 마련을 할 때였다. 중도금까지는 그럭저럭 마련했는데, 잔금날짜가 다가오자 마누라가 남편 나홀로씨에게 물어왔다.

마누라 : 여보! 어디서 한 삼천만원만 빌려올 데 없우?

남편 : 글쎄! 갑자기 어디서 그런 큰돈을…?

해설 : 남편 나홀로씨가 눈만 꿈적이며 난감한 표정을 짓자, 마누라가 신경질적으로 쏘아왔다.

마누라 : 흥! 내 이럴 줄 알았다구! 사글세에서 처음 전세 갈 때처럼, 또 우리 친정집 신세를 지게 됐구먼! 흐이유! 내 팔자야!

M--

해설 : 그리고 결혼생활 20여년을 넘어 50대 초반이 되자, 이제 마누라의 말빤치는 더욱 위험수위를 향해 치달았으니…! 어느 날엔가 남편 나홀로씨가 일찍 퇴근해 돌아오자, 마누라가 무슨 즐거운 일이라도 생긴 듯 신이 나서 떠벌였다.

마누라 : 호호호! 여보! 내 재밌는 얘기 하나 해줄까? 글쎄 부부싸움을 할 때, 아내의 말을 들어보면, 평소 그 부부의 관계를 알 수 있대지 뭐야! 호호호!

남편 : 무슨 얘긴데 그래? 허참!

마누라 : 에, 첫 번째 남편의 벌이가 좋고, 정력도 좋은 경우엔, 마누라가 이렇게 대꾸한대요! 〈그래! 잘났다! 너 정말 잘 났어!〉 두 번

째는, 남편이 돈은 잘 벌지만 정력이 별로인 경우! 〈야! 돈이면 다냐? 돈이면 다야?〉 셋째 정력은 좋지만 벌이가 시원찮은 경우! 〈네가 짐승이지 사람이냐?〉 마지막 네 번째는, 돈도 못 벌고 정력도 별 볼 일 없는 경우에는 〈네가 나에게 해준 게 뭐가 있니? 엉? 있으면 말해 보라구!〉 호호호! 글쎄 소영엄마가 이런 우스갯소리를 하지 뭐야!

해설 : 순간 남편 나홀로씨는 어처구니가 없어 멍하니 마누라를 바라보고 있었는데, 다음 순간 마누라가 아주 정색을 하면서, 이렇게 물어왔던 것이다.

마누라 : 여보! 근데 당신은 몇 번째에 해당하지? 호호홋!

M--

해설 : 그런데 참 이상한 일이었다. 남편 나홀로씨로 말하면, 초중고 시절엔 반장에, 학생회장, 운동권에서까지 활동할 만큼 기가 센 학생이었고, 사회에 나와서도 직장에서는 펄펄 잘 나가는 엘리트였는데, 언젠가부터 차츰 기가 빠져나가서, 명예퇴직을 앞둔 이제는 꺼져버린 잿불처럼 폭삭 사그라든 것이다. 그리고 기어이 돌발사고가 발생했는데, 우연히 거리에서 만난 군대시절의 전우와 술자리를 하고서, 귀갓길에 그만 교통사고를 당했던 것이다. 그리고 얼마 만에야 정신이 들어 눈을 떠보니, 그는 병상에 누워 있고, 곁에는 마누라가 씩씩하게 버티고 있다가, 이런 청천벽력 같은 소리를 질렀던 것이다.

마누라 : 아유! 남편 늙으면 똥 싸고 누워 있는다더니, 워쩜 당신은 벌써부터 그런디야? 대체 누구랑 을매나 술을 퍼마셨길래, 택시를

막아섰다가 이 지경을 당했냐구? 엉?

해설 : 순간 남편 나홀로씨는 마누라의 기세에 눌려, 자초지종 사고 전말을 형사 앞의 피의자처럼 죄다 술술 불기 시작했다.

마누라 : 아이유! 죽잖았으니 다행이지! 뭘! 치료비야 보험으로 되구! 직장이야 어차피 짤릴 것! 편한 마음으로 누워 있어! 내 말 알았지?

해설 : 그러자 남편 나홀로씨는 마치 그의 아들이 포경수술로 입원했을 때처럼, 마누라에게 응석부리듯 대답했다.

남편 : 알았쪄! 이참에 휴양하러 온 셈치구, 푹 쉴께잉!

해설 : 그러면서 하마 같은 마누라의 몸뚱이를 향해 두 팔을 내뻗었다.

마누라 : 아이구! 그래! 이 얼뚱 큰애기야! 이제야 마누라 소중한 것 알겠는감? 호호ㅎㅎㅎ!

해설 : 아아! 이 세상의 남편들이여! 세월이 갈수록 마누라의 기는 쎄지고, 남편의 기는 약해진다고, 노여워하거나 한탄하지 말라! 마누라가 늙고 병들어 똥 싸고 누워 있을 때, 남편들은 간호하기가 힘들지만, 마누라들은 이런 병든 남편을 기꺼이 수발하면서, 더욱 기가 쎄어지나니…!

T.M--

멘트 : 드라마 스마트소설 〈기가 쎈 마누라와 기가 약한 남편〉! 지금까지 출연에는 마누라에 〈   〉, 남편에 〈   〉, 해설에 〈   〉이었습니다.

T.M--

제4화
호랑이를 부탁해

TM--

해설 : 드라마 스마트소설 〈호랑이를 부탁해〉

TM--

해설 : 백호랑이 지자체 후보를 잡아라!

어흥! 어흥! 새해 벽두부터 웬 호랑이 포효하는 소리냐구요? 올해는 경인년! 바로 백호랑이띠 해이기에 독자 여러분께 60년 만에 돌아온다는 백호랑이의 복을 받으시라고 해본 소리입니다. …자! 여기는 신년 시무식이 열리는 어느 회사의 대강당! 온 직원이 집합한 강당 단상에서, 이 회사의 사장이 2010년 신년 메시지를 발표하고 있는데요! 다 함께 귀를 기울여 보실까요?

사장 : 친애하는 직원 여러분! 벌써 21세기 2009년 기축년 소띠해를 보내고, 2010년 경인년! 백호랑이띠해를 맞았습니다. 하지만 이미 간 년을 아쉬워하기보다는, 사뿐히 시작한 새년과 함께 보낼

새로운 몸과 마음의 자세가 필요하지 않겠습니까? …에! 그러나 지나간 저의 몇 년을 돌이켜본다면, 기억에 남는 년들도 많습니다. 꿈과 기대에 미친 년도 있었고요, 안 미친 년도 있었고요, 어떤 년은 실망스러웠고요, 어떤 년은 그럭저럭 보냈고요, 어떤 년은 "넌 굴러들어온 놈이지?" 하고 마구 흔들어댄 년도 있었고요! 어떤 년은 참 재미있는 년들도 있었습니다! 있었고요!

해설 : 그런데 이게 웬일입니까? 여기까지 신년사를 읊어댄 사장님이 갑자기 말투를 바꾸어 언성을 높였는데요! 어디서 많이 들어본 사투리같지 않습니까?

사장 : 사실 지나간 년들이라고 모두 나쁜 년만 있는 건 아녜유! 오히려 즐겁게 지낸 년들이 더 많어유! 이제 가버린 년들은 잊게 되지만, 새 년은 어떤 년이 될까유? 하고 호기심을 갖게 되면서, 새 년과 더불어 더 잘 살아야지! 하는 마음을 갖게 돼유!"

해설 : 이윽고 사장님은 단상에 준비된 물컵을 들어 한 모금 들이키고 나서, 두 손을 번쩍 치켜들면서, 다시 말투를 바꾸어 외쳐댑니다. 어느 분의 스타일인지는 여러분도 아시겠지요? 그럼 다시 사장님의 신년 메시지를 듣겠습니다!

사장 : 친애하는 직원 여러분! 우리는 매년 새 년이 바뀔 때마다, 아무리 세월가는 게 아쉽다고 발버둥 쳐도 헌 년은 가고 새 년은 오게 마련입니다. 따라서 이미 간 년이든, 새로 온 년이든, 어떤 년이든, 그래도 이년 저년 거치며 살아갈 수 있다는 것에, 우리는 감사해야 합니다! 여러분! …그럼 우리 모두 기축년 소년을 보내

고, 경인년 호랑이년을 맞아 행복하고 건강한 모습으로 살아가기를 기원하면서, 저의 신년사를 마치겠습니다! 여러분!

해설 : 네! 그럼 작가인 저도 한 말씀 올립니다! 이제 2010년 새 년을 맞아 오는 6월이면 전국적으로 지자체 선거가 실시되는데요, 우리는 백호랑이 같은 정의롭고 힘 있는 지자체 후보를 잡아야 합니다. 아시겠습니까?"

M---

해설 : 호랑이 남편과 아내를 지켜라!
　　　새해를 맞으면 누구나 새로운 결심을 했던 추억이 떠오르지 않습니까? 일테면 골초는 〈금연!〉 애주가는 〈금주〉 같은 것 말입니다. 그런데 새해를 맞아 여기 한 부부가 있습니다. 한데 심상찮은 새해 대화가 펼쳐지네요!

남편 : 여보! 우리도 이사를 해볼까?

아내 : 뭐예요? 당신 미쳤수? 요즘 부동산 거래가 싹 끊겼다는데 이사라뇨?

남편 : 아아! 내 얘긴 집 팔아 가는 이사 말구, 집안에서 하는 이사란 말이요!

아내 : 아니! 그건 또 무슨 생뚱맞은 소리예요? 집안에서 이사를 하다뇨?

남편 : 으응! 그건 뭐고 하면 말이야! 내 친구들 중에는 벌써 그런 이사를 한 사람이 많더라구!

아내 : 그래요? 대체 집안에서 어떻게 이사를 하게요?

해설 : 글쎄요! 대한민국에 사는 50대 이상 사람들치고, 평생에 열 번

이상 이사 안 다닌 사람은 없겠죠? 신혼 때에 사글세부터 시작해서, 전세 몇 번에 겨우 내집 마련하고, 다시 이를 굴리고 또 굴리고 해서, 그나마 오늘의 아파트 혹은 단독주택을 마련하신 분들은, 그렇지 않습니까? 그런데 집안에서 이사를 한다는 소리는, 해설을 맡은 저도 처음 듣는 소리입니다!

남편 : 에, 집안에서 하는 이사란 뭔고 하면 말이야! 그 동안 수십 년을 한 침대 한 이불 속에서 살았는데, 이젠 성생활도 끝났고, 잘 때 서로 코만 골아대니까…!

아내 : 아…알았어요! 그러니까 각 방을 써서, 잠이나 편히 자며 살자 이거죠?

남편 : 아따! 당신 눈치 한번 빠르네잉?!

아내 : 호호호! 그러잖아 내 주변에도요, 각 방 쓰며 사는 부부가 한둘인 줄 아슈?

남편 : 어흠! 그래? 그럼 잘 됐네! 올해가 우리 결혼 40주년인데, 그 기념으로 난 내 서재로 이사 할테니까, 그런 줄 알라구!

아내 : 흥! 하지만 여보! 그건 안돼요!

남편 : 아니! 금방 당신 친구들도 그런 이사를 해서 산다구 했잖소?

아내 : 네! 하지만 올해는 호랑이해라서 안된다구요!

남편 : 그건 또 무슨 소리요?

아내 : 에, 당신은 평생 자기 좋은 대로만 살아 날 속 썩인 적이 한두 번 아니지만요! 그래두 공직에 있어서 노후에 연금으로 겨우 사니까, 일테면 우리 식구한텐 우리 가정을 지켜주는 호랑이가 아니우?

남편 : 아암! 그렇구말구! 그걸 알아주니 고맙네!

아내 : 그런데 각방 쓰다가 당신 혈압이 좋지 않은데, 갑자기 일이라도 당하면…!

남편 : 아…알았네! 이 사람아! 당신이야말로, 내겐 백년해로해야 할 호랑이 같은 조강지처니까, 지금처럼 코를 골아도 서로 이해하면서 살아야지! 오늘 나의 이사 계획은 취소함세! 하하하!

해설 : 네! 독자 여러분! 새해 우리는 모두 이렇게 서로를 지켜주는 호랑이가 되어서, 좋은 작가와 좋은 독자로서, 항상 복을 주고받으면서 살아갑시다!*

M--

해설 : 백호랑이 베이비를 만들라!

어느 텔레비전 인기프로에서 미혼남녀 1만 명에게 물었습니다! 새해 세배 덕담에서 가장 스트레스를 주는 3대 질문이 무엇인지 아십니까? 첫째가 몇 살이냐? 둘째가 취직했느냐? 셋째는 결혼하거라. 정말 노처녀 노총각에게 이런 질문을 세배 때 덕담으로 하는 건 삼가셔야 될 것 같습니다. …자! 그럼 2010년 새해를 맞아 어느 연애 커플의 데이트 현장을, 몰래 카메라로 취재해 볼까요?

여 : 자기야! 새해를 맞았는데 나한테 뭐 선물 할꺼야?

남 : 선물? 이태백인 내 주제에 선물 살 돈이 어딨어? 선물 대신에 이거나…!

여 : 흥! 또 키스하자구? 그건 안 돼! 지난번 너무 쎄게 해서, 부르튼 입술이 아직 다 아물지 않았잖아?

남 : 바보! 키스를 입술에만 하냐? 다른 곳에 하면 되잖아?
여 : 다른 곳이라니? 내 뺨? 아님 이마에 하려구?
남 : 거긴 벌써 했잖아?
해설 : 아니! 이것들이…? 더이상 나아가다간 에로비디오를 찍을 것 같아, 잠깐 몰래 카메라를 중단하고서, 다음 장면으로 넘어갑니다. 이제 사랑하는 이 두 연인 커플의 고민을 들어보실까요?
남 : 자긴 몇 번째야? 난 백한 번째 되는데…!
여 : 뭐야? 그게 정말이야? 내가 백한 번째 여자란 말이지! …몰라! 몰라! 나쁜 자식! 넌 아주 바람둥이구나?
남 : 무슨 소리야? 내가 취직하려구 이 직장, 저 회사에 써낸 이력서를 말하는거야!
여 : 아! 미안해! 난 그런 줄도 모르구 오해했잖아! …후우! 정말 우리가 이태백에서 벗어날 날은 언제나 돌아올까?
남 : 누가 아니래? 하지만 무작정 그런 날이 돌아오기만 기다릴 순 없지!
여 : 그래? 자긴 뭐 좋은 아이디어라도 있는 거야?
남 : 그럼! 있구 말구! 올해가 백호랑이의 해잖아? 그러니까 백호랑이를 잡는거야!
여 : 백호랑이를 잡아? …어디서? …어떻게?
남 : 바로 그걸 너한테 묻는 거야! 어디 가서, 어떻게 하면 백호랑이를 잡을까?
여 : 야! 누굴 약 올리니? 내가 그걸 알면 나 먼저 잡겠다!"
남 : 와아! 무섭다! 무서워! 아무리 취직이 어렵다구, 애인 사이에도

　　　　 의리가 없어지니 말이야!

해설 : 네! 정말 두 연인의 이야기를 듣다 보니 그렇네요! 어쩌다 요즘 세상이 이렇게 연인 사이에도 삭막하게 되었는가 안타깝지 않습니까? 하루 속히 경제가 풀려서, 사랑하는 연인들이 직장을 잡기 위해 애쓰는 시간에, 뱃속에 호랑이띠 아기를 만들 수 있도록 도와주어야, 급속한 고령화와 인구의 급감을 막을 수 있지 않겠습니까?

T.M--

해설 : 드라마 스마트소설 〈호랑이를 부탁해〉 지금까지 출연! 사장에 〈　〉, 아내에 〈　〉, 남편에 〈　〉, 남자에 〈　〉, 여자에 〈　〉, 해설에 〈　〉이었습니다.

T.M--

제5화
지공선생! 돈도 벌고 웃음꽃도 피우다

TM--

해설 : 드라마 스마트소설 〈지공선생! 돈도 벌고 웃음꽃도 피우다〉

M---

해설 : (날씨 이야기는 공연 시기에 따라 바꿈)올겨울 날씨가 몇 십 년 만에 가장 따뜻하더니, 한오백씨가 외출했다가 저녁때가 되어 귀가하다보니, 아파트단지의 울타리 앞에 심겨진 개나리가 벌써 봉긋 꽃망울을 부풀리고 있지 않은가? 분명히 아침에 집을 나설 때는 그 개나리 꽃망울이 보이지 않았는데 말이다. 그래서 현관문을 열고 들어서며 마누라한테 소리친다.

남편 : 여보! 우리 병아리 좀 사다 기르면 어떨까?

아내 : 네에! 아닌 밤중에 홍두깨라더니, 아파트에서 무슨 병아릴 길러요?

남편 : 으응! ((노래로)나리나리 개나리 입에 따다 물고요! 병아리떼

쫑쫑쫑 봄나들이 갑니다)라는 동요가 있잖아! 글쎄 지금 들어오다가 보니까, 우리 아파트 울타리에 개나리가 금방 피게 생겼지 뭐요?

아내 : 아유! 그래서 병아리를 키우자구요? 그런 실없는 소린 두었다 하구요, 이거나 받아 보슈! 동회 동장한테서 뭔 편지가 왔습디다!

남편 : 뭐어? 동장한테서 편지가 와? 무슨 일일까?

해설 : 그리하여 한오백씨가 동회로부터 온 편지를 뜯어보는데, 갑자기 그가 웃음꽃을 피우는 게 아닌가?

남편 : 하하하! 드디어 내가 지공선생이 됐네 그려! 여보! 내가 지공선생이 됐다구!

아내 : 아니! 지공선생이 뭐유?

남편 : 으유? 당신은 아직 그것두 몰라? 나이 만 65세가 되면, 지하철 공짜로 탄다구 해서 지공선생이라구 한단 말이오!

아내 : 어휴! 당신두 참! 난 나이 먹어 경로석에 앉는 것만두 서글프던데, 당신은 어찌 그게 좋다구 야단이우?

남편 : 하아! 이 편지 보라구! 〈노인교통수당 안내문! 노인복지법 제26조 경로우대에 의거! 만 65세 이상의 노인에게는 일정액의 교통수당을 정기적으로 지급하고 있습니다!〉 거참! 살맛나네 그랴! 하하하핫!

해설 : 한오백씨가 더욱 입이 함박만큼이나 벌어지며 웃음꽃을 피우자, 마누라가 한심한 듯이 다시 쏘아온다.

아내 : 아따 당신! 참으로 좋기두 하겠수? 이제 상늙은이가 되었다구

나라에서 주는 교통비까지 얻어 쓰게 됐는데…!

남편 : 어허! 모르는 소리! 이미 나보다 먼저 지공선생이 된 친구들 얘기 들으면 아주 신바람이 난대요! 자주 나다니다 보면 교통비도 만만찮은데, 지하철이 공짜니까 천안가서 병천 순대 먹구 오면 하루가 다 가구, 날씨 좋은 날에는 소요산으로 소풍 다녀오고 말이야!

아내 : 아이구! 백수가 과로사 한다는데, 맨날 나다니기 좋아하는 당신이야말로 이제야 살판났구려! 흥?

남편 : 암만! 누가 그러는데, 우리나라 남자 노인들이 경로우대로 지하철 공짜 덕분에, 곧 평균수명이 여자랑 같아질거라구 합디다! 지금은 여자 82세에 남자 77세로, 5년 차이가 나지만 말야! 왜냐면 남자들이 방구석에만 쳐박혀 있다가, 날개단 새처럼 자유롭게 나다니까!

아내 : 아유참! 당신 오늘 지공선생 된다구 아주 신바람이 났구려? …그래요! 당신 이름이 한오백이니, 한오백년 살면서 지하철이나 공짜루 실컷 타구려! 호호호!

해설 : 이리하여 결국 한오백씨의 마누라까지 웃음꽃을 피우게 되었던 것이다.

M--

해설 : 드디어 오늘은 한오백씨가 지공선생이 되어 첫 나들이를 하는 날! 아침 일찍부터 일어나 소란을 떠니까, 마누라가 한마디 이죽거린다.

아내 : 아유! 여보! 당신 마치 취직돼서 첫출근하는 사람 같구려! 그렇

게 늦잠이더니 벌써부터 일어나니 말이우?

남편 : 으응! 고민이 돼서 그래!

아내 : 고민이라뇨? 지하철 공짜라구 그리 좋아하구선요?

남편 : 글쎄 〈〈노래로)종로로 갈까요? 을지로로 갈까요?〉 하는 노래처럼 말이오! 우선 병천 순대 먹으러 천안으로 갈까? 등산하러 소요산으로 갈까? 아니면 오이도 가서 회나 먹을까? 그리구 지공인 친구는 누구를 불러낼까?

아내 : 아이고! 걱정두 팔자라더니 별 걱정을 다하시네! 아 오늘만 날이우? 날마다 차례차례로 다 다니면 되잖아요?

남편 : 그래? 그럼 가나다 순으로 해서, 오늘은 소요산에나 가서 소요나 하다가 올까? 하하하!

해설 : 이리하여 한오백씨는 거의 날마다 공짜 지하철을 타고 서울에서 경개가 좋은 근교를 다 돌아다니게 되었는데, 며칠 지나지 않아서 심드렁해지고 말았다. 그래서 도로아미타불이라고 전처럼 외출이 뜸하게 되자, 마누라가 이렇게 비아냥거렸다.

아내 : 거봐요! 노는 것두 일이라구, 안 나다니다가 천방지축 다녀보니, 힘이 들죠?

남편 : 아니! 그게 아니구 공짜 지하철 타구 여기저기 돌아다니다보니, 모두 나 같은 사람들이 어찌나 많은지!

아내 : 그야 그럴테죠! 공짜라면 양잿물두 마시는 한국 사람들이니까, 너남없이 공짜 지하철타구 몰러다니겠죠!

남편 : 내 그래서 얘긴데, 공짜 지하철 타는 대신, 뭐 봉사할 일은 없을까 생각해봤어요!

아내 : 뭐예요? 공짜 지하철 타니까, 봉사를 하려구 했다구요?

남편 : 응! 근데 그것두 맘대로 안되더라구! 어느 지하철역에 휴지가 떨어져 있길래 돌아다니며 주웠더니, 글쎄 청소부 아줌마가 나타나서 〈왜 자기가 할 일을 빼앗아 하느냐〉구 항의를 하지 뭐요!

아내 : 그야 맞는 말이죠! 지하철 청소는 그 아줌마의 밥줄이잖우? …으이구! 이 순진한 영감님아! 호호호!

M--

해설 : 그로부터 며칠 후 어느새 목련과 진달래와 벚꽃이 다투어 피어나 아파트단지를 꽃대궐로 차리고 보니, 한오백씨는 또다시 마음이 들떠서, 오라는 데는 없어도 갈 곳은 많다고, 특별한 목적도 없이 나들이를 했는데, 바로 지하철에서 웬 지공여사! 지하철을 공짜로 타는 할머니가 화려한 양란 화분을 두개나 양손에 나누어들고, 힘겹게 개찰구로 들어갔다. 그래서 한오백씨는 그 할머니에게 다가가며 말을 건넸다.

남편 : 저어 양난이 아름답습니다! 근데 너무 무거우시겠네요! 제가 차 타는 데까지 하나만 들어다 드릴까요?

할머니 : 네에? 아유! 그래주시겠어요? 고맙습니다.

남편 : 그런데 이런 화분은 대개 꽃집에서 배달해주지 않나요?

할머니 : 네에! 호호호! 사실은 제가 꽃배달을 하러 가는 거예요!

남편 : 아니! 꽃배달을 하러 가시다뇨?

할머니 : 호호호! 제가 아르바이트! 아니 어엿한 짭이죠! 꽃집뿐 아니라 이런저런 곳에서 퀵서비스 일을 맡아 한답니다.

남편 : 아! 그러십니까? 아주 뜻밖입니다.

할머니 : 제가 지하철을 공짜로 타니까, 교통비가 안 들어 안성맞춤이죠! 퀵서비스 회사는 우리 같은 노인 인력을 쓰니까, 인건비가 적게 들어서, 말하자면 누이 좋구 매부 좋은 격이라고나 할까요? 호호호!

남편 : 아! 그렇겠네요! 근데 실례지만 저 같은 남자도 이런 일을 하는 사람들이 있나요?

할머니 : 물론이죠! 다만 남자분들은 체면 때문인지, 하는 사람이 적다고나 할까요? 그리구 대개 가정이나 회사 같은 곳에 배달하니까, 할아버지보다는 할머니를 더 선호하는 것 같아요!

남편 : 아! 그래요? 대한민국 남자는 군대에서나 필요한가 보군요! 집에서두 찬밥신세인데 말예요! 하하하!

해설 : 이때 한오백씨는 이렇게 우스갯소리로 대꾸했지만, 이 할머니를 따라 당장 이런 아르바이트! 아니 짭을 구하리라 마음을 먹고 보니, 양란의 향기가 더욱 짙게 풍겨왔다. 그리하여 한오백씨가 아내 몰래 드디어 퀵배달 일을 하게 되어, 일주일 만에 꽤 큰 용돈을 손에 쥐게 되었을 때, 문득 아내의 생일이 내일로 다가왔음을 깨닫고, 꽃배달을 하는 길에 장미꽃다발을 사서 귀가하자, 마누라가 반색은커녕 잔뜩 화를 내며 소리쳤다.

아내 : 아니 이 양반이! 문밖에만 나가면 온 아파트단지가 꽃천지인데, 웬 값비싼 장미꽃을 사오구 그래요?

남편 : 으응! 저… 당신 생일이 내일이잖아? 그래서…!

아내 : 으휴! 우리 나이가 몇인데 지금 생일타령 꽃타령 하게 됐어요! 그런 돈 있으면 현금으로 줘요! 현금!

남편 : 뭐라구? 현금? …당신이 언제부터 그리 마음이 메말랐어? 난 지금 돈도 벌고 웃음꽃도 피우게 됐는데 말이야! 하하하하

M--

해설 : 드라마 스마트소설 〈지공선생! 돈도 벌고 웃음꽃도 피우다〉 지금까지 출연에 지공선생 한오백씨에 〈   〉, 마누라에 〈   〉, 지공여사에 〈   〉, 해설에 〈   〉이었습니다.

T.M--

제6화

혼자 사는 부부

T.M--

해설 : 드라마 스마트소설 〈혼자 사는 부부〉

T.M--

해설 : 겨울의 문턱에 들어선다는 입동이 지나고, 고3과 재수생의 대학 입시 첫 관문인 수능시험이 다가오자, 올해도 어김없이 〈입동추위〉와 〈수능추위〉가 짬뽕으로 겹쳐오는데, 결혼 30여년을 맞은 박썰렁씨 댁에도 이런 추위만큼이나 찬바람이 휘몰아쳤으니…!

아내 : 아니! 여보! 지금이 몇 신데 아직 이불속에서 꿈나라예요?!

남편 : (코고는 소리)커억! 크르르!

아내 : 으휴! 이젠 코까지 골아가면서! 당장 일어나지 못해요?

남편 : 어허! 내가 직장생활 땐 언제 새벽밥 짓는 팔자에서 해방되나 노래하더니, 왜 이리 사람을 성가시게 하노?

아내 : 아따! 그땐 그때구! 이젠 해가 똥구멍에 오를 때까지 안방에 낮

도깨비처럼 누워 있으니깐, 절로 울화통이 터져서 그래요!

남편 : 허참! 월급생활 30여년에 그래두 이만큼 재테크를 잘해, 노후준비를 한 나도 마누라한테 이런 구박을 받으니, 그렇지 못한 사오정 오륙도들은 대체 마누라 등쌀에 어찌들 살까?

아내 : 아유! 우리가 오늘 이만큼 재산 굴린 게 어찌 당신 덕이야? 첫 집 장만 때부터 다 내가 여기저기서 돈끌어대구, 이루왈 저루왈 해서 모은거지! 흥!

해설 : 세상 남편들이 거의 다 그렇듯이 박사학위를 땄다 해도, 마누라와 말싸움에서는 이겨낼 장사가 없는 법! 박썰렁씨도 어느새 기가 죽어 침대에서 기어 내려올 수밖에 없었다.

M---

아내 : 여보! 밥 다 먹었으면 출발합시다!

남편 : 뭐야? 갑자기 어딜 가려구?

해설 : 평소 아홉시나 돼야 기상하던 박썰렁씨가 두어 시간 앞당겨 일어나니 아침밥맛이 있을 리 없어, 겨우 몇 순갈 뜨고서 수저를 놓자 마누라가 재촉을 해댔다.

아내 : 아유! 해마다 이맘때면 당신 고향 가는 것 잊었수? 날씨가 이리 바싹 추워지는데, 고향 형님댁에 가서 김장거리 고추 마늘이랑 쌀두 좀 가져와야죠!

남편 : 어허 참! 그런가? 내가 까맣게 잊구 있었구만!

아내 : 흥! 당신이 그럼 그렇지! 무얼 찾으려구 컴퓨터 켜구서도 무얼 찾으려했던가 깜빡 잊구, 심지어 핸드폰전화 받으면서 핸드폰 찾는 당신인데…!

남편 : 허허! 정말 요즘 내가 왜 그런가 모르겠어! 직장 나와 한 3년 생각 없이 살아서 벌써 치매기가 오는 건지…! 하하하!

해설 : 마누라의 말마따나 박썰렁씨는 근래에 와서 하도 건망증이 심해져서, 비오는 날 우산을 챙기고도 구두 신는 사이에 깜빡 잊어 그냥 아파트 엘리베이터를 타고 내려갔다가 다시 올라오기가 일쑤였다. 암튼 그렇다보니 이일 저일마다 마누라한테 지청구 먹기가 다반사였다.

아내 : 자! 그렇다구 설마 당신 고향집을 못 찾아가지는 않겠죠? 어서 운전대 잡고 떠나요!

해설 : 이리하여 박썰렁씨 부부는 고향을 향해 길을 떠났는데, 아주 이상한 사태가 벌어졌으니, 서울에서 고향집까지 가는데 부부간에 한 마디의 대화도 없었던 것이다.

아내 : (독백)아! 올해는 단풍도 제대로 안 들고, 벌써 낙엽 되어 떨어지는 저 산의 나무들 좀 봐! 마치 50대 중반도 안 돼 얼굴에 주름살이 늘어가는 내 모습과 흡사하지 뭐야! 후우!

남편 : (독백)으응? 백미러에 비친 내 머리 좀 봐! 어느새 이리 민둥산이 다 됐지! 남자의 인생은 미완성이 아니라 민둥산! 아니 대머리가 되는 것인가? 후우!

아내 : (독백)아유! 저이랑 젊어서 함께 고향갈 땐, 바로 옆자리에 앉아 집에 도착할 때까지 몇 시간을 가도 그리 할 얘기가 많았었는데…!

남편 : (독백)허참! 집에서 그토록 볶아치던 마누라가 웬일로 벙어리가 됐나? 마치 나 혼자 운전하면서 고향에 가는 것 같네!

아내 : (독백)하기사! 30여년을 한 이불속에서 뒹굴다보니, 그 뱃속 창자 속까지 훤히 다 보이는데, 무슨 말을 하구자시구 할 것두 없지! 흥!

남편 : (독백)맞아! 남녀가 함께 앞좌석에 앉아 가면 불륜이구, 앞뒷자리에 나누어 타고 가면 부부란 우스갯소리도 있으니깐…!

해설 : 결국 박썰렁씨 부부는 고향 형님댁에서 고춧가루를 만들고, 마늘과 쌀까지 사서 다시 상경을 하게 되었는데, 이때 역시 부부가 한 마디 말없이 올라오게 된 것은, 마누라가 시골집에서 잠을 못 잤다면서, 아예 뒷좌석에서 내내 잠을 퍼질러 잤던 것이다.

남편 : 여보! 무슨 사람이 이래? 차 속이 안방이야? 내내 잠만 자구…! 참!

아내 : 으매! 으매나? 벌써 집에 도착했나? …아유! 나두 이젠 늙었나봐! 가만히 차를 타고 와두, 이리 피곤하니 말이우! 호호호!

남편 : (멀어지며)자! 이제 내 임무는 끝난거지? 오늘 친구랑 한잔 약속이 있으니까 나갔다 올께!

아내 : 흥! 그럼 그렇지! 당신이 고향 가서 하루 술 참은 것두 기적이지! …앗다! 맘대루 하시구려! 부부란 나이 먹으면 서로 멀어져, 함께 살아두 마치 혼자 사는 것 같다구, 누가 그럽디다!

이웃집 부인 : (다가오며)호호호호! 누가 그러긴? 준이엄마! 내가 그랬잖아? …그래 부탁한 고춧가루랑 마늘은 가져왔수?

아내 : 아이고! 성님! 가져오구 말구요! 해마다 저희 고향에서 고춧가루랑 마늘을 단골루 갖다 잡숫잖아요?

이웃집 부인 : 아니 근데! 준이 엄마두 벌써부터 혼자 사는 부부가 됐단

말이야?

아내 : 호호호! 글쎄 이번에 저이랑 시골 고향엘 갔다 오는데, 일고여덟 시간을 차안에서 함께 타고 와두, 한 마디 할 말이 없어서 그냥 벙어리 부부처럼…!

이웃집 부인 : 호호호! 그건 아무 것두 아냐! 난 글쎄 요즘 영감이랑 아예 각방을 쓰게 되어, 진짜루 혼자 사는 부부가 됐다니깐! 호호호호!

아내 : 네에? 부부가 각방을 쓰신다구요?

이웃집 부인 : 글쎄 들어봐! 여태까지 몇 십 년을 둘이 한 침대를 썼는데, 언젠가부터 영 잠이 안 오는 거야!

아내 : 아니! 잠이 안오다뇨? 불면증에 걸리셨나요?

이웃집 부인 : 그게 아니라 자다가 한밤중에 문득 깨어날 때, 코골이인 남편도 잠이 깼는지 조용한 거 있지? 바로 이때부터 잠이 안 오는 거야! 남편이 코를 골면 자겠는데 영 코를 안 골으니까, 코골 때를 기다린다고나 할까? 근데 실은 나도 코를 골아서, 아마 남편도 내가 코골고 잠들기를 기다리는 것 같지 뭐야! 호호호!

아내 : 그러니까 두 분이 서로 먼저 코골기 시합을 하시는군요?

이웃집 부인 : 으응! 결국 내가 견디다 못해 살그머니 시집간 딸 방에 가서 자기 시작했는데, 요즘은 그게 아예 습관이 돼서 각방을 쓰게 됐다니깐! 그러니까 우린 함께 살아도 혼자 사는 부부가 된 셈이지! 안 그래? 호호호!

아내 : 후우! 듣고 보니 갑자기 서글퍼지네요! 주례선생님 앞에서 검은 머리 파뿌리가 될 때까지, 백년해로를 맹세하면서 혼례식 올린

지가 엊그제 같은데, 벌써 함께 살아두 혼자 사는 부부가 되니깐 말예요?

이웃집 부인 : 누가 아니래? 그래서 부부는 젊어서 서로 세 가지를 잘 해야지, 나처럼 늙어 함께 살아도 혼자 사는 부부가 되면 크게 후회하게 되지 뭐야?

아내 : 그 세 가지가 뭔데요?

이웃집 부인 : 첫째 부부간엔 웬만한 일은 싸우지 말고 서로 눈감아 주면서 좀 참을걸! 둘째는 흔히 남한테는 잘 해주어도 부부간엔 인색하기 쉬운데 좀 베풀걸! 셋째는 젊어서 너무 아둥바둥 지독하게 살지 말구 좀 즐길걸!

아내 : 네에! 참을걸! 베풀걸! 즐길걸! …아유! 여러분두 잘 들으셨죠? 오늘 이 시간부터 명심하시구 꼭 실천해보세요! 참을걸! 베풀걸! 즐길걸!"

M--

해설 : 드라마 스마트소설 〈혼자 사는 부부〉 지금까지 출연에 아내 〈   〉, 남편에 〈   〉, 이웃집 부인에 〈   〉, 해설에 〈   〉이었습니다.

T.M--

제7화

세 남자와 사는 여자

T.M--

해설 : 드라마 스마트소설 〈세 남자와 사는 여자〉

T.M--

효과--천둥소리

해설 : 장마! 태풍! 폭우 그리고 찜통더위로 온 나라 백성들을 괴롭히던 올 여름도, 먼 산에 곱게 물든 단풍과 온누리에 가득하던 국화향기도 어느덧 사라지고, 오늘따라 차가운 바람까지 옷깃에 스며들어 갑작스레 겨울이 쳐들어온 이 쓸쓸한 날씨에, 조여사는 거울 앞에 서자 갑자기 눈가에 눈물이 핑 도는 건 웬일일까? 아! 그건 대학시절에 메이퀸으로 뽑혔던 그녀가 눈가뿐 아니라, 이젠 이마에까지 주름살이 완연한 탓이었다. 바로 그때 영감이 등산복 차림으로 나타나 한 마디 건네오는데…!

영감 : 불쌍한 사람 구걸 왔습니다. 한 푼만 적선하시구려!

조여사 : 아니! 이 영감이! …며칠 전 준 용돈을 벌써 다 썼단 말이우?

영감 : 어허! 수박 한통에도 2만원 하는 세상에, 그까짓 용돈으로 어찌 살란 말이오?

조여사 : 아유! 내가 화수분인 줄 아슈? 그저 날마다 졸라대니 원!

영감 : 허참! 할멈! 내가 당신한테 30여 년간 월급을 바쳤는데, 이제 겨우 3년 찾아 쓰는 거요! 내 이럴 줄 알았으면, 나도 남들처럼 비자금이라도 마련했을텐데! 에이유! 나이 60넘어 할망구 앞에서, 이 무슨 거지꼴이람!

해설 : 영감은 그렇게 투덜거리며 여전히 손을 내밀고 섰는데, 그 순간 조여사에게는 정말로 영감이 거지처럼 초라해 보여서, 다시금 눈시울이 시큰해졌다. 그래서 큰맘 먹고 핸드백에서 5만원을 꺼내 내밀었다.

조여사 : 엣수! 근데 이 돈 가지구 또 술을 마시더래두, 산에 올라가기 전에 마시지 말구, 내려오다가 마셔야 하우! 내 친구 영감은 술 먹고 등산 갔다가, 다리가 부러져서 벌써 반년째 기부스래요!

영감 : 앗다! 날 뭘루 보구 그런 악담이야? 내가 어린앤 줄 알아?

해설 : 그러자 영감은 이런 대꾸와 함께 독수리처럼 날쌔게 돈을 채어 가지고 문밖으로 나갔다. 순간 조여사에게는 정말로 어린애처럼 보채길 좋아하던 영감! 아니 신혼시절의 귀여운 신랑이 떠올랐다.

M--

신랑 : 자기야! 나 배고파! 어서 줘!

해설 : 조여사가 결혼하고 얼마 후였다. 그날따라 좀 늦게 퇴근한 신랑

이 잠옷으로 갈아입고 나더니 이렇게 보챘다.

신부 : 어머! 자기 저녁 안 먹고 들어 왔어?

신랑 : 에이! 자긴 바보! …응애! 응애! 내가 고픈 건 밥이 아니라 젖이라구!

신부 : 어머머! 뭐야! 자기 미쳤나봐?

신랑 : 으응?! 이불속에서 날 보구 어린애처럼 귀엽다구 했잖아? 그러니깐 나두 어린애처럼 우유가 먹구 싶단 말이야!

해설 : 그러면서 신랑은 방바닥에 발랑 뒤집어지더니, 정말로 애기처럼 몸부림을 쳐대면서, 다시 이렇게 외치는 것이었다.

신랑 : 응애! 응애! 나 배고파! 어서 젖 줘! 응애! 응애!

조여사 : (독백)휴우! 30여 년 전만 해도 아닌 게 아니라, 그토록 젊다 못해 어린애 같던 신랑이 어느새 파고다공원에 출근하는 불쌍한 영감으로 변했으니…!

M--

해설 : 한데 불쌍하게 생각되던 영감이 다음 순간 조여사에게 갑자기 분노를 일으켰으니, 그것은 40대 중반 넘어서 아줌마와 서방으로 억세게 살아가던 시절의 추억이 떠올랐기 때문이었다. 그때 몇 년 간 부은 청약통장으로 처음 내집 장만을 했는데, 글쎄 조여사 몰래 친구에게 빚보증을 서준 것이 들통 났던 것이다. 그때 조여사는 친정 부모가 세상을 떴을 때보다 더 하늘이 무너지는 것 같았다.

중년아내 : 아니 여보! 내가 당신 설마 싶어 묻겠는데, 우리집 잡혀먹은 게 사실이야?

서방 : 으응? 아! 그게 말이야, 나랑 의형제를 맺은, 저기 있잖아! 그 친구가 사업이 급해서 그냥 잠시…!

중년아내 : 으아악! 뭐뭐뭐 뭣이 어째? 이 집이 어떻게 해서 마련한 집인데! 먹을 것! 입을 것! 안 먹구 안 입구! 으흐흑흑!

서방 : 아니! 이 아줌마가 누가 죽었어? 재수 없게 웬 한밤중에 통곡을 하구 지랄야!

중년아내 : 뭐 뭐라구? …야! 너 말 다했어? 금쪽같은 내집 날리구, 뭘 잘했다구 큰 소리야?

서방 : 야! 이년아! 뭐 지금 경매라두 들어왔냐? 왜 이리 날뛰는거야?

중년아내 : 으응? 빚보증에 집 날리는 사람이 한둘이야? 뻔할 뻔짜지! 내 목에 칼 들어가기 전에, 지금 당장 해결하란 말이야! 이를 어쩌면 좋아! 아이고! 으흐흑흑!

서방 : 어엉? 이게 어디서 서방을 쳐? 너 죽고 싶냐?

중년아내 : 그래! 나 죽고 싶다! 죽여봐! 어서 죽여보란 말이야!

서방 : 에이! 이년이! 맞는 게 소원이라면, 내가 못 때릴 줄 알아? 툭탁! 찰싹!

중년아내 : 아이고! 네가 날 쳤어? 그래! 죽여라! 죽여! 집 날리구 내 손으로 죽느니, 차라리 서방 손에 먼저 죽자!

해설 : 암튼 그날 부부는 정말로 미친 사람들처럼, 치고 받고 때리고 맞고 한바탕 전쟁을 치렀는데, 그때 조여사는 아주 이상한 체험을 하게 되었던 것이다. 즉 처음에 서방한테 몇 대 맞을 때는 분하고 원통하고 아프고 그랬는데, 한창 뒤엉클어져 패고 맞고 대들고 쥐어뜯고 하자, 차츰 야릇한 쾌감과 함께 정말로 맞아

죽어도 좋을 것 같은 느낌이 들었던 것이다. 그걸 심리학에선 가학증이니 피가학증이니, 마조히즘이니 하던가?

M--

해설 : 월요일이건만 조여사는 오늘도 느긋한 하루를 보내었다. 아이들 남매는 벌써 3년 전에 각각 결혼시켜 내보냈고, 영감은 퇴직한 지 역시 3년이 지났기 때문이었다. 그래서 오늘도 고작 저녁식사를 뭘로 할까 하는 궁리만 했을 뿐이다. 그러다가 벌써 완연한 겨울 날씨가 됐지만,

효과--개소리

멍멍탕이나 끓여 영감에게 주리라 마음을 먹었다. 어느 친구가 하는 말이 남편이란 존재는 전생에 〈웬수〉가 아니면, 〈개〉여서, 흔히 아내들은 남편을 〈웬수〉라고 부르게 되거나, 늙으면 남편이 〈강아지〉처럼 귀찮기도 하고, 때로는 심심풀이가 돼주기도 한다는 것이었다. 그래서 똥개 뒷다리를 사다가 한창 끓이고 있는데, 어느새 등산에서 돌아왔는지 영감이 주방을 기웃거리며 건네왔다.

영감 : 할멈! 고맙구려! 내 어려서 시골 살 적에, 우리 어머니가 사철 가리지 않고, 개장국을 끓여주시면, 그렇게 환장하게 맛이 있었는데 말일세!

조여사 : 그 얘기 오늘까지 백번은 될거유!

영감 : 하하하! 그래서 부부가 백년해로 한다는 건, 같은 소릴 백번씩 하면서 산다는 뜻인가?

조여사 : 홍! 그거 말 되네요! …그래! 산에도 겨울이 왔습디까?

효과--새소리

영감 : 아! 산에는 벌써 살얼음이 낀 겨울이던데! 당신과 나 우리 인생 훌쩍 지나간 걸 생각하면, 마치 우리 인생도 겨울이 된 것 같애! 안 그런가? 이 할멈아!"

효과--개소리

조여사 : 아유! 개고기 앞에 놓고, 그 개 같은 소리 작작 하시구래! 내가 왜 벌써 할멈이우?

영감 : 어이구! 당신은 정말 싸나운 개 같네! 앞으론 마님이라 부를테니, 용서하시구려!

조여사 : 아유 참! 저두 용서하세요! 여기 사람들두 많은데, 우리 고운 말 쓰며 삽시다!

T.M--

해설 : 드라마 스마트소설 〈세 남자와 사는 여자〉 지금까지 출연! 조여사에 〈   〉, 신랑에 〈   〉, 중년서방에 〈   〉, 영감에 〈   〉, 신부에 〈   〉, 중년아내에 〈   〉, 해설에 〈   〉이었습니다.

T.M--

제8화
추석과 청양고추

T.M--

해설 : 드라마 스마트소설 〈추석과 청양고추!〉

T.M--

아내 : 여보! 올 추석엔 한 이틀 땡겨서 고향에 내려가면 어떻겠수? 당신두 학교에서 퇴직했으니. 이젠 맘대로 시간을 낼 수 있잖우?

해설 : 벽에 걸린 달력을 쳐다보던 아내가 아침 식사 후 한가롭게 신문을 펴든 한선생에게 건네오는 말이었다.

남편 : 아니! 명절에 고향 가는 게 죽기보다 싫다던 당신이 웬일로…?

해설 : 어이없는 표정으로 한선생이 묻자, 아내는 함박웃음까지 날리며 대꾸했다.

아내 : 호호호! 여기로 이사 와서 동네사람들한테 충청도 청양이 고향이랬더니, 글쎄 〈청양고추〉 주문이 마구 밀려들지 뭐유?

남편 : 오! 그거 잘 됐군 그래! 그러잖아도 내가 이번 추석을 계기로, 고추농사를 지으러 낙향할 준비를 할까 했는데…!

해설 : 한선생이 기회다 싶어 이렇게 대답하자, 뜻밖에도 아내의 대꾸인즉

아내 : 좋아요! 어차피 연금만으론 우리 살림이 어려운 형편인데, 내가 판매책을 담당할테니, 당신 고향가서 고추농사나 잘 지어 보구려!

해설 : 이리하여 한선생은 추석을 이틀 앞두고 미리 귀향하게 됐는데, 그 동안 고향에서 조상의 산소를 지키며 제사를 지내오던 형님께서도 아주 반가운 얼굴로 한선생을 맞았던 것이다.

형님 : 그래! 아우! 잘 생각했네! 사람이 젊어선 도시에 나가 사는게 좋을지 모르지만, 늙으면 뭐니 해도 고향이 최고인겨! 오죽허니 여우두 죽을 땐 제 살던 굴쪽으루 머리를 둔다구 허잖여?

남편 : 뭐… 제가 그런 뜻은 아니구요, 학교에서 생물선생으로 정년퇴임을 하게 되니까, 내고향〈청양고추〉에 대한 여러 가지 아이디어가 떠올라서요!

해설 : 아닌 게 아니라 한선생은 가끔씩 내고향 청양에서 벌어지는〈청양고추/구기자 축제〉를 참관하면서, 누가 들으면 좀 엉뚱하다 싶을 아이디어를 떠올리곤 했던 것이다.

형님 : 음! 어려서부터 아우가 천재소리를 들었는디, 우리〈청양고추〉에 대혀서 뭔 생각을 했나 궁금허네! 요즘 중국산 고추가 하도 판을 쳐서, 이제 고추농사두 쉽잖혀서 말인디…! 후우!

해설 : 한선생의 형님은 한숨까지 내쉬면서 물었다. 그러자 한선생은

더욱 진지한 표정으로 입을 열었다.

남편 : 예! 어끄제 청양에서 발간한 〈청양신문〉을 보니까, 금년 〈청양고추/구기자 축제〉는 KBS의 〈전국노래자랑〉까지 유치해서, 다양한 이벤트와 프로그램을 마련함으로써 홍보효과도 좋았고, 게다가 먹거리와 볼거리, 살거리가 풍부한 한마당축제를 펼쳤더군요.

형님 : 암만! 나두 그 바람에 첫물고추 300여근을 마수걸이하듯 휘딱 팔아치웠지!

남편 : 근데 제가 고향에 와서 고추농사를 짓는다면, 전 우선 품종개량부터 연구해볼 참입니다!

형님 : 뭐? 고추농사가 그리 쉬운 줄 아나? 요즘은 농약두 마음 대루 칠 수 없구, 또 태양초루 말릴라면 여간 일스럽지가 않은디, 어느 짬에 품종개량 연구를…?

해설 : 그러자 형님은 고개를 가로 저으며, 한선생에게 걱정스런 투로 말했다.

남편 : 하하! 형님! 하지만 단지 맵다는 〈청양고추〉 브랜드만으로는 경쟁력이 어려워요! 지금 딴 고장에선 〈청양고추〉란 이름도 도용하려고 하잖습니까? 그래서 저는 전혀 새로운 〈청양고추〉를 만들어 내려고 합니다.

형님 : 그래? 그게 무언디…?

남편 : 예! 가령 〈고추는 맵다〉라든가, 〈고추는 빨갛다〉는 고정관념을 깨뜨리는 거죠! 즉 〈매운 고추〉 외에 〈단 고추〉 〈쓴 고추〉 〈노란 고추〉 〈무지개 고추〉, 특히 냉면에 넣는 〈겨자〉같은 〈겨자

고추〉도 생각해 볼 수 있겠구요! 또한 글로벌시대에 맞춰서 〈피자용 고추〉, 〈햄버거용 고추〉도요!

형님 : 허허! 아우의 얘기는 그럴사 하구만서두, 그게 가능한 일일까?

남편 : 물론 쉽지는 않겠지만요, 더 나아가 고추의 크기도 문제가 있어요! 현재의 고추로는 수확량에 한계가 있지요! 그래서 가지만큼 커다란 〈슈퍼고추〉는 아마 의외로 쉽게 품종개량으로 만들어 낼 수 있을 겁니다!

해설 : 이때 저편 마루에서 탐스럽고 색깔고운 〈청양고추〉를 다듬던 아내가 큰소리로 두 사람의 대화에 끼어들었다.

아내 : 여보! 당신이 정말로 그런 색다른 〈청양고추〉를 만들어낸다면, 아마 세상에 유명해지겠죠?

남편 : 뭐? 유명해져?

해설 : 머쓱해진 한선생이 얼굴을 붉히며 아내를 바라보자, 이번엔 아내가 아주 정색을 하면서 건네왔다.

아내 : 여보! 주문받은 200근 고추 다듬자면 추석날까지 해두 힘들겠네유! 좀 도와줬으면 좋겠구먼유! 그런 〈청양고추〉 연구는 다음에 허시구 말예유!

해설 : 이렇게 정겨운 고향사투리로 부탁해서, 항상 계수씨 앞에서는 근엄하던 형님까지 웃음을 터뜨리게 했던 것이다. 그러자 아내가 마치 남편인 한선생에게 대하듯이 스스럼없이 형님을 향해 말을 꺼냈다.

아내 : 네에! 큰서방님! 암튼 제가 저이한테 시집을 잘 온 것 같아유! 이런 〈청양고추〉 특산물이 나는 고장에 시집왔다구, 제 주위 사

람들이 무척 부러워하니깐유! 호호호!*

T.M--

해설 : 드라마 스마트소설 〈추석과 청양고추〉 지금까지 출연! 아내에
〈   〉, 남편에 〈   〉, 형님에 〈   〉, 해설에 〈   〉이었습니다.

T.M--

제9화
아내는 예쁘다! 무섭다! 사납다!

T.M--

해설 : 드라마 스마트소설 〈아내는 예쁘다! 무섭다! 사납다!〉

T.M--

해설 : 제주도에서 서울까지 오락가락하던 장마가 드디어 서울에 깃발을 꽂은 듯, 며칠째 장대비가 쏟아지는 바람에 모처럼 휴가를 받은 한심해씨는 꼼짝없이 방콕휴가를 보내고 있었다. 그래서 온종일 거실 소파에 누워 애꿎은 티브이 채널만 돌려대고 있었는데, 이때 찬물로 머리를 감고 나오는 마누라를 보는 순간 한심해씨는 자신도 모르게 그만 비명을 지르고 말았으니…!

남편 : 으악! 다당신 미미쳤어? 그게 뭐야?

해설 : 왜냐하면 마누라가 물이 뚝뚝 떨어지는 산발머리에 망사팬티 하나만 달랑 걸친 채 어정어정 다가왔던 것이다.

아내 : 아이구 깜짝이야! 30년 산 부부가 감출게 뭐 있다구 새삼맞게

그런디야! 호호호호호!

해설 : 하지만 마누라는 이런 야릇한 웃음소리를 날리며, 더욱 당당한 걸음으로 한심해씨 곁을 스쳐 안방으로 들어가는 게 아닌가! 그 순간 한심해씨는 등줄기에 소름이 쫙 끼치면서, 마치 물귀신이라도 만난 듯 마누라가 무섭게 느껴졌으니, 글쎄 마누라의 몸매는 악어와 하마를 짬뽕한 듯 했고, 화장기가 지워진 얼굴은 마치 공포영화의 여주인공처럼 느껴졌던 것이다.

남편 : 휴우! 그 예쁘던 아내가 어쩌다가 저리 무섭게 변했지?

해설 : 다음 순간 한심해씨는 보던 티브이도 꺼버린 채 깊은 한숨을 내쉬며 눈을 감았다. 그 순간 신혼시절의 그토록 예쁘고 애교 넘치던 아내가 저만큼 나타났는데…!

M--

아내 : 어머! 자기! 잠깐만 기다려엉! 화장 좀 하거든!

해설 : 하지만 이미 이불 속에 늑대처럼 헐떡이며 누워 있는 한심해 남편은 참을 수가 없었다.

남편 : 아유 참! 불끄고 잘텐데 화장이 무슨 필요야?

아내 : 어머머! 철없이 보채긴…? 화장도 안 하는 여자가 여자야?

남편 : 괜찮아! 난 자기 얼굴에 흙이 묻었대두 예쁘니까!

해설 : 아닌 게 아니라 20대 중반을 갓 넘은 아내는 긴 생머리에 화장을 안 할 때가 오히려 더 순수한 아름다움을 내뿜었던 것이다.

아내 : 호호호! 자기 내가 정말 그렇게 예뻐? 거짓말 아냐? 아양!

해설 : 이윽고 아내가 화장을 마치고, 잠자리 날개처럼 얇은 스미즈 자락을 즈려잡고 다가왔다.

남편 : 그렇다니까! 요즘 미녀 트로이카라는 유지인 장미희 정윤희보다
두 더 예쁘다니까!
아내 : 아유! 아무리 제 눈에 안경이라지만, 자긴 너무 허풍장이야! 내
가 그딴 말에 속을 줄 알구?
남편 : 하하! 정말이라니까! 특히 지금처럼 빨간 전구불을 켰을 때 보는
당신은 마치 선녀 같아!
해설 : 그때 한심해 남편은 문득 군입대 기념으로 대학선배들이 억지로
끌고 간 미아리 텍사스에서 만난 창녀의 모습을 떠올리면서 그
렇게 대꾸했는데, 사실 선녀는 본 적이 없고, 미아리의 창녀들이
너무나 예뻤던 추억이 생각났던 것이다.
아내 : 난 그럼 아이를 세 명 낳을 거야!
해설 : 이윽고 아내가 한심해 남편의 가슴으로 파고들며 종알거리는
말이었다.
남편 : 으응? 요즘 세상에 〈둘만 낳아 잘 기르자!〉란 표어도 있는데,
셋씩이나…?
아내 : 방금 자기가 날더러 선녀 같다구 했잖아? 그러니까 셋을 낳아야지!
남편 : 왜? 선녀는 아이를 꼭 셋을 낳는가?
아내 : 어머머! 자긴 금강산의 〈나무꾼과 선녀〉 이야기도 몰라?
남편 : 아참! 그렇지! 좋아! 그럼 지금부터 첫째 아기를 만들어 볼까?
후후후!

M---

해설 : 한심해씨가 사글세로부터 시작해서 2년 만에 전세로 옮기고,
다시 5년 만에 빚과 은행대출로 처음 내집을 장만하고, 다시 아

파트로 옮기고, 그래서 드디어 꽤 넓은 평수의 고층아파트에서 중산층으로 확실히 자리잡아가는 동안에 세월은 유수와도 같이 흘러 어느덧 40대를 넘어섰는데, 그즈음 어느 일요일날이었다. 여편네가 빨래를 하다 말고, 한심해씨의 와이샤쓰를 말아쥔 채 다그쳐왔다.

아내 : 여보! 당신 나랑 도장 찍고 싶은거? 사실대로 고백하라구!

남편 : 뭐야? 아닌 밤중에 홍두깨라더니, 그게 뭔 소리야?

아내 : 흥! 오냐 오냐 넘어가 주니까, 내가 모를 줄 알구?

남편 : 글쎄 무슨 일인데 그래? 자세히 얘기를 해야 알지!

해설 : 사실 그때 한심해씨는 갑자기 여편네가 이처럼 사납게 대드는 이유를 까맣게 모르고 있었던 것이다.

아내 : 당신 벌써 몇 번짼 줄 알아? 어떤 년이랑 무슨 짓을 했길래 와이샤쓰 등에 립스틱 자국이 났느냔 말야?

남편 : 뭐 뭐라구? 그그게 정말이야?

아내 : 아휴! 내가 당신한테 거짓말이면 성을 갈지! 자! 보라구! 이게 어떤 년 립스틱 자국 아니면 뭐냐구? 엉?

해설 : 아차차! 직장의 부원들과 모처럼 단란주점에 갔다가 흥이 나서 양복 윗도리를 벗어젖히고, 도우미들과 부르스를 땡기고 법석을 떨었는데, 그때 이런 증거가 남은 모양이었지만, 성이 날대로 난 여편네에게 설명하기엔 이미 때가 늦어버렸다. 그렇다고 잠자코 있을 수도 없어 한심해씨는 머리를 긁적이며 여편네에게 한마디 하려 했는데…!

남편 : 아! 여보! 사실은 그게 말이야! 직장 부원들이랑 한잔 하러 갔다

가…!

아내 : 뭣이 어째? 겨우 술집년들이랑 놀았어? 차라리 옛날 애인 만나 이랬다면 낭만이나 있지! 더럽게 술집에서…!

남편 : 여보! 당신은 내 얘길 다 들어보지도 않구…!

아내 : 흥! 뭘 더 들어? 술집 나와 어디 간 것까지 날더러 들으라구…? 그래서 내가 쇼크로 쓰러지는걸 보구 싶다 이거지? 아이구! 분해! 날더러 선녀랄 땐 언제구! 그래서 이년은 애새낄 셋씩이나 낳아 이 고생인데…! 야! 네가 내 남편 맞아? 엉? 내 남편 맞냐구…! 이놈아! 어서 말해봐!

해설 : 어어어어? 그 순간 한심해씨야말로 쇼크로 하마터면 쓰러질 뻔 했다. 세상에 여편네가 이렇게 사나운 여자로 돌변하다니…!

M---

해설 : 한심해씨가 예뻤던 아내와 사나웠던 여편네의 추억에서 돌아와 다시금 티브이 채널을 돌리는 순간이었다. 옷을 갈아입은 마누라가 안방에서 나오면서 눈길을 던져왔는데, 그때 한심해씨는 아까처럼 다시 비명을 지르고 말았으니…!

남편 : 으악! 아니 당신 그 옷이 뭐야?

해설 : 세상에! 글쎄 마누라가 남자처럼 반바지 차림에, 머리도 올백으로 넘겨, 마치 일본 씨름선수와 같은 모습이었던 것이다. 게다가 여성 호르몬결핍증 탓인지 목소리마저 남자처럼 걸걸했던 것이다.

아내 : 여보! 날이 더워서 내가 편한 복장 좀 한 게 어때서 그래? 아! 이 나이에 내가 당신한테 아양 떨게 됐남?

남편 : 아 알았어! 나도 남자 구실 제대로 못하니 할 말도 없구만 그래!

아내 : 흥! 여보! 그래서 얘긴데, 당신도 이젠 곧 직장도 끝날텐데 노후 준비 좀 하라구!

남편 : 뭐? 벌써 노후 준비를 하라구?

아내 : 응! 그건 뭔고 하면 1. 10. 100. 1000. 10000이야!

남편 : 1 10 100 1000 10000이라니…?

아내 : 늙으면, 1은 하루에 한 가지씩 좋은 일을 하고! 10은 하루에 열 사람을 만나고! 100은 하루에 100글자의 글을 쓰고! 1,000은 하루에 1,000글자를 읽고, 10,000은 하루에 10,000보를 걸어야 건강하고 행복한 노후를 누릴 수 있다는 거야! 알았어? 당신?

해설 : 하면서 마누라는 한심해씨의 옆으로 와서 펄썩 주저앉았는데, 옛날 신혼시절에는 가슴에 쏘옥 안겼던 아내가 지금은 거꾸로 한심해씨가 마누라의 품에 안길 정도로 몸매가 역전되었던 것이다. 그 순간 한심해씨는 마누라가 너무나 무섭게 느껴졌는데, 요즘 어찌 마누라만 무서우랴?! 미국 독립기념일에 맞춰 마구 미사일을 쏘아대는 김정일도 무섭고, 야금야금 오르는 부동산도 무섭고, 암튼 요즘 세상은 무서운 것 투성이가 아닌가 말이다! 그중에도 한심해씨에게 가장 무서운 존재는 30년 가까이 함께 사는 동안 조폭처럼 변해버린 마누라가 가장 무섭다고나 할까?*

T.M--

해설 : 드라마 스마트소설 〈아내는 예쁘다 무섭다 사납다〉 지금까지 출연! 아내에 〈 〉! 여편네에 〈 〉, 마누라에 〈 〉, 남편에 〈 〉, 해설에 〈 〉이었습니다.

T.M--

제10화
벚꽃부인! 꽃바람났네

T.M--

해설 : 드라마 스마트소설 〈벚꽃부인 꽃바람났네!〉

T.M--

해설 : 아파트 울타리에서 맨 먼저 피기 시작한 개나리에 이어, 진달래 목련이 합세해서 화사한 꽃잔치를 펼치더니, 드디어 여의도 윤중로에도 봄꽃축제가 벌어졌는데…!

효과---인파의 소음

아내 : 여보! 함께 가요! 자기 혼자만 바람난 말처럼 달아나면 어떻해 잉?

남편 : 뭐야! 날더러 바람난 말이라구?

아내 : 그렇잖아? 이제 겨우 돌 지난 태양이를 나한테 맡기구, 자기 혼자만 횡하니 앞서가니깐!

남편 : 글쎄! 여의도 봄꽃축제에 해마다 구경 오지만, 올핸 더욱 인파가

몰린 것 같네!

아내 : 아유! 내가 여기 봄꽃축제만 구경 오지 않았어두, 내 팔자가 어찌 달라졌을지 모르는데 말야!

남편 : 그건 또 뭔 소리야? 당신 팔자가 어쨌다니…?

아내 : 호호호! 자기 벌써 잊었어? 우리가 처음 만난 곳이 바로 여기! 여의도 봄꽃축제가 아니었냐구?!

M---

해설 : 바로 그랬다. 지금부터 꼭 3년 전 두 사람은 한창 여의도 봄꽃축제가 벌어졌을 때, 우연히 인파 속에서 처음 만나게 되었던 것이다.

남편 : 저 아가씨! 부탁 좀 하나 합시다! 잠깐 제 사진기 샷터 좀 눌러 주실래요?

아내 : (차갑게)전 사진 찍을 줄 몰라요!

남편 : 아! 자동 카메라라서요! 그냥 저를 보시고 누르시기만 하면 됩니다!

아내 : 알았어요! 저만큼 서세요! 찰칵!

남편 : 네! 고맙습니다. 저 답례로 아가씨도 한 장 찍어드릴까요? 기념이 되실 것 같아서요!

아내 : 뭐예요? 첨 보는 분 사진기에 제가 왜 찍혀요?

남편 : 어허 참! 그런 말 있잖아요? 남는 건 사진뿐이라구요! 이런 즐거운 봄꽃축제에 오셨다는 표시로 한 장 찍어드리겠다는데 뭘 그러세요?

해설 : 암튼 그때 남편이 이렇게 졸라대는 바람에, 아내는 마지못해

사진을 찍게 되었는데, 이것이 인연이 되어 결혼까지 하게 될 줄이야!

아내 : 흥! 그때 내가 미쳤지! 낯모르는 남자가 사진 찍어준다구 포즈를 잡았으니…!

남편 : 왜? 그래서 나처럼 벚꽃 같은 꽃미남과 결혼한 것 아냐? 하하!

아내 : 아유! 그러니까 자기는 내 사진을 찍은 게 아니라, 날 애인 만들려구 찍었던 거지?

남편 : 암튼 그래서 결혼해 오늘날 우리가 태양이 같은 아들도 낳은 게 아니겠어?

아내 : 흥! 그래요? 그럼 나 오늘도 바람 좀 피워볼까?

남편 : 뭐야? 바람을 피우다니!

아내 : 누가 알아? 오늘도 여의도 봄꽃축제에 왔으니까, 그때보다 더 좋은 남자 만나 팔자를 고칠 수 있게 될지?

남편 : 이봐! 자기는 결혼이 장난인 줄 알아? 이 남자 저 남자 자꾸 고르게?

아내 : 흥! 애초에 날 건드린 게 누구인데? 피장파장이지 뭘!

남편 : 야아! 오늘 여기 괜히 왔네! 애까지 딸린 가정주부가 못하는 소리가 없으니 말야! 어엉?

아내 : 아유! 남자가 속도 좁기는…! 벚꽃이 하도 아름다우니까, 꽃바람 좀 펴본 걸 가지구! 호호호!

남편 : 하하! 됐네요! 내가 진짜로 화난 줄 알아? 당신 꽃바람에 난 신바람나는 봄꽃축제에서, 우리들의 3년 전 추억길인 여의도 윤중로 벚꽃길을 따라서 한 바퀴 드라이브나 하고 싶단 말이오!

아내 : 호호호! 좋아요! 일 년에 한번 있는 여의도 봄꽃축제인데, 이왕 나온 김에 영등포문인협회의 시낭송회까지 구경하자구요! 호호호!

남편 : 그럽시다! 우리의 사랑을 맺은 여의도 봄꽃축제인데, 우리가 주인공이 되어야 하지 않겠소? 하하하!

해설 : 네! 전국 방방곡곡에 온갖 봄꽃축제가 많이 있습니다만, 이곳 여의도의 봄꽃축제처럼, 신나고 즐거운 봄축제가 어디 있을까요? 여러분! 이 눈부신 벚꽃길에서 펼쳐지는 영등포문인협회의 시낭송회와 더불어, 여러분의 꿈과 낭만을 벚꽃처럼 활짝 펼쳐 보시지 않으시렵니까?

T.M--

해설 : 드라마 스마트소설! 〈벚꽃부인! 꽃바람났네!〉 지금까지 출연에 남편에 〈   〉, 아내에 〈   〉, 해설에 〈   〉이었습니다.

T.M--

제11화
아내와 〈장미빛 인생〉

T.M--

해설 : 드라마 스마트소설 〈아내와 장미빛 인생〉

T.M--

효과---바람소리

해설 : 여기는 해발 790미터! 충청남도에서 두 번째로 높다는 오서산 정상의 갈대밭! 올해로 초등학교 졸업 40주년을 맞은 남편은 초등학교 시절에 소풍을 왔던 이곳으로 남녀 동창들과 함께 졸업 기념 산행을 왔던 것이었다.

남편 : 야호! 야아호!

여동창 : 여우! 여어우!

남편 : 아니! 점순아! 넌 무슨 메아리를 야호! 하지 않구 여우! 하냐?

여동창 : 얼래! 넌 남자니께 호랑이처럼 야호! 하지면 난 여자라 여우 아닌감?

남편 : 하하하! 그래서 여우! 한다 이거지? 암튼 넌 초등학교 시절에두 엉뚱한 소릴 잘 하더니, 할망구가 다 돼두 똑같구나?

여동창 : 야! 그래서 세살적 버릇 여든 간대잖여! 근디 너, 초등학교 5학년 때 여기루 소풍와서 벌에 쏘였을 때, 내가 위티기 해준지 기억나냐?

남편 : 전혀 안나는데…?

여동창 : 임마! 벌이 네 바지 속으로 들어가 쐈서, 내가 벗기구 마침 호박잎쌈을 먹을려구 가져온 된장을 발라 줬잖여?

남편 : 으응? 그랬어? 정말?

여동창 : 그때 네 거시기가 순식간에 부어올라서…! 호호호! 마치 비오는 날 두꺼비한테 오줌누다가 독이 올랐을 때처럼 말여! 호호호!

남편 : 에이! 넌 별걸 다 아직 기억하는구나! 나두 점순이 너에 대해서 생각나는 게 있는데…!

점순 : 뭔디? 말혀봐!

남편 : 너랑 초등학교 3학년 때까지 시냇물에서 함께 미역 감았잖아? 그때 난 네 비밀을 봤다!

점순 : 뭐여? 이 새끼야? 초등학교 때처럼 너 나한티 한번 맞을래?

남편 : 하하하! 네 엉덩이에 콩알만한 검은 점이, 마치 북두칠성처럼 일곱 개나 박혔잖여?

점순 : 아! 이 자식이! 나이 육십네살이나 쳐먹은 것이, 우리 남편 들으면 큰일 날 소리하네!

효과--핸드폰 소리

남편 : 여보세요? 아아! 좀 크게 말해봐요! 여기는 오서산 정상이라 소

리가 잘 안 터져요!

점순 : 누군디 그려? 혹시 집에서 걸려온 마누라 전화 아닌감?

남편 : 으응? 당신이 웬 일여? …뭐라구? 오늘 저녁에 죽을 테니까 당장 서울루 올라오라구?

점순 : 맞구면 그려! 마누라 코는 서방이 딴 여자랑 있으면, 천리밖에서 두 냄새를 맡는다니께! 내 말은…!

남편 : 야! 점순아! 다 듣것다! 남자 동창끼리만 등산온다구 했단 말여! …(핸드폰을 귀에 대며)뭐라구? 말기 위암이라구…? 아닌 밤중에 무슨 날벼락 같은 소리를 하는거야? 엉?

M--기차소리

해설 : 그러나 분명이 마누라가 숨넘어가는 소리로 이렇게 소리를 지르고보니 어찌 하랴? 남편은 등산을 중단하고 헐레벌떡 오서산을 내려와서, 새우젓으로 유명한 광천에서 기차를 타고 서울집으로 부랴부랴 돌아올 수밖에 없었다.

남편 : (숨가쁘게)여보! 여보! 당신 지금 무슨 소리요? 위암 말기로 오늘 밤에 죽는다니…?!

마누라 : 흥! 당신은 팔자 좋게 마누라 죽는 것두 모르구, 40년 전 여자 동창이랑 오서산 꼭대기 가서 무슨 짓 하려구…?

남편 : 뭐야! 이 예편네가? 아! 남자 동창들이랑 갔다니깐!

마누라 : 어휴! 차라리 귀신을 속여라! 아, 남녀공학 초등학교 동창들이면 뻔할 뻔짜지! 사내들끼리 무슨 주변머리루 1박2일 밥까지 해 먹으면서, 등산인지 지랄인지를 하겠어?

남편 : 어휴! 무슨 마누라가 나이를 먹으니깐, 깡패보다두 더 험하게

변하네!

마누라 : 자! 이젠 더 얘기할 짬두 없다구! 지금부터 바람핀 남편이 무슨 천벌을 받는지, 당신 두 눈으로 똑똑히 보란 말이야!

남편 : 아니! 여보! …겨우 텔레비전 드라마 〈장미빛 인생〉을 보라구, 초등학교 졸업40주년 기념으로 오서산 꼭대기에 올라간 남편을 불러올렸단 말이오?

마누라 : 흥! 세상의 남편들은 맹순이(최진실 배역) 죽는 것 보구 반성들 해야 해!

남편 : 여보! 이 판에 점순이처럼 웬 엉뚱한 얘기를 하는거요?

마누라 : 뭐라구? 점순이? 당신 다섯 살 때부터 소꿉장난 하면서 부부로 살았다는 점순이 그년을 만났구먼? 아이고! 이래서 맹순이만 불쌍하지! 마누라 죽으면 반성문! 네 이놈의 자식! 지금은 반성하는 체 하지만, 그걸 어찌 믿누! …여보! 그래? 안그래요? 엉!

남편 : 아니! 이 사람이 술을 마셨나? 웬 생사람한테 주정이오?

마누라 : 아유! …(울먹이며)여자 팔자는 뒤웅박 팔자라는데! 흐흐흑! 초년엔 바람피워 속썩이더니, 중년에는 사업한다구 열두 번은 말아 먹어! 말년에는 하는 일 없으면 집이나 지키지! 사방팔방 쏘다니기만 하니, 나두 아마 저 맹순이처럼 암에 걸려서 죽을거야! 아유! 내 팔자야!

남편 : 여보! 여보! 당신! 그런 소리 말아요! 암에 걸리기로 말하면 내가 먼저야!

마누라 : 아니! 뭣이 어째요?

남편 : 그렇잖아? 요즘 내 머리칼이 부쩍 빠지는걸 보면, 마치 암에

걸려서 방사선 치료받는 것 같단 말이요!

해설 : 그런데 바로 그 순간이었다. 그처럼 기세등등하게 남편에게 들이대던 마누라가 갑자기 기세가 팍 꺾이면서, 이렇게 건네오는 게 아닌가?

마누라 : 아이구나! 늦바람이 무섭다구 미리 예방하라구 해서 쇼 좀 부렸더니…! …여보! 내가 너무 심했나 봐요?! 미안해요!

남편 : 뭐요? 당신 지금 누구에게 병주고 약주는 거요?

마누라 : 아니! 글쎄, 저어기 압구정동에 사는 내 친구 뚱뚱아줌마 있잖아요? 그렇게 부부정이 좋다구 했는데, 알고 보니 걔 남편이 20여년이나 딴살림 차리구 살았더래지 뭐유?

남편 : 허허! 요즘 〈장미빛 인생〉 드라마의 인기가 무슨 대리만족인 줄 알았더니! 아니 대리의심을 갖게 하는 부작용두 있구먼! 암튼 당신은 오해가 풀렸으니 다행이오만!

마누라 : 여보! 미안해요! 이 드라마를 보면서, 옛날 우리 살아온 걸 돌아보니, 그냥 절망적인 생각만 들지 뭐예요? 근데 당신 얘길 들으니까, 갑자기 희망이 보이네요! 당신 이젠 기운 빠져서 바람두 못피우구, 더이상 사업한다구 속두 안썩일거구, 그렇담 아직 건강해서 좀 나돌아 다니는 것쯤은 내가 눈감아줘야지, 안그러우? 호호호!

남편 : 그래! 당신이 고맙소! 요즘 내가 만나는 친구들마다 하는 얘기가 뭔지 알아요? 다들 마누라 앞에서 먼저 저세상 가는 게 가장 소원이랍디다!

마누라 : 어이구! 당신두 참! 갑자기 죽는 얘기는 왜 해요! 저기 맹순이

처럼 어디 순서가 정해져 있다구…!

남편 : 으응! 내가 지난 시절에 사업 실패로 절망에 빠져서 〈자살〉을 생각하다가, 〈자살〉을 뒤집으니까, 〈살자〉가 되더라구! 요즘 너 남없이 모두들 어렵다지만, 그래두 우린 열심히 살아가야지! 안 그렇소?

마누라 : 그럼요! 따지고 보면 절망과 희망 차이는 글자 한 자 차이잖아요! 독자님 여러분! 우리 힘냅시다! 파이팅!*

T.M--

해설 : 드라마 스마트소설 〈아내와 장미빛 인생〉 지금까지 출연! 남편에 〈　〉, 마누라에 〈　〉, 여동창에 〈　〉, 점순에 〈　〉, 해설에 〈　〉이었습니다.

T.M--

제12화
송년의 종점에서 만난 송구영신 부부

T.M--

해설 : 드라마 스마트소설 〈송년의 종점에서 만난 송구영신 부부〉

T.M--

송구 : 이게 웬일이야? 꺼윽! 예년 같으면 이맘 때 지하도에선 자선남비를 걸어놓고 구세군 아저씨가 메가폰으로 자선을 외칠 때인데, 요즘 금융위기라더니 세상이 어렵긴 어려운가보군! 심지어 방송에서도 징글벨 소리가 전혀 안들리니…!

해설 : 한 해가 저물어가는 밤 지하철 막차에서 나온 송구씨는 적막강산이 돼버린 거리를 잔뜩 취해 걸으면서 중얼거린다. 바로 이때 역시 비틀거리며 오던 여인이 송구씨와 정면충돌을 하고 만다.

송구 : 엑! 이게 누구야? 엉?

영신 : 응? 그러는 당신은? …술먹었다고 눈알도 빼놓고 다녀요?

송구 : 아하! 여성분이군요? 미… 미안합니다. 이거 옷깃만 스쳐도 인연

이라는데, 반갑습니다. 어디 가서 호프라도 한 잔…! 어떻습니까?

해설 : 순간 송구씨는 술과 늦은 밤이 주는 분위기에 홀려, 이렇게 객기를 부렸는데, 여인도 피장파장인지, 이렇게 대꾸를 했다.

영신 : 네! 사과의 술이라면 마달 것도 없죠! 따라오세요! 이곳 술집은 제가 잘 알걸랑요! 호호호!

송구 : 아! 그렇습니까? 좋습니다.

해설 : 얼핏 여인이 꽃뱀인지도 모른다는 예감이 스쳤지만, 송구씨는 갑자기 용감해졌다. 아니! 아침에 마누라와 싸운 일을 생각하면, 까짓것 외박도 불사할 터였던 것이다. 그래서 여인이 이끄는 대로 근처의 호프집으로 들어갔다

M--

해설 : 이윽고 호프집에 두 사람이 마주 앉았을 때, 여인이 먼저 입을 열었다.

영신 : 호호호! 댁의 부인이 바가지를 심하게 긁나 보죠? 이 시간에 귀가하지 않고, 거리를 헤매는걸 보면요!

송구 : 말도 마세요! 어젯밤 이불 속에서 당한 일을 생각하면…!

영신 : 이불 속에서 어떤 일을 당하셨게요?

해설 : 두 사람은 처음부터 불륜 남녀처럼 쎄게 나왔다.

부인 : 아유! 당신두 꼭 청와대 사람들 같네!

송구 : 뭐야? 내가 왜…?

부인 : 동네 찜질방에 갔다가 들은 얘긴데, 글쎄 청와대 사람들이 비아그랄 먹었는데, 아무런 약효가 없더래요!

송구 : 그래? 가짜 비아그랄 먹었나부지?

부인 : 으유! 당신은 맨날 어디서 가짜만 봤우? 뭣도 아닌 사람들이 거기 들어갔으니까, 비아그라 약효가 안 먹힌다는 거예요! 내 얘긴…!

송구 : 아니! 근데 그거랑 나랑 뭐가 같다는 거요?

부인 : 어휴! 당신 금년 들어와 나한테 비아그라 효과를 낸 적이 몇 번인지 알우? 여자들 달거리 행사만도 못했다구!

해설 : 이제 아내는 아예 반말로 송구씨에게 면박을 주었던 것이다.

M--

효과--뻐꾸기 시계소리

해설 : 밤 깊은 호프집에는 송구씨와 여인만이 남아 있고, 주인도 주방에서 눈을 붙였는지, 뻐꾸기 시계소리만이 정적을 깨뜨렸다. 그런데 30년이나 함께 산 마누라와는 항상 할 말이 없는데, 오다가다 처음 만난 사이엔 웬 정담이 이리도 즐거운지…!

영신 : 호호호! 이젠 저도 우리 남편 흉 좀 볼까요?

송구 : 남편 흉이라구요? 그럼 가정주부십니까?

영신 : 왜 실망하셨나요? 실은 남편 마중 나온 길이었거든요.

송구 : 그래 남편 흉이라면 뭡니까?

영신 : 네! 우리 바깥양반은 〈오륙도〉인 요즘 세상에, 직장에서 잘 버티고 있어요, 그런데 너무 가정일에 세심해서 피곤해요!

송구 : 그럼 고맙지! 그게 왜 피곤한 일입니까?

영신 : 글쎄 좀 제 얘길 들어보세요!

M--

효과--개소리----

남편 : 여보! 개가 배고픈 모양인데, 밥 안 주구 뭘 해요!

영신 : 아유! 당신두 참! 어련히 알아서 줄까봐 그래요?

남편 : 관둬요! 개밥은 내가 줄테니까! …그리구 참 화분 겨울준비도 해야지! 작년에 귀한 화초 몇 개나 죽였잖아!

영신 : 그 대신 더 좋은 것 샀잖아요?

남편 : 참! 이제 얘긴데, 당신 머리가 그게 뭐야? 바가지 같은 파마보다 좀 낭만스럽게 길러 봐요! 그리구 피부관리도 좀 해봐요! 나이 오십대에 벌써 주름살이 그게 뭐요?

영신 : 흥! 가는 세월을 누가 막아요?

남편 : 무슨 소리야? 여자라면 자기 몸관리에도 신경 좀 쓰라구!

영신 : 알았수! 내일 당장 주름살 제거수술을 받던지, 보톡스라도 맞을 테니까, 돈이나 내놓으라구요!

남편 : 뭐요? 당신은 나한테 월급 받아 저축도 못하오? 남의 집 얘길 들어보면, 집안 재테크는 다 마누라들이 한다던데…!

M--

해설 : 송구씨와 영신부인이 우연히 만나 호프집에서 이런 푸념을 나눈 지도 한 시간이 훨씬 지났을 때, 두 사람은 술이 번쩍 깨는 충격을 받았으니, 어라! 여태 마주 앉아 얘기한 상대가 바로 마누라 였고, 남편이었던 것이다.

송구 : 아니! 이제 보니 당신이잖아?

영신 : 사돈 남 말 하시네! 여보!

송구 : 하하하! 실은 아까 전철에서 나왔을 때, 마중 나온 당신에게 우리

남남처럼 한번 연극해보자구 했었잖소?

영신 : 맞아요! 오늘 송구영신 12월달 연말을 맞아서 말예요!

송구 : 으응! 그래서 얘긴데, 아무리 부부간이라도 나이를 먹을수록 아내가 남편한테 해선 안 될 말이 있지!

영신 : 알아요! 비아그라 유머 같은 것…! 그 대신 남편들도 늙을수록 아내한테 잔소리 말고, 그저 죽어지내야만 집안이 편해진다는 것! 아시죠?

해설 : 네! 그래서 선인들은 일찍이 〈말로써 말 많으니, 말 말을까 하노라!〉라고 했겠죠? …자! 어느덧 한해의 종점에 다다른 요즘인데요, 그럼 드라마 스마트소설! 여기서 마치겠습니다.

T.M---

멘트 : 드라마 스마트소설! 〈송년의 종점에서 만난 송구영신 부부〉 지금까지 출연! 남편 송구에 〈   〉, 아내 영신에 〈   〉, 해설에 〈   〉이었습니다! 독자 여러분! 감사합니다.

T.M---

*참고 - 본 드라마 스마트소설을 낭송회나 행사에서 참석자가 직접 출연하여 공연하면 아주 인기짱의 프로그램이 되었습니다. 독자님들께서도 한번 해보시기를 바랍니다.